Inês Pedrosa

IN DEINEN HÄNDEN

Inês Pedrosa

IN DEINEN HÄNDEN

Aus dem Portugiesischen von
Maralde Meyer-Minnemann

LUCHTERHAND

Die Originalausgabe erschien 1997
unter dem Titel *Nas Tuas Mãos*
bei Publicações Dom Quixote, Lissabon.

Der Verlag dankt dem
Portugiesischen Institut für das
Buch- und Bibliothekswesen
für die Förderung der Übersetzung.

MC
MINISTÉRIO DA CULTURA

INSTITUTO PORTUGUÊS DO
LIVRO E DAS BIBLIOTECAS

2 3 4 04 03 02

Druck und Bindung: GGP Media, Pößneck

ISBN 3-630-87122-4

Für Fernando

JENNYS TAGEBUCH

(…) Womit jemand ins Bett geht,
ist unwichtig. Gefühle sind wichtig.
Oft denk ich an Gefühle, sie erfüllen mein Leben
Wie der Wind, wie tobende Wolken
In einem Himmel voller Wolken, Wolken über Wolken.

JOHN ASHBERY

JENNYS TAGEBUCH

I

Dein Kopf drehte sich meinem Gesicht zu, deine Augen schlossen sich, und dein Mund näherte sich meinem, legte langsam eine Wegstrecke aus Licht, Lachen und Tränen zurück. Als deine Zähne in meine Lippen bissen, rief jemand »Bravo!« wie in der Oper, und ich wußte, daß niemals ein Mädchen so sehr geliebt worden war. »Warten Sie es nur ab«, sagtest du, »mit uns wird es anders sein.« Mit einem Kuß in die Handfläche lähmtest du meinen Körper, meine Finger hielten sich schwindlig an der eingewölbten Linie unter deinen Lidern fest, und aus diesem weichen Eckchen Haut schuf ich mir einen Mann, um bis zum weißen Tag unserer Ewigkeit zu träumen. António. Ich schenke dir diesen Ehering zum Zeichen meiner Liebe und meiner Treue.

António. Angenehm. Ich heiße António José Castro Morais, aber alle nennen mich Tó Zé. Du hast mich am dritten Tag entführt. »Jennifer. Sagen Sie Ihrer Mutter, Sie seien heute für einen Ausflug zu müde, und kommen Sie mit mir, das wahre Leben anschauen.« Mein Name ist Jenny, weil mein Vater, den ich nicht mehr kennengelernt habe, für die Heldin des Buches *Die englische Familie* von Júlio Dinis schwärmte, eine Familie, die übrigens darin, wie sie diskreten Reichtum als physische Verlängerung geistiger Festigkeit kultivierte, meiner ähnlich war. Aber du, António, zogst etwas anderes vor. Ich gab dir deinen ursprünglichen Namen wieder, war außerstande, diesen Allerweltsdiminutiv auszusprechen, der dich den anderen gleichmachte, und du erfandest mich jenseits des Buches, dem ich entsprungen war.

Damals kam es mir so vor, als wären diese gegensätzlichen Absichten ein und dieselbe, ein geheimer, von der offensichtlichen Liebe geschriebener, automatischer Code. Erst in unserer Hochzeitsnacht erfuhr ich, daß es noch jemanden gab, der dich António, lieber António, nannte. Mein Lieber. Vorsicht. Die Sonne steht im Zenit, und alle Formen des Gebirges unterwerfen sich dem totalitären Gewicht des Lichts. Du gehst, das Fernglas auf den fernsten Gipfel gerichtet, und plötzlich sehe ich, wie du den rechten Fuß über dem Abgrund in der Luft hältst. Ich schreie »Vorsicht!« und umarme dich von hinten, hoch über Meteora fällst du auf mich. Du legst einen Arm um meine Hüfte, und dein vom Gegenlicht zum Scherenschnitt gemachtes Gesicht zerreißt mich, unerträglich schön wie eine Erscheinung. »Wie heißt du, Schutzengel?« Es war dies das einzige Mal, daß du mich geduzt hast.

In jenem Sommer 1935 hast du den Rest der Reise mit uns zusammen gemacht. Du kamst von den Klöstern des Berges Athos, in denen nicht einmal der Schatten einer Frau zugelassen ist, wir kamen von der Enttäuschung Athens, das meine arme Mutter unablässig als »die fröhliche Witwe der Götter« bezeichnete, um zu verstehen zu geben, daß sie gebildet, bissig und sehr verwitwet war. Ich erinnere mich an keine der männlichen Statuen der Museen von Saloniki, nur an Marmorflecken, über die deine langen, ob der Durchsichtigkeit der Knochen und Nägel geradezu lasziven Finger wanderten. Dieser Verzauberung durch deine Finger verdanke ich ein halbes Dutzend Siege beim Backgammon an jenem Tag, an dem du mich heimlich mitgenommen hast, um das wahre Leben im Schatten der prächtigen orthodoxen Kirchen zu sehen und in den Cafés am Hafen, die von alten, wie Moslems gestikulierenden griechischen Seeleuten bevölkert waren. Du hast mir die Regeln erklärt, aber es gelang mir nicht, dir zuzuhören, ich vermischte deine Stimme mit der Schnelligkeit der Worte und der ungewissen Farbe deiner Iris, wenn du lächeltest, waren sie hellgrün, und anschließend wurden sie dunkel, die schmale Nase, vollkommen und statisch wie eine Entscheidung, der übermäßige Mund paßte nicht dazu, volle Lippen mit herabgezogenen Mundwinkeln, einem ständigen Schützengraben des Mißtrauens gleich.

Ich habe nie viel geredet. Meine Mutter verstärkte meine Schweigsamkeit noch, indem sie mir das Gesetz von der Sparsamkeit der Worte eintrichterte: ein Gedanke, ein halbes Wort. Ich verfolgte verzweifelt den Pfad deiner Finger auf den hölzernen Spielsteinen, damit du mich intelligent fandest, imstande, dich zu besiegen. Ich würde nie wieder gegen dich gewinnen.

Es heißt, Liebe bestehe aus einer Gemeinsamkeit verborgener Interessen, sie sei geschaffen aus dem Nachhall von Stimmen, aus Gewohnheiten, die uns aus der Kindheit verbleiben wie ein Lied ohne Worte, aus zertretenen Leidenschaften, tief in der Masse der Zeit, aber in jenen Jahren zwischen den Kriegen interessierten erklärte Gefühle niemanden. Die Liebe war damals eine fulminante Schöpfung der Langeweile und der Unschuld, gemacht aus dem fleischlichen, in seiner Grausamkeit herrlichen Teil der Schönheit. Ich liebte dich plötzlich, mit einer leuchtenden Ungerechtigkeit, die mich von allen entfernte, die mich liebten, weil sie mir ähnlich waren. Sie liebten mich darauf noch mehr, während unserer langen Verlobungszeit, die mich mondän gemacht hat, und von dem Tag an, an dem ich offiziell zu deiner Frau wurde, beteten sie mich an, hörte ich sie flüstern, wie merkwürdig, sie wird immer mädchenhafter, so etwas hat es noch nie gegeben.

Wir sahen uns auf Bällen und Empfängen, ich gab dir die Hand, und Pedro nahm sofort meine andere, ich spürte, wie sich der Neid in den Salons ausbreitete wie ein sinnliches Parfüm, die begehrtesten jungen Männer Lissabons waren mein. Möglicherweise waren sie nicht einmal ausnehmend schön. Wenn ich jetzt die Fotos unserer Jugend ruhiger anschaue, sehe ich zwei elegante junge Männer, die durch die Andersartigkeit ihrer Garderobe – breitkrempige Hüte, Foulards aus bestickter Seide, italienische Westen, Jacketts mit breiten Schultern – gewisse Makel in der Erscheinung und in den Zügen zu mildern versuchten. Sie waren schlank, Pedro etwas größer als du und fast mager.

Sie traten immer gemeinsam auf, und ihr Blick verweilte nie auf einer Frau. Sie sprachen über Malerei, Literatur, Reisen, haßten Politik und Geschäfte. Die Mischung aus diesen bei Männern damals so seltenen Interessen und eure Gleichgültigkeit gegenüber der Affektiertheit weiblicher Schönheit machte euch unwiderstehlich. Ein glühendes Summen entstand, wenn ihr hereinkamt, die Mädchen faßten sich gegenseitig an den Handgelenken und flüsterten: »Schau nur, die

Sonne und der Mond.« Du, mein lieber António, warst der verwirrende Mond – trotz deines eher blonden Haars und deines Schrittes, der sehr viel entschiedener war als der Pedros. Er mit seiner dunklen Haartolle war die Sonne, die, um zu blenden, immer lächelte. Es gab auch eine Art Leuchten, das um beide herum strahlte und erlosch, wenn man jeweils nur einen von euch ansah.

Du hattest für mich ein eigenes Schimmern, António, du verbreitetest ein trübes, purpurnes Licht, das mich wie eine Fieberwelle durchschüttelte. Wenn wir tanzten, folgte ich mechanisch deinen Schritten. Ich vermochte keine andere Musik zu hören; ich wurde vor Verlegenheit und Freude fast ohnmächtig, wenn ich das donnernde, hypnotische Pochen des Blutes hörte, von dem ich nie wußte, ob es das deines oder meines Herzens war. Niemand hatte dich zuvor tanzen sehen.

Die Mädchen umringten mich in Schwärmen, fragten, wie es mir gelungen sei, dich zu verhexen. Die kühneren unter ihnen haben, wie man mir erzählte, unzählige Male versucht, in deinen oder in Pedros Armen zu kreiseln, vergeblich. Diese Mädchengespräche ödeten mich an, ich habe nie eine beste Freundin gehabt. Die Komplizenschaft aufgrund unseres gemeinsamen Standes erschien mir beinahe peinlich, ich kannte sie allzugut aus dem Internat, in das meine

Mutter mich fünf Jahre lang gesteckt hatte, um mich auf die englische Art, die sie von ihren Eltern ererbt hatte, »zu bilden und zu disziplinieren«.

Ich glaube, ich habe mich nie vom Gekicher Veras im Refektorium vor dem morgendlichen Vaterunser erholt, »ich habe geträumt, ich wäre mit Salazar im Bett gewesen, ich glaube, ich muß unbedingt heiraten«. Fast alle bekamen Liebesbriefe mit weiblichen Unterschriften, »meine liebste Freundin, schau heute nacht um halb zehn zum Mond, ich werde dann auch dorthin schauen. Deine sehnsuchtsvolle Alexandra«, und die Nonnen, die alles lasen, wunderten sich nicht über diese Schwärmereien unter Mädchen, sind nie darauf gekommen, daß die Jungen von der Militärakademie die mit Alexandra und Paula und Júlia unterzeichneten Briefe schrieben.

Uniformen, die Leute verlieben sich durch das der Uniform innewohnende Verbot ineinander. Ich hatte einen toten Vater voller Orden auf der Brust, einen Vater, der 1917 zum Wohle der Zukunft eines nicht existierenden Europas gestorben war, ohne mich gesehen zu haben. Du trugst weißes Leinen oder grauen Flanell und statt Krawatten fast immer Seidentücher, die mich schwindlig werden ließen vor Verlangen nach deinem langen Knabenhals.

Niemand wußte genau, wovon du lebtest, du reistest viel, Geschäfte, sagtest du und wechseltest schnell das

Thema. Meine Mutter war hingerissen von dem, was sie Scham nannte, ein Verlobter, der als *chaperon* fungierte und nicht seine berufliche Mitgift herzeigte, war ein Wunder. »Ich verstehe überhaupt nicht, was ein junger Mann, der so *exquisit* ist wie er, an dir gefunden hat«, sagte sie einmal in dem scherzhaften Tonfall zu mir, den sie für die schmerzlichsten Wahrheiten benutzte. Sie schaffte es immer, ein oder zwei Wörter auf englisch in jeden Satz einfließen zu lassen, und *exquisit* war eines ihrer Lieblingswörter. Am Tag unserer Hochzeit fing sie an, dich zu duzen und dich mütterlich zu umarmen. Sie fragte dich, ob du wirklich bereit seiest, *this little lady* glücklich zu machen, und du hast ihr auf deutsch geantwortet. Hätte ich das getan, hätte sie mich frech genannt und beleidigt geschmollt.

Meine zerbrechliche Mutter erlaubte nicht, daß fremdes Wissen sie überflügelte, und sorgte dafür, daß ich immer hinter ihr zurückblieb. »Gib das her, ich mach das schon, du kannst das nicht.« Diese Worte wurden wie ein Kehrreim immer gesagt, wenn ich etwas Neues versuchte; ich habe beinahe unbemerkt von ihr Klavier spielen gelernt. »Hör bloß damit auf, du verstimmst mir noch das Klavier, du glaubst wohl, du könntest deine fehlende Technik durch Temperament ersetzen.« Wir waren bereits mehrere Monate verheiratet, als du gesagt hast: »Sie sind so intensiv, Jennifer, ich hätte nie gedacht, daß eine Frau so eine Intensität haben könnte.« Das war das größte Lob, das ich je von dir erhalten habe, und die Feindseligkeiten zwischen mir und meiner Mutter endeten in diesem Augenblick. Mein Temperament war also eine Gabe, eine Tugend, die dich dazu gebracht hatte, mich zur einzigen Frau deines Lebens zu erwählen, zur Erbin deines Namens, zur Herrin all dessen, was dir gehörte.

Pedro liebte es, mein Haar zu bürsten, bevor er es zu Zöpfen flocht, du wolltest mich immer mit Zöpfen und Schleifen sehen. Während der häufigen kleinen Fluchten Pedros kürzte ich den Saum der weißen Kleider aus Lochstickerei, zog Söckchen an und kuschelte mich auf deinen Schoß, du streicheltest mein Gesicht, meine Hände, meine Beine. Einmal hast du mich sogar auf den Boden gelegt und meine Brust mit Bissen und Tränen bedeckt, hast mich fast besessen und mich dann um Verzeihung gebeten, ich sagte zu dir: »Komm in mich hinein, hab keine Angst«, und du sagtest: »Ich kann nicht, mein Engel. Es wäre Ihnen gegenüber nicht recht. Ich gehöre ihm, Jennifer. Verlassen Sie mich, wenn Sie wollen.«

Jemanden verlassen ist kein Willensakt, sondern die Folge des Vergessens, mein Liebster. Hättest du eine andere Frau geliebt, mein verratener Stolz hätte die Kraft gefunden, Schaufeln voller Erde in das dunkle Loch meiner Brust zu häufen. Aber deine verbotene

Liebe drängte dich in den tragischen Limbus, in dem meine Liebe zu dir letztlich zu leben verdammt war. Mir ist nicht eine einzige Sekunde lang der Gedanke gekommen, unsere Ehe aufzulösen. Dennoch muß ich dir sagen, daß meine Entscheidung, für immer bei dir zu bleiben, nicht nur aus reiner Leidenschaft und freiem Willen erwuchs. Es lag auch Hochmut darin, lieber António. Ich hätte die enttäuschte Verachtung meiner Mutter nicht ertragen und auch nicht das Lachen der Klatschmäuler. Der Schmerz über deine Nichtliebe hat mich unfähig gemacht, derartige Beleidigungen zu ertragen. Ganz allmählich habe ich gelernt, mich auf das wesentliche Glück zu beschränken, deine Frau zu sein. Du, der du eine Frau nicht einmal anschautest, hattest mich erwählt, ein ganzes Leben lang an deiner Seite zu leben. Das Geschlechtliche, das ich nicht kannte, konnte mir nicht die Ekstase dieses Abenteuers rauben. Ich würde deine Freundin bleiben, die Komplizin deines Liebhabers.

Camila zufolge macht verzweifelte Liebe eine schlechte Haut, entstellt und vergilbt unsere Umrisse, aber bei uns war es nie so, António. Die Verzweiflung verlieh dir den Glanz des Goldes, ich glaube fast, daß du dich an dem Tag verwandelt hast, an dem Camila auftauchte. »Wie konntest du mich so sehr verraten, Pedro?« Du hast die ganze Nacht in seinen Armen geweint, ganz allmählich hat er dich überzeugt, sie zu akzeptieren, hat er sie dir zwischen Bitten um Verzeihung und Liebesschwüren geschenkt. So hast du mir die Tochter gegeben, die mich daran hinderte, wahnsinnig zu werden.

In jenen Jahren, in denen Liebe nur die wilde Anziehungskraft der Körper war, konnte man ein ganzes Leben lang nur vom Geschmack eines Lippenpaares leben. Ich zumindest habe gelebt.

JENNYS TAGEBUCH

2

In allen Nächten meines Lebens habe ich Gott für die Gabe dieses Gefühls gedankt, das sich nie verändert hat. Um mich herum brachen viele Ehen zusammen, andere faulten schnell, von der eiligen Musik einer Zeit eingewiegt, die immer aufgewühlter wurde. Unsere schwebte makellos über den großen Veränderungen der Welt.

Am Ende des Festes stiegen wir drei, Hand in Hand, laut lachend, die Treppe hinauf. »Tragen Sie die Braut nicht?« fragte jemand, und du hast geantwortet: »Nein. Die Braut führt uns beide an den Händen.« Die Mädchen stießen aufgeregte kleine Schreie aus, nannten mich Monopolistin und bewarfen mich mit Blumen. Ich fühlte mich schwindlig in einem Regen aus Blütenblättern, der Champagner stieg mir bis in die klarsten Weiten meines Kopfes, öffnete alle Türen, die die Seele mit den Eingeweiden verbanden.

Auf dem dunklen Flur ertönte deine Stimme deutlich wie ein Spiegel: »Jennifer, mein Kind, Sie schlafen in Pedros Zimmer. Sagen Sie, wenn Sie etwas geändert haben möchten. Wir wollen, daß Sie sich hier zu Hause wohl fühlen, meine Liebe.« Dann hast du mich am Kinn getätschelt, Pedro küßte mich auf die Stirn, und die beiden traten in unser Zimmer, das mit dem großen Himmelbett meiner Großmutter und den mit Schiffchenarbeit versehenen leinenen Laken, die sie bestickt hatte, um meinen Eintritt in die Welt der realen Liebe zu feiern.

Ich verstand nicht, weshalb nichts sich so abspielte, wie es den Regeln entsprach, aber in dieser Nacht war ich nicht einmal traurig. Ich war sehr müde, weil ich den ganzen Tag gelächelt und getanzt hatte, müde vom Schön- und Geistvollsein in einem schweren Königinnenkleid, ich dachte nur, du wolltest mich wie gewohnt schonen oder daß es dir einfach nur gefiel, die perverse Lust des Wartens noch ein wenig zu verlängern. Ich drehte den Ehering wieder und wieder am Finger, bedeckte das heiße Gold mit Küssen und schlief bereits ohne Angst vor diesem Augenblick der letzten Hingabe ein, der meine Träume so sehr verstört hatte.

Ich habe diese Geschichte niemals jemandem erzählt. Mir schien sie uninteressant zu sein, die Leute sind von glücklichen Geschichten gelangweilt, und zwar zu Recht, denn das Glück fördert all unsere Melancholie und Einsamkeit zutage. Ich habe jetzt angefangen, darüber zu schreiben, vor allem für Camila, ich fürchte, daß sie eines Tages die Tatsachen alle herausbekommt und böse auf uns ist. Die Tatsachen, meine liebe Camila, gibt es nicht, sie sind Lottokärtchen, die wir erfinden und aneinanderreihen, um uns als Sieger zu fühlen oder zumindest sicher. Jeder Mensch hat sein Geheimnis, jede Liebe ihren unvermittelbaren Code. Aus unserer Liebe bist du entstanden, und ich schulde dir die Mühe, diesen Code zu entschlüsseln, der dein Erbe ist, das Licht, das dir gegeben ist, damit du dich in deine eigene Erscheinung verwandelst.

Suche vor allem nicht in der Liebe den Weg, den sie nicht besitzt. Am Ende des Krieges, als die Menschen sich zwischen Ruinen wiederfanden, glaubten sie, die Welt durch den Wiederaufbau erretten zu können. Die Baumeister wurden reich, nannten sich fortan Bauunternehmer und wurden zu den Vorbildern, denen man in allem folgen sollte. Die Nützlichkeit wurde zum herrschenden Prinzip, die Philosophen studierten Naturwissenschaften, breiteten die gesellschaftlichen Ängste auf Tischen aus, wie man es früher mit Kuchenteig, mit lebenden Tieren oder menschlichen Leichen gemacht hatte, und eröffneten Praxen, um Menschen wie Probleme zu lösen.

Und die Liebe, für die es keine Lösung gibt, verschwand.

Die Zeit trat an ihre Stelle, aber die Zeit dreht sich in entgegengesetzter Richtung zum Licht, von Weiß nach Schwarz. Daher muß sie sich immer schneller drehen, damit das Leben vergeht, ohne daß wir es bemerken. Allein die Liebe kann den Tod aufhalten, Camila, das habe ich versucht, dir zu sagen, als dir ein Blitz Eduardo genommen hat. Die Grausamkeit der Liebe ist genau diese, sie bringt das Leben in der Ewigkeit zum Stillstand, aber der Blitz hätte es nicht so wortwörtlich nehmen sollen. Hätte es nicht in der Zeitung gestanden, niemand hätte geglaubt, daß ein junger Mann so sterben könnte, im Alter von zwanzig Jahren, als er aus dem Meer kam, von einem Blitz zerteilt, der vom Himmel fiel.

Das Licht hat seine Ratschlüsse und seine Erwählten, du bist von ihm geprägt geboren, hätte diese Feuerzunge nicht das erste deiner Herzen entzündet, hättest du es vielleicht nie entdeckt. Glaube nicht, daß ich die Tragödie deines Lebens zu vergolden versuche. Ich versuche im Gegenteil, ganz ruhig die mögliche Wahrheit dieser fünfundsiebzig Jahre zu beschreiben, die ich bereits gelebt habe.

Wie du weißt, habe ich nie eine Arbeit suchen oder irgendeine Fertigkeit entwickeln müssen. Es ist mir manchmal schwergefallen, dich so vom Geld zerstört zu sehen, Camila, du wirst wütend auf mich, sagst, es sei die Unterwürfigkeit der Menschen, die dich zerreißt, die Leichtigkeit, mit der sie sich der Macht beugen und alles aufgeben, an das sie gemeinsam geglaubt haben, aber es ist das Geld, das die Menschen so beugt, das glänzende Geld, das sich mit der Farbe der Zeit bekleidet, mit einem langen Umhang aus Papierschnipseln, der mit dem Ruhm und der ewigen Glückseligkeit verwechselt wird. Du antwortest schnell, es sei immer so gewesen, und das ist womöglich wahr, aber ich gehöre der letzten Generation von Mädchen an, denen die Geißel erspart blieb, ihren Lebensunterhalt zu verdienen. Ich habe die Marquise von Faya gesehen, wie sie ihre letzten Ringe auf den grünen Spieltisch schüttete, wie sie zu Füßen der Croupiers starb und von den gierigen Füßen der anderen Verlierer vom Tisch weggeschoben wurde, aber ich habe niemals zwei Freundinnen sich um die Gunst eines Chefs schlagen sehen.

Jetzt, wo die Kriege zu Ende sind, haben die Menschen offenbar als erstes gelernt, sich selbst zu überleben, und das erschreckt mich am meisten.

Wenn zumindest deine Arbeit nicht so sehr der Liebe gleichen würde, Camila, aber diese Promiskuität dringt in dich ein wie eine Krankheit. Du wolltest dein Talent ausleben, und nun zerkleinert es dich wie eine Registriermaschine. Fotografien einer Erde ohne

Himmel; soviel du mir auch von der Notwendigkeit einer Distanzierung und eines ironischen Registers erzählst, kann ich nicht umhin, einen riesigen Eisnebel zu sehen, der die Umrisse deiner makellosen Bilder zurückweichen läßt. Du legst die Strenge, die du im Leben nicht findest, in die Fotografien, wann immer dich die Menschen aus Versehen verletzt haben, schließt du dich in die Dunkelkammer ein und arbeitest die Kontraste heraus.

Ich habe materiell schwierige Zeiten durchgemacht, aber die Reglosigkeit der Liebe hat sich unverändert im Zentrum meines Lebens gehalten. Ich war immer ebenso verliebt in António wie António in deinen Vater, und beide haben mich geliebt und lieben mich auf die gleiche Art wie ich, stark und voller innigem Einverständnis. Es fällt mir schwer, »zu meiner Zeit« zu sagen, wie es die Leute in meinem Alter tun, weil meine Zeit einfach nur die Zeit war, in der ich die Liebe mit Menschen geteilt habe, die ich liebe. Daher bist du, die du sechs Jahre nach meiner Hochzeit auf meinem Schoß ankamst, genauso lange in meinem Herzen wie dein Vater oder sein Liebhaber, der mir das Glück geschenkt hat, die Liebe zu erfahren. Wir haben der feinen Schneide der Launen und der langsamen Zange der gegenseitigen Abhängigkeiten widerstanden. Du bist im rechten Augenblick gekommen, Camila, denn die Leidenschaft verschließt die Welt.

Und das Gefängnis verstärkt das Schlimmste in uns, ohne daß wir es bemerken.

Anfangs tat mir ihre Intimität weh. Ich verbrachte ganze Nächte mit dem Ohr an der Wand, haßte ihre vermengten Stimmen, den gemeinsamen Rhythmus der Körper, der Schreie und des Schlafes. Ich hatte so große Angst vor den erschreckenden Dingen, die in jenem Zimmer geschahen, daß ich ganz aufhörte zu schlafen.

Ich durchlebte Tage und Nächte, Nächte und Tage wie in Trance, wanderte durch ein Haus voller Gespenster, betete Wiegenlieder über Feen und Schutzengel, bis ich, von der Sonne und der Müdigkeit geblendet, unter dem Vordach einfach zusammenbrach. Ich erwachte am nächsten Morgen, als seine Hände mit meinem Haar spielten, in dem großen Himmelbett, in dem meine Mutter geboren wurde.

»Verrücktes Mädchen, haben Sie sich wieder beruhigt?« fragte mich António, und ich sah unsere drei nackten Körper im Spiegel auf der Frisierkommode glänzen, die Beine keusch ineinander verschränkt wie bei einem Kinderspiel.

Und wie Kinder haben wir uns ein ganzes Leben lang geliebt, ohne die Schwelle der Erotik zu übertreten, in einem unerbittlichen So-tun-als-ob, das nur aus Schmerz und Entzücken gemacht war.

Alles, was man über Liebe wissen muß, ist staunende

Hinnahme. Man lernt nicht, zu lieben, Camila; es gibt keinen demokratischen Willen, der die Leidenschaft in den Taschen der Armut verteilen könnte, in die sie nicht gelangt, auch keine Fabriken, die sie in Teilen für die Montage, den Bau oder den Export herstellen könnten. Es gibt nichts Gerechtes in diesem Gefühl: die Gerechtigkeit ist im übrigen nichts als ein Spektakel zum Ordnen der Welt, ein Zirkus, den wir erfinden, um das irrationale Gesetz des Herzens zu ersetzen.

Suche keine Erklärung für mein Leben, und sieh es nicht mitleidig oder als Skandal; wenn ich so alt geworden bin, daß ich verrückt erscheine, dann lies in diesen Heften, daß ich glücklich war. Mach dir keine Gedanken darüber, wie und wie sehr, und falle auch nicht der Versuchung anheim, zwischen Liebe und Leidenschaft zu unterscheiden: Mit der Zeit habe ich gesehen, daß diese Unterscheidungen Fallen sind, die aufgestellt werden, damit das Tuch über unsere Augen fällt und die Unsterblichkeit von unserem Horizont verschwindet. Die Liebe, Camila, besteht in der göttlichen Gnade, die Zeit stillstehen zu lassen. Und das ist alles, was man über sie sagen kann.

JENNYS TAGEBUCH

3

Ich hätte diesen geradezu lächerlichen Zustand einer verheirateten Jungfrau aufgeben können. Aber ich wollte auf gar keinen Fall, daß jemand davon wußte, und damals war die Keuschheit noch kein äußeres Zeichen des Mißerfolgs.

Ich hatte durchaus Verehrer. Ich erinnere mich vor allem an Manuel Almada, der vor lauter Sanftheit geradezu traurig war, unwiderstehlich paternalistisch und aristokratisch zerstreut. Er beklagte sich leichthin über seinen Ruf eines Schürzenjägers, der ihm mehr Ärger als Trophäen einbrachte. Als Kind hatte er sich in Menschen verliebt, die er nicht kannte, in die ersten Bilder des Films. Und im Grunde hat er das sein ganzes Leben so gemacht.

Ich erkenne mich zum Teil in seinem Charakter eines ständigen Touristen wieder, der erklärte, jede gelebte Liebe sei eine Herabwürdigung der Liebe. Er sagte, ein Mädchen zu lieben bedeute letztlich, niemanden zu lieben, da die Mädchen sich von Tag zu Tag ändern. Er hatte recht. Seine Liebe konnte mich nicht berühren, denn die Frau, die er in mir sah, kannte mich nicht. Er war fast zehn Jahre jünger als ich, soviel Jugend machte mir zu schaffen. Wahrscheinlich war ich die einzige Frau der Welt, die älter werden wollte. Mich erschreckte der Gedanke, jeden Tag meines Lebens mit derselben glatten Haut eines Gegenstandes aufzuwachen, der keine Vergangenheit hatte. Ich liebte die unmerklichen Korrosionen der Zeit; vielleicht sagten sie deshalb zu mir, ich sähe jeden Tag jünger aus. Meine Geistesabwesenheit verlieh mir den Ruf, gütig zu sein. Mich ärgerte die Hartnäckigkeit, die die Menschen ihren Taten angedeihen ließen, sei es zum Guten oder Bösen.

Ich glaube, daß ich gerade deswegen wilde Leidenschaften entfachte; ich hatte alle Sinne auf die vergänglichen Dinge gerichtet. Ich vergnügte mich mit dem Spiel der Intensitäten. In einem Augenblick gab ich Küsse, im nächsten war ich abweisend und lachte. Lachte, weil es nichts über die Maßen Ernstes auf der Welt gab. Ich lachte, weil ich liebte, und lieben reichte mir.

An das Erleben von Schmerz erinnere ich mich nicht. Ein Vorteil des Älterwerdens liegt darin, daß wir vergessen können, woran wir uns nicht erinnern wollen. Ich erinnere mich an einen Linguisten, der darüber klagte, nicht eine der mehr als zwanzig Sprachen vergessen zu können, die er kannte. Er sagte, er habe das Gefühl, wahnsinnig zu werden, weil er den Kopf voller Informationen habe, die er nicht brauche. Er fühlte sich mit Nichtigkeiten vollgestopft. Glaube nicht, daß ich damit sagen will, daß die Menschen im Alter dem Wesentlichen im Leben näher kommen: Mir gelingt es nicht, eine Lösung für die Probleme des Universums zu finden, weil ich alt bin. Aber ich finde, ich habe an Frivolität gewonnen, vor allem nach deinem Tod, António. Ich war ein zu ernstes Mädchen, und jetzt ist aus mir eine leichtfertige Alte geworden.

Mit zwanzig habe ich meine Unsicherheit mit einem ziemlich grausamen Humor bekämpft. Es hieß: »Wie skeptisch das Mädchen ist!«, und ich glaubte, Skepsis sei ein Zeichen von Intelligenz. Heute ist mein Humor freundlicher geworden, wohlerzogener. Zumindest hoffe ich das. Ich möchte niemandem weh tun. Das ist für mich sehr wesentlich geworden. Die Menschen verbringen ihr halbes Leben damit, sich gegenseitig schlecht zu behandeln, weil sie Angst haben und Bestätigung brauchen. Das ist traurig und zutiefst nutzlos. Ich schäme mich nicht mehr, sanft und zärtlich zu sein; diese Scham hast du mir genommen, als du gestorben bist.

Weichheit mochtest du überhaupt nicht, du hattest

so wenig für sie übrig, daß ich mich an jedes Mal erinnere, an dem ich dich, ohne es zu wollen, dazu gebracht habe, weich zu sein. »Jennifer, meine Liebe, Sie haben soviel Geduld mit meinen Freunden«, sagtest du beispielsweise zu mir, als Costa Veleno die Portweinflasche an der Ecke des Empire-Sekretärs im Besuchszimmer zerbrochen hat, als er gegen das wetterte, was er die Verschwörung Salazars mit dem englischen Gesindel nannte. Ich beschränkte mich darauf, zu lachen, während ich die Scherben aufsammelte, weil ich ihn einfach nur amüsant fand, António. Delfim Costa Velleno – »mit zweimal Ludwig, Jenny, schreiben Sie es mit zweimal Ludwig, vergessen Sie nicht, daß mein Name aus Italien stammt, mein Großvater war einer der angesehensten Männer am Hofe Viktor Emanuels II.« – war ein umwerfendes Schauspiel, seine blonde Stirn bedeckte sich vor den Reichen und Mächtigen mit Schweiß, der kleine, rundliche Körper knisterte vor Energie, die dicken Lippen glänzten indiskret zwischen der kurzen Fliege und dem an den Enden hochgezwirbelten Schnurrbart.

Er war ganz besonders nervös, der Veleno, als die große Ausstellung *Portugals Welt* zu Ende ging, bei der er, seinen Worten zufolge, der Hauptpfeiler gewesen war. Er wütete bitter angesichts der Undankbarkeit der Gegenwart den Menschen gegenüber, die am Fortschritt der Geschichte bauen, und beendete die

Nacht, indem er sich an der Schulter seines jeweiligen Zöglings ausweinte. Es waren immer bartlose Jünglinge, vom sanftmütigen, staunenden Laufburschentyp, die Veleno unbedingt zu gebildeten Stutzern machen wollte. Nach einem halben Jahr hatte er regelmäßig genug, gab aber nicht auf: Er tauschte einen tumben Jüngling gegen einen anderen, ebenso sanftmütigen aus. Die meisten verschwanden aus unserer Gesellschaft, bevor wir noch den Klang ihrer Stimme gehört hatten. Einmal hat er sich mit António Botto in der Gartenlaube geprügelt, den er, verrückt vor Eifersucht, beschuldigte, seinen Zögling zu verderben.

Aber unsere Nächte mit Veleno gingen früh zu Ende. Irgendwann tauchte Delfim unvermittelt, noch von Schluchzern geschüttelt, aus dem Sofa im hinteren Teil des Raumes auf, zog den Jüngling am Arm hinter sich her, riß die Augen auf, um darüber hinwegzutäuschen, daß sie geschwollen waren, und verkündete: »*Bambini*, es tut mir wahnsinnig leid, euch meiner Gesellschaft zu berauben, aber mir ist gerade eingefallen, daß der Staatssekretär vom Außenministerium mich noch anrufen wollte. Und wenn das Vaterland ruft, können wir uns nicht verweigern, *Santa Madonna*!«

Der Staatssekretär rief niemals an. Im Sommer 1941 trank er apokalyptisch, an die Broschüre *Portugal, Mutter der Zukunft* geklammert, auf deren Titelbild ich abgebildet war. »Da sehen Sie, Jenny. Ich habe denen einen Star geschaffen, und sie können nicht einmal zum Telefon greifen, um mir zu danken.« Der »geschaffene Star«, der ich war, tröstete ihn, und er ließ sich trösten, wobei er langsam, mitleidig mit den Achseln zuckte. Du hast dich über mich lustig gemacht, António: »Von der Muse der Bohème zur Mutter Portugals, das nenne ich eine Karriere, Jenny!« Wenn ich die Stürme hätte losbrechen lassen können, die er Pedro vorbehielt, hätte es sich wenigstens gelohnt, der Eitelkeit nachgegeben zu haben, meine größte Naivität.

Veleno war nicht einmal in der Nähe, als mir das berühmte Foto angetragen wurde. Er hatte darauf bestanden, uns durch die große Ausstellung *Portugals Welt* zu führen, die er als seine betrachtete, »ich möchte, daß Sie alle Details daran verstehen, und ich möchte Sie Almada, Telmo und allen meinen anderen Künstlerfreunden vorstellen«, aber er ließ uns stehen, sobald wir die Ausstellung betreten hatten, weil er unbedingt von Duarte Pacheco gesehen werden und alle Vertreter des diplomatischen Corps begrüßen wollte.

Ich trank gerade mit Josefa Nascimento, einer der wenigen Frauen, mit denen ich mich verstand, eine Kaffeelimonade im Strohhütten-Imbiß in der Nähe des Pavillons der katholischen Missionen, der von Nachbauten afrikanischer Dörfer voller lächelnder kleiner Negermädchen umgeben war, als ein grauhaariger Mann mit runder Brille mich höflich ansprach. Er sagte, mein Gesicht sei genau das, was er für das Titelbild einer Veröffentlichung über die portugiesische Frau gesucht habe, Eva und Maria zugleich, und er flehte mich an, in Gottes Namen wenigstens Probeaufnahmen machen zu lassen, es würde sogar daran gedacht, einen Film dazu zu drehen. Am nächsten Tag wolltest du mit Pedro zu einer weiteren romantischen Rundreise durch die Casinos Portugals und Spaniens aufbrechen. Ich sagte sofort zu, so prompt, daß sogar Josefa staunte, für die die Welt keine Überraschungen zu haben schien.

Der Film hieß am Ende *Der Himmel in deinen Augen*, und der Regisseur sagte, man könne sogar bei Schwarzweiß erkennen, daß meine Augen grün seien. Ich glaube zudem, daß ihnen meine Stimme gefiel, oder vielleicht wußten sie auch nur nicht, wie sie ein Mädchen nach Hause schicken sollten, das so entschlossen war, mehr zu sein als nur ein Foto. Tatsache ist, daß sie mir eine Ratgeber-Radiosendung anboten, *Herzensbriefe von Maria da Felicidade*. Sie hat es zwanzig Jahre lang gegeben, und ich habe es dir nie erzählt. Weder dir noch sonst jemandem, auch Camila nicht. Ich glaube im übrigen, daß Camila mich ein wenig verachten würde, wenn sie es wüßte. Eines Tages, als ich nach der Sendung nach Hause kam, sagte sie, sie habe im Radio eine Maria da Felicidade gehört, die die gleiche Stimme habe wie ich, nur im Körper einer *femme fatale*. Sie lachte: »Als wenn du solch sentimentales Zeug sagen könntest.« Das macht nichts. Ich holte meine Stimme aus dem Bauch und wurde zur Spezialistin in Männerfragen. Es war eine Art, mich an dir zu rächen, für die Einsamkeit meines Geheimnisses, für die Frauen, die keine Geheimnisse hatten. Es war häufig auch die einzige Möglichkeit, Rosário bei uns zu behalten, wenn alle anderen Dienstboten bereits gegangen waren, oder ein Kilo Beefsteak zu kaufen. *Santa Madonna!* – Delfim Veleno hatte nie das Vergnügen festzustellen, daß er Umgang mit einer Radiokünstlerin hatte. Zwei Monate nach der Broschüre betrachtete er mich als hoffnungslosen Fall und gab sich wieder seinen üblichen gesellschaftlichen Aufstiegssehnsüchten hin.

Er hat mir, als wir uns kennenlernten, gleich seine Lebensgeschichte erzählt. Sein Vater habe ihm den Namen Delfim gegeben, um auf sein Schicksal als Erlöser zu verweisen, weil er am 14. Dezember 1914 geboren war, dem Tag der Ermordung von Sidónio Pais. Seine Mutter war bei seiner Geburt gestorben und sein Vater, da er ruiniert war, ein obskurer Buchhalter geworden, der sich mit diesem obskuren Dasein nicht anfreunden konnte. Delfim wurde von frühester Kindheit an dressiert: Mit vier Jahren schrieb er Briefe und spielte Klavier. Ambrósio Veleno war davon besessen, ihn zum Genie zu machen: Der Sohn mußte ein Mozart oder Dante sein.

Eines Tages befestigte er, um Delfims ästhetischen Sinn zu stimulieren, einen wunderschönen Schmetterling an seiner Krawatte, der sich eine Zeitlang – die Delfim, der damals sieben Jahre alt war, länger als ein Jahrhundert vorkam – in wildem Todeskampf auf seiner Brust wehrte. Der kleine Veleno saß den ganzen Tag lang reglos und stumm da, hatte nicht den Mut, den Schmetterling zu befreien, und weinte still. »Du bist ein Schwächling«, hatte der Vater zu ihm gesagt. »Du hast das dünne Blut deiner Mutter geerbt.« Der kleine Veleno wuchs auf und hörte immer wieder, daß er ein Schwächling sei, ein Schwächling, der außerstande war, die Träume und Größe der alten Vellenos zu ehren. »Mein Vater hatte recht, ich bin meine ganze Jugend lang ein Schwächling gewesen«, sagte er manchmal zu seinen engsten Freunden und kratzte dabei melancholisch an seiner Fliege. »Aber es war nicht die Schuld meiner Mutter. Sie entstammte einer sehr alten jüdischen Familie, die zu Zeiten der Inquisition so getan hatte, als sei sie konvertiert, und die Juden sind Leute mit Temperament. Sie haben sich nie den Luxus leisten können, schwach zu sein, so ist das nämlich. Portugal ist an seinen ständigen Verblendungen und Anfällen nur deswegen nicht gestorben, weil die Juden seine Wurzeln gehalten haben. Während meiner Jugend habe ich jede Nacht von den Augen meiner Mutter geträumt, die sich von mir verabschiedet haben, während ich geboren wurde. In Blut gehüllt wie eine Märtyrerin, suchte sie in mir eine Kraft, die ich ihr nicht geben konnte. Sie hat am Ende auf ihre Kräfte verzichtet, um sie mir zu geben. Diese Schuld schleppe ich bis heute mit mir herum.«

Ambrósio Costa Veleno hat sich als Majordomus bei einer adligen Familie verdingt, um seinem Sohn die beste Schule Lissabons zahlen zu können. Als er fünfzehn wurde, waren die Dienstherren verreist, und Ambrósio beschloß, im Palais ein Fest zu geben und Delfims Schulkameraden einzuladen. Es wurde so viel über das Fest geredet, daß dies den Besitzern des Hauses zu Ohren kam, und Ambrósio verlor seine Anstellung. Was darauf geschah, ist ein Beweis dafür, daß Not erfinderisch macht: Ambrósio Veleno klopfte bei allen Läden Lissabons an und gründete eine kleine Zeitung mit dem Namen *Die Reklame*, die gratis verteilt wurde und nur aus Anzeigen bestand. Stellenanzeigen und Anzeigen für Häuser, die verkauft oder vermietet wurden, machten dieses Unterfangen zu einem Erfolg. Veleno, der Vater, wurde schneller vom armen Schlucker zum wohlhabenden Bürger, als der Sohn brauchte, um das Gymnasium abzuschließen. Der Wohlstand besänftigte die unerbittlichen Erwartungen des Vaters beträchtlich: »Laß nur, mein Sohn, mach dir nichts daraus, je länger du im Gymnasium bleibst, desto mehr wichtige Leute lernst du kennen, und das ist mehr wert, als von den Klugen gekannt zu werden.«

Senhor Ambrósio hatte recht. Veleno gelang es, noch vor Ende des Krieges donnerhallend antideutsch zu werden und einen Direktor der Staatspolizei kennenzulernen, der ihm einen kleinen Posten im Archiv beschaffte. »Jetzt, wo ich das Gedächtnis der Nation zu wahren habe, kann ich den Roman schreiben, den das Jahrhundert braucht«, verkündete er. Josefa Nascimento lächelte spöttisch und erklärte: »Armer Veneno. Nicht mal deinen Gift-Namen haben sie dir richtig gegeben, und du glaubst dich bereits imstande zu töten.«

Josefa Nascimento veröffentlichte Kriminalromane unter dem Pseudonym Joseph Birth. »Ich habe meinen Namen ins Englische und Männliche übersetzt, weil es sich besser verkauft«, erklärte sie den wenigen, denen sie ihr Parallelleben anvertraute. Das war bei Bufo Veneno, wie Josefas vorausahnender Geist ihn genannt hatte, nicht der Fall. Sie konnte eine ganze Nacht lang, mit António Botto als beißendem Kontrapunkt, Vorträge über die moralische Verantwortung des Autors halten und mit affektierter Stimme die erhabene Tugendhaftigkeit des Gefühls und die heilige Unaussprechlichkeit des Fleisches verkünden. Als Josefa einmal nicht mehr damit aufhörte, gähnte er ostentativ und meinte: »Laß es mit der Rhetorik gut sein, Mädchen, mit soviel Moral nimmst du meiner Seele die Luft und würgst meinen Verstand ab.«

Moral hin oder her, António Botto hatte Josefa sehr gern. Es rührte ihn, daß sie sich so sehr vom Herzen leiten ließ, während sie lauthals den Verstand verteidigte. Ihn rührte vor allem die unverbrüchliche Freundschaft, die sie Judith Teixeira weihte, einer kühnen Dichterin, deren erstes Buch – *Dekadenz* aus dem Jahre 1923 – von den Behörden verbrannt worden war. Sie hatte darauf noch zwei Bücher herausgegeben, das zweite mit dem Titel *Nackt. Gedichte aus Byzanz*, das ihr das Mißfallen des Publikums eingetragen hatte und sie schließlich in ein immer verzweifelteres Vergessen verbannte. António Botto protegierte sie, so gut er konnte, und schleppte sie, im Versuch, sie aufzuheitern, in unser Haus. Das Vermögen und das Gold Judiths zerrannen in ihrem ruhmlosen Kampf gegen die Zeit, und sie wurde fast bettelarm. Josefa kam in ihren letzten Lebensjahren diskret und beständig für ihren Lebensunterhalt auf.

Josefa Nascimento war nicht hübsch. Ihre Augen standen zu eng über einer Hakennase und einem verächtlich geformten Mund, den sie dazu nutzte, sich ironisch zu zeigen. Doch ihre ausholenden Gesten strahlten eine höhere Ruhe aus und verliehen ihr eine andere Art von Schönheit. Auf ihre sanfte Rettung der Welt konzentriert, schien sie den kleinen Widrigkeiten der Gefühle keine Beachtung zu schenken.

Aus Gründen der Moral hatte der Vater ihr verboten, zur Universität zu gehen, und sie hatte schließlich heimlich einen adligen, nichtsnutzigen Poeten geheiratet. Die Verantwortung lag allein auf ihren Schultern, und sie war gezwungen, gleichzeitig zu arbeiten und etwas zu lernen. Die Ausbildung als Krankenschwester vermittelte ihr das notwendige Wissen über Dosierungen und Substanzen. Schon als Kind hatte sie mit dem Lesen von Kriminalromanen angefangen, das zu einem Laster geworden war. Da sie ängstlich war, gab ihr diese Art Literatur die Gewißheit, daß die Macht der Vernunft am Ende siegt. Erst mit über dreißig Jahren, als sie nach der Arbeit in ihre leere Wohnung kam, fiel ihr ein, dieser aufgeschobenen Berufung zu folgen. Aus Achtung vor ihrem Mann, der, nachdem er beim Spiel alles verloren hatte, in einer psychiatrischen Klinik endete, war ihr nie in den Sinn gekommen, einen autobiographischen Roman zu schreiben wie andere, wenn sie ihr erstes Buch herausbringen.

»Es ist sehr schwer, einen guten Kriminalroman zu schreiben, und deswegen glaube ich, daß es eine wunderbare Lehre für jemanden ist, der ein ernsthafter

Schriftsteller werden will«, gestand sie. Später stellte sie fest, daß sie bei dieser Form bleiben und dennoch einige Wahrheiten über die Männer, die Frauen und die Gesellschaft sagen konnte. Darüber hinaus verschaffte ihr das Markenzeichen Kriminalroman ein Publikum, Geld und Straffreiheit: Niemand würde subversive Botschaften in Büchern mit Titeln wie *In der Finsternis des Herzens* oder *Die ermordete Braut* vermuten.

Sowohl in ihren Büchern als auch im Leben war sie vor allem daran interessiert, die Labyrinthe der individuellen Entscheidung zu erforschen. Ich habe mich ihr genähert, als ich sie kühl, beinahe unmenschlich über die Triebe der Menschen, das Gute und Böse reden hörte und die Art und Weise, wie wir diese Worte wählen. »In gewisser Hinsicht bin ich sehr konservativ«, sagte sie. »Darin, wie mir der plötzliche Wandel von Dingen Sorge bereitet, die jahrhundertelang vervollkommnet wurden und funktioniert haben. Ich mag zum Beispiel nicht, daß alte Gebäude abgerissen werden, es kommt mir so vor, als würden wir gemeinhin, so viele ästhetische Rechtfertigungen wir auch vorbringen mögen, dazu tendieren, sie durch häßlichere zu ersetzen. Aber in anderen Dingen bin ich ziemlich radikal.«

Sie war unerschöpflich darin, revolutionäre Ideen trickreich zu verbreiten: Sie organisierte Tees zugunsten der »Freude der Mutterschaft«, bei denen sie über Empfängnisverhütung sprach und erklärte, daß die Berufstätigkeit der Mütter die Intelligenz der Kinder außerordentlich entwickelte; sie schuf eine Art informellen Verein von Ärztinnen und Krankenschwestern, um der konkreten, alltäglichen Verzweiflung der Frauen zu begegnen. »Letztlich«, meinte sie, »macht es mir Spaß, wenn ich versuche, die Welt etwas weniger entnervend zu machen.«

Ihre Bücher verkauften sich immer besser, doch der Erfolg hat sie nie dazu getrieben, ihre Identität zu enthüllen. »Sehen Sie, Jenny, der Ruhm verhält sich proportional zum Geheimnis. Es werden Zeiten kommen, da werden die Leute dies aus Angst vor einem Tod ohne Erlösung vollkommen vergessen und sich wegen ein oder zwei Meter Ruhm bis auf die Knochen entblößen. Und vergessen Sie nicht, daß einer der Trümpfe meines lieben Joseph Birth seine trockene Männlichkeit ist. Oder glauben Sie, daß Ihr Freund Veleno sich so für die Bücher von Birth begeistern würde, wenn es meine wären?« Ich lachte. Delfim lobte alles, was von der Elite bestätigt wurde, und Birth war in Mode, vielleicht weil er Engländer war und vor allem weil die Mischung aus Krimihandlung und Zitaten von D. H. Lawrence und Virginia Woolf ihn so unerhört pikant machte. Tatsächlich aber wird Veleno niemals auch nur eine einzige Seite gelesen haben, es schien mir unwahrscheinlich, daß er so virulent feministische Geschichten wie ihre mögen könnte. »Ach«, sagte Josefa, »aber niemand würde diesen Feminismus, wie Sie es nennen, schätzen, wäre der Name, der auf dem Umschlag steht, der einer Frau.« Sie lächelte: »Angefangen bei den Frauen selber.«

Dennoch sind wir uns nie nahegekommen. Ich füllte ja auch das Haus mit Freunden, um Nähe zu vermeiden. Vor allem, um eure Nähe zu pulverisieren. Oder, besser gesagt, damit diese festliche Menge von Fremden mir die Illusion gab, deine Frau zu sein.

JENNYS TAGEBUCH
4

Ihr schient wie füreinander geschaffen, du und Pedro. Ein Klavier und die entsprechende Partitur. Du wärest gern die Musik gewesen, warst aber wegen der Übermäßigkeit deiner Leidenschaft dazu gezwungen, sein Resonanzkörper zu sein. Ich glaube, Pedro hat aus Liebe zu dir sein Talent unterdrückt. Er hatte, nebenbei gesagt, mehrere Talente. Er malte, was immer er wollte, schrieb kraftvoll und hatte eine herrliche Baritonstimme. Doch das war für ihn nichts, verglichen mit der dichten Vollkommenheit deiner Gefühle. Er wollte dich mit der besessenen Genauigkeit lieben, mit der du ihn liebtest, und diese nicht erfüllbaren Wünsche flirrten zwischen euch beiden wie eine euch eigene Sonne. Manchmal tat es beinahe weh hinzuschauen. Er nahm mit der linken Hand die Zigarette, die du mit der rechten rauchtest, und begann sie zu rauchen. Pedro fing niemals mit etwas an. Er beschränkte sich darauf, das weiterzuführen, was du angefangen hattest, um es langsam zu beenden.

So war es vom ersten Tag an. Du spieltest Roulette in Monte Carlo und verlorst ständig. Ein junger, schwarzhaariger Mann beugte sich über deine Schulter und flüsterte dir auf portugiesisch eine Zahl zu, eine Unglückszahl übrigens, das Datum des Tages, an dem deine Eltern auf dem Rückweg von Brasilien, wo dein Vater eine Kaffeeplantage hatte, Schiffbruch erlitten. Du hast auf diese Nummer gesetzt und gewonnen. Du hast wieder gesetzt und wieder gewonnen. Am Ende der Nacht hast du den Gewinn mit dem jungen Portugiesen geteilt, der Pedro war, und ihm zugleich befohlen, die Prostituierte wegzuschicken, die an seinem Arm hing. Dein Schutzengel bat dich um eine schicklichere Sprache, gehorchte jedoch. Er küßte der Frau die Hand, flüsterte ihr etwas ins Ohr und folgte dir. Aber in der Nacht darauf hast du ihn in ihrem Bett gefunden. Pedro erzählte dir, daß diese bereits in die Jahre gekommene Frau die Witwe eines reichen Kaufmanns und seine einzige Stütze im Leben sei. Er sei in einem Waisenhaus aufgewachsen, von wo aus er in eines ihrer Unternehmen als Lagerist arbeiten ging. Jetzt gab sie ihm eine monatliche Apanage, damit er mit ihr durch die Welt reiste. Da hast du dich angeboten, die Witwe des Kaufmanns zu ersetzen.

Von diesem Sommer 1934 an, genau ein Jahr vor unserer Begegnung in Griechenland, wurdet ihr beide, Pedro und du, unzertrennlich. Oder beinahe, denn hin und wieder verflüchtigte Pedro sich zwischen deinen Fingern. Du hieltest an Türen obskurer Pensionen Wache. Deine einsame Reise nach Griechenland, ein wirkungsvolles Druckmittel, war die Folge einer dieser Wachen. Pedro kam mit einem Mädchen aus der Pension, du hast ihn beschimpft und bist am nächsten Tag abgereist. Meine Liebe zu dir wuchs über der verborgenen Wunde deines Zornes, António. Ein kleiner Verrat traf auf die größtmögliche Treue.

Ich habe nie den Wunsch verspürt, jemandem unsere Geschichte zu erzählen, nicht einmal Camila oder Natália, weil sogar sie Mitleid mit mir hätten. Ich habe es immer vorgezogen, daß sie uns für leicht verdorben, aber glücklich hielten. Wir lebten offiziell in drei Schlafzimmern, und ich hatte es übernommen, Pedros angebliches Bett zu verwühlen, in dem in Wirklichkeit niemand schlief. Wahr ist, daß wir glücklich waren, obwohl wir niemals ein konventionelles Liebesdreieck gebildet haben. Ich wollte vor allem, daß niemand etwas von meiner Keuschheit ahnte, die uns drei wie die falsche Aura eines tragischen Irrtums umgeben hätte.

Erst nachdem ich verheiratet war, erfuhr ich von den Motiven, die dich in Meteora in meine Arme geführt hatten. Pedro erwähnte diese Reise während eines Streites mit dir. Ihr wart so erregt, daß es euch entgangen war, daß ich euch im Nebenzimmer hören konnte. Ich war nicht verletzt, nicht einmal enttäuscht; ich hatte mich an das Schauspiel eurer schmerzlichen Leidenschaft bereits gewöhnt und zog ihm die Ruhe meiner Liebe ohne Hoffnung und Tod vor. Ich dankte Gott für seine Geschicklichkeit, das Buch des Lebens nicht geradlinig zu schreiben und damit die Wunden auf ganz unerwartete Weise zum Blühen zu bringen.

Nur der Blick auf den Tejo hat sich mit eurer Ankunft in diesem Haus nicht geändert, das zuvor meines gewesen war. Als du begannst, meinen sanft geometrischen Garten in ein monumentales, barockes Werk zu verwandeln, war das einzige, worum ich dich gebeten habe, António, dieses Stück Fluß, das man von den Balkons der Schlafzimmer aus sehen konnte und das jenseits des Häusermeers von Ajuda bis zu den Hügeln auf dem südlichen Ufer wie eine Straße aus Diamanten glitzerte, niemals zu verdecken. Und du hast dich daran gehalten.

Einmal sah ich, wie Pedro im Garten mit der Rosenschere ein Bild zerfetzte, das er mir versprochen hatte. Du schütteltest den Kopf und sagtest mit belegter Stimme: »Verzeih mir. Ich weiß nicht, wie ich dich bitten konnte, eines deiner Werke zu zerstören. Ich bin ein Verbrecher.« Am Ende legte er die Schere weg, strich dir über das Gesicht und küßte dich auf die Stirn. Du schubstest ihn weg und schicktest ihn und seine Zärtlichkeit zur Hölle, ranntest über den Weg zum Teich davon. Er lief hinter dir her, warf dich zu Boden, legte sich auf dich und küßte dich heftig und lange auf den Mund.

Ihr habt nie erfahren, daß ich reglos und staunend auf der Veranda stand. Ich habe alles gesehen, was ihr nicht sehen konntet: das Licht auf Pedros schwarzem Haar, die Lichtreflexe des Teiches, die den Küssen auf deinem Körper folgten, einen Spatz, der auf dem Bild eurer ineinander verschlungenen Kleider herumpickte.

Ich habe sogar gedacht, du wärest eifersüchtig auf mich gewesen. Pedro sagte mir, er habe das Bild nachts unter dem Vordach vergessen, und die Katze habe es vollkommen zerfetzt. In derselben Nacht hast du Pedro geschworen, niemals mehr auf seine Werke zornig zu sein und diesen erschreckenden Egoismus eines Gescheiterten zu überwinden. »Aber du warst doch der Autor dieses Werkes, António. Weißt du es nicht mehr? Du hast dir vorgestellt, wie Gott und der Teufel über dem Schachbrett der Bäume des Gartens sitzen. Du hast dir sogar den Garten ausgedacht. Manchmal fühle ich mich selber wie ein Werk deiner Phantasie und habe Angst davor, daß du mich eines Tages verschwinden läßt.«

Du sagtest, die großen Bäume mit den immergrünen Blättern, die sich über uns wie der Schatten der

Tage ausbreiteten, seien eine Beleidigung der menschlichen Ungewißheit: »Ich ertrage sie nur diszipliniert, dem Maß des Lebens entsprechend beschnitten.« Wir stellten vier erfahrene Gärtner ein, um das Schachbrett zu formen, in das du den Garten verwandelt sehen wolltest. Die Buchsbaum- und Taxusbüsche wurden zu fünf Meter hohen Königen, Läufern, Bauern und Pferden, und aus dieser verrückten Ordnungsarbeit entstand eine wattige Atmosphäre, in der die Umrisse wie Trugbilder im Raum schwebten. Nachdem er gezähmt war, wurde der Garten, den ihr zu einem Kunstwerk machen wolltet, unkontrollierbar, ein Labyrinth aus verborgenen pflanzlichen Wünschen, das die Stimmen veränderte und die Triebe in dem beschleunigte, der sich in ihm aufhielt.

Du teiltest mit Salazar, den du so sehr verabscheutest, die grundlegende Unfähigkeit zu begreifen, wie sehr Aufgezwungenes den Frieden der Dinge stört. Du monologisiertest, führtest Gründe wie Zeichnungen göttlicher Klarheit an. Kamst zum Schluß: »Mir scheint, dies erschließt sich jeder mittleren Intelligenz«, und nur die Intelligenz von Veleno, die ständig Gefahr lief, äußerst mittelmäßig zu sein, spendete geblendet Beifall. Daher weckte er in dir vom ersten Augenblick an, als ihr euch bei einer Ausstellung von Amateurkünstlern kennenlerntet, bei der Pedro ein paar Bilder zeigte, ein tieferes Mitgefühl als viele engere Freunde. Daher hast du ihn später verteidigt, als der Machthunger seine Feigheit zu schwerem Denunziantentum werden ließ.

Du hast immer gesagt, jemandes Freund zu sein bedeute, den Mut zu haben, das Beste und Schlimmste dieser Person zu kennen, und dieses Schlimmste, wie groß es auch sein möge, in der Stille unseres Herzens zu verwahren. In der Tat habe ich niemals eine genauere und poetischere Definition der Freundschaft gehört. Ungezählte Male durchmaß Klarsichtigkeit deine Monologe in rasantem Flug. Fast immer aber endete dieser Flug an der unüberwindlichen Bergkette deiner Einsamkeit. Alle Versuche, dir zu folgen, erschienen dir als Manöver, die dazu ausersehen waren, dich abstürzen zu lassen.

Einmal hast du sogar vor Wut zitternd das Zimmer verlassen, nur weil Josefa dich auf Widersprüche einer politischen Haltung aufmerksam machte, die du selbst gerade getadelt hattest. Du sagtest: »Der Naturalismus ist aus Hinnahme gemacht, und ehe wir uns versehen, sind wir von einer Diktatur eingemauert. Kosmopolit sein ist die einzige Art, dem zu entgehen. Ich bin gegen die Natur, denn sie steht politisch rechts: die natürliche Auslese löscht die Schwachen aus.« Josefa fiel ein, dem hinzuzufügen, daß es paradoxerweise die Rechte war, die sich neben die Kirche gestellt hat, um das Recht auf Leben selbst des mißgebildetsten und lebensunfähigsten Fötus zu verteidigen, und da durchlief dich ein Zittern. Dich ärgerte, daß diese logische Ableitung nicht von dir gekommen war. Josefa, die dein plötzliches Schweigen ausnutzte, um mit Frechheit zu brillieren, was im übrigen typisch für sie war, setzte nach: »Ich schließe daher, daß du auch gegen das Praktizieren von Geschlechtsverkehr bist, da er die Grundlage für die Weiterführung der Natur ist. Ich werde dich in Zukunft Engel nennen, António.« Du sagtest darauf: »Nun gut, wenn ich meine Gedankengänge nicht zu Ende bringen kann, gehe ich schlafen« und gingst, ohne dich von jemandem zu verabschieden, die Treppe hinauf. Ich lachte. Camila, die damals etwa achtzehn Jahre alt war und genauso rigoros wie du, sagte: »Komm, Jo, kümmere dich nicht um ihn. Die Männer fühlen sich immer unwohl in ihrer Haut, wenn Frauen von Sex und dem Recht auf ihren eigenen Körper sprechen.« Pedro sagte: »Armes Kind. Du kannst überhaupt nichts verstehen.« Und so scheitern häufig interessante Gespräche.

Die Notwendigkeit der menschlichen Natur, sich selber zu behaupten, mein lieber António, besitzt eine biologische Wucht, die imstande ist, umgehend das schönste Kartenhaus unserer immensen Kultur zusammenfallen zu lassen. Mit einem leisen Hauch, an einem ruhigen Abend. Denn Pedros Worte drückten Liebe und Schuldgefühl gegenüber Camila aus. Doch sie litt sehr unter solchen und ähnlichen Sätzen, durch die Pedro sie, in der Absicht, die Inszenierung eines ganzen Lebens mit einer Geste wirklicher Zärtlichkeit zu kompensieren, immer weiter von sich schob. Die Mißverständnisse wuchsen mit der Zeit wie Unkraut, unmerklich und beharrlich, und riefen nicht wiedergutzumachende Verwüstungen hervor.

Heute bin ich mir sicher, daß wir Camila unser so schlecht inszeniertes Geheimnis hätten erzählen sollen. Ich bin mir sicher, daß unsere Freunde, zumindest Josefa und Manuel Almada, deine Leidenschaft für Pedro bemerkten und aus diesem Grunde uns drei noch mehr liebten. Liebe löst jeden Skandal in Rauch auf, mag sie unseren scheinbaren Werten auch noch so fremd vorkommen. Der Skandal, den man nicht überlebt, ist der des Fehlens von Liebe, und den haben wir ihr nicht erspart. Zudem war es eine Lüge: Dein Vater liebte dich sehr, Camila, und António war dir gegenüber vor Rührung wie gelähmt, weil er deinen Vater leidenschaftlich liebte. Das hätten wir dir sagen sollen, anstatt dir zu erzählen, daß du aus einer Sommerliebe entstanden bist und dein Vater die Frau seines besten Freundes gebeten hat, dich aufzuziehen. Die schrecklichen Geschichten, die wir den Kindern erzählen, um die Armseligkeit unserer Komödie zu vertuschen. Wir verbergen, wer wir sind, und so erhalten wir die Illusion aufrecht, die Welt zu beherrschen.

Nicht einmal die Trümmer zweier Weltkriege in einem Jahrhundert konnten uns die Augen für die Lächerlichkeit unserer Geheimnisse öffnen, António. Wir haben nicht gewagt, die Wahrheit zu akzeptieren, die uns Camilas Geburt aufzeigte. Wir haben nicht das geringste moralische Recht, die Moral ihrer Generation zu kritisieren. Wir haben das Sein zugunsten des Scheins der Macht mißachtet, sie mißachtet den Schein, um die Macht des Seins zu finden. Ein Theaterstück tritt an die Stelle des anderen, und die Frauen stellen sich an die Rampe, um diesen uralten männlichen Fehler zu wiederholen, Helden zu schaffen.

Um in der Welt der Männer akzeptiert zu werden, zerstückelt sich Camila, so wie sich Frauen immer zerstückeln, trennt den Körper vom Herzen und die Sinne vom Denken, schafft abstrakte Kategorien wie Deiche, die die brennende Lava des Lebens aufhalten sollen. Zwei gleichermaßen lächerliche, nutzlose Unterfangen. Zwei Rhythmen, die, gegeneinander verlaufend, die absolute Stimme des Chaos mit dem lärmenden Geschwätz des Verstandes übertönen, des Gottes unserer Zeit, der in der Macht seiner Worte die Rache für die Zerstückelung findet, die er verursacht hat.

Natália sagt immer – aus der Ablehnung der fortdauernden Geschichte heraus, die sie diskriminiert, weil sie Mulattin ist –, daß ich keine Falten habe, weil ich das Glück hatte, außerhalb der Geschichte zu leben, und ich küsse sie dann nur mit einem Lächeln, damit sie weiter glaubt, daß sie eine Großmutter wie aus alten Zeiten hat, eine Art unbewegliche, tragbare Weihnacht. Und im Grunde stimmt es. Die Hingabe war meine einzige Form der Behauptung, ich nehme aus dem Leben nicht das Gewicht rostiger Waffen mit. Ich wußte immer, daß es sich nicht lohnt, daß die Zeit zu kurz ist, als daß man ihr widersprechen dürfte. Einmal hat mich Natália in einem ihrer lapidaren Wortspiele folgendermaßen zusammengefaßt: »Sie sind irgendwie reizend, Großmutter. Die Fremdheit der Welt dient Ihnen immer als Abreisekai, aber nie als Ankunftskitsch.«

Vorzüge, am Rande des Krieges geboren zu sein, scheint mir. Es gab Rationierungen, sogar für Leute wie uns, vor allem für Leute wie uns, die außerstande waren, auch nur daran zu denken, daß sie mit ihrem Namen oder ihrem Geld etwas mehr Zucker oder Benzin als die anderen bekommen könnten. Darin waren du und Pedro genau wie ich. Mit dem Unterschied, daß ihr beim Roulette alles verlort, was wir hatten, und ich das Spiel haßte. Aber ich haßte es nur, weil alle sich ums Geld drehenden Kämpfe mich unendlich langweilten. Außerdem führte das Spiel die beiden weit von mir weg, und die Trennung schmerzt diejenigen, die früh die Größe der Liebe angesichts der Enge des Lebens erkennen.

Jedenfalls werde ich traurig, wenn mich Natália jetzt um meine Figur und meine Haut beneidet und wenn ich sie atemlos vom Aerobic kommen sehe, ganz straffende Cremes und Magermilchjoghurts, und sie mich um Entschuldigung bittet, weil sie von dem Reis mit Ente, den ich extra für sie gemacht habe, nichts probieren will. Ich hätte gern, daß meine Enkelin das schlichte Vergnügen erlebt, zu Fuß durch diese große Stadt zu gehen, der sie auf ihrem Reißbrett unermüdlich etwas hinzufügt, und sich dann, wenn sie nach Hause zurückkommt, unter das Vordach zu setzen und ein Stück Kuchen zu genießen, der nur ein Ei, viel Mehl und Honig enthält, der den unerreichbaren Zucker ersetzt. Und ich hätte gern, daß sie mir wenigstens glaubt, wenn ich ihr sage, sie würde, sobald sie den Blick von den Zeitschriften hebt, in denen sie wild herumblättert, in den Augen der Männer die unverwechselbare Schönheit ihres rundlichen Körpers und ihrer zimtfarbenen Haut sehen.

Aber meine unabhängige Natália, die geboren wurde, um Frauen wie mich vom grausamen Joch der Männer zu befreien, wird nur ruhen, wenn sie die knochige Magerkeit der jungen Mädchen mit den Augenringen erreicht hat, die heute den Platz der Filmstars in den Zeitschriften innehaben. Mich macht es traurig zu sehen, wie sie, ohne es zu bemerken, ihre Schönheit verliert, unbewußt in den Reihen der Todesindustrie mitmarschiert, die die Welt beherrscht. Es werden keine Marylin Monroes mehr aus Norma Jeans gemacht mit Hüften, Bauch und Busen. Und ich weiß nicht, ob es richtig ist, den Männern dafür die Schuld zu geben, liebe Natália, denn vielleicht fehlt der völligen Befreiung, die ihr vorantreibt, diese Fähigkeit, die Cellulitis, die Tränen, die Falten und die breiten Hüften einer Frau zu lieben, die sich trotz aller gegenteiliger Kampagnen nur die Männer beharrlich erhalten.

Danielle, deine wahre Großmutter, war dick wie ein Vollmond, als dein Vater sie traf. Und sie war die einzige wahre Frau in seinem Leben, obwohl viele um ihn herumflatterten.

Danielle hatte nichts von einem Schmetterling. Sie hatte ihn kennengelernt, als sie mit zwei Kindern an der Hand in einem plötzlichen Gewitter im Sommer 1941 über den Restauradores-Platz ging. Er kam, bot ihr einen Regenschirm an, und sie sagte zu ihm: »Falls Sie von der Polizei sind, möge ein Blitz Sie erschlagen, aber gleichwohl danke ich Ihnen dafür, daß Sie mir Ihren Regenschirm überlassen.« Ich erinnere mich an diesen Satz, so wie ihn mir Danielle erzählt hat, und ich sehe Eduardos Körper von einem Blitz zerstört, Camilas Augen für immer trocken, sich in Fotografien verwandelnd. Das Unglück mit allen Buchstaben auf einen Augenblick des Glücks geschrieben.

Du würdest dich über mich lustig machen, António, ich weiß. Immer, wenn die Dinge sich in meinem Kopf wie die stummen Tentakel eines Krebses miteinander verbinden, höre ich sein spöttisches Lachen durchs Haus fegen. Ich kann mir gar nicht vorstellen, was aus mir geworden wäre, hätte mir dein Gelächter nicht nachts in diesem leeren großen Haus Gesellschaft geleistet. Danielle lachte gern über nichts und wieder nichts, forderte den Himmel und das Wohlverhalten heraus, indem sie den Kopf nach hinten warf. Du hättest sehr viel weniger gelitten, wenn du dich nicht geweigert hättest, sie kennenzulernen. Die Eifersucht ist der Virus des gefühlsmäßigen Analphabetentums, ich glaube sogar, du hast diesen Aphorismus geprägt. Danielle hat dir Pedro nicht einen einzigen Augenblick geraubt, ich habe Monate zwischen deinen Tränen und Camilas Weinen damit verbracht, dir das immer wieder zu sagen, und es hätte so einfach sein können. Pedro brauchte die Fröhlichkeit, die deiner düsteren Leidenschaft fehlte, Danielle brauchte ihn, um ein Zeugnis zu hinterlassen, und wußte, daß Portugal der einzige sichere Ort für ihre Fortpflanzung war. Pedro war sehr zärtlich, und vor allem sehr gutaussehend. Das war ihre letzte Gelegenheit.

Danielle war eine dem Nazismus entronnene französische Jüdin, die für ihre Landsleute, vor allem für Frauen mit Kindern, Einreisevisa in die Vereinigten Staaten organisierte. Sie selbst hatte vor, nach Amerika zu emigrieren, wenn ihre Arbeit abgeschlossen war. Aber ihre Arbeit war nie abgeschlossen. 1943 erfuhr sie, daß ihre Eltern in ein Konzentrationslager geschickt worden waren, und wurde im französischen Widerstand aktiv. Bevor sie nach Frankreich reiste, übergab sie ihre Tochter dem Vater. Ich erinnere mich, als wäre es heute, an den Augenblick, als sie an jenem 27. April ins Haus kam. Salazar hielt gerade im staatlichen Rundfunk eine Rede, und ich hörte ihm zu, machte mir heimlich Notizen: »Ich, für meinen Teil, drücke möglicherweise grundlos meine Furcht vor drei Tendenzen aus, die Welt zu ordnen: das Streben nach dem Optimalen oder, anders gesagt, die Herrschaft des Irrealen innerhalb des Strebens; der Krieg als Mittel der Kollektivierung des Lebens; das Primat der Ökonomie, das heißt die vollständige Unterordnung der Lösungen unter die Erfordernisse der Wirtschaft, was die Welt revolutionieren kann, ohne den Weg des Friedens zu finden.« Ich hörte ihn gern, mich faszinierte diese diplomatische Begabung, die uns vom Krieg fernhielt, und mir schien in seinen Analysen der Weiterentwicklung der Welt prophetische Klarsicht zu liegen. Schrei mich nicht an, António. Sobald ich den Namen Salazar schreibe, fühle ich, wie sich die Luft mit deinem Zorn trübt. Später habe ich ihn genauso gehaßt wie du, vor allem nach dem, was seine Schergen Camila angetan haben. Doch blinder Haß bringt nichts.

Danielle kam mit tränenverquollenen Augen, auf dem Arm eine winzige, schreiende Camila, die zu ahnen schien, daß die Arme ihrer Mutter für immer verschwinden würden. Sie legte mir das Mädchen in die Arme und vertraute mir all ihre Schätze an, damit ich sie der Tochter gab: ein Bündel Fotos aus ihrer Kindheit, ein Paar Perlohrringe, einen Brief mit dem Stammbaum der Familie und eine feine Goldkette mit dem Davidstern.

Am Ende des Krieges erfuhr ich, daß sie im Konzentrationslager Dachau gestorben war. Ich erfuhr es von Delfim Veleno, der die letzten Tage ihres Aufenthaltes in Portugal finanziert hatte. Anfangs begriffst du nicht, António, warum Pedro und ich darauf beharrten, daß unsere winzige Camila, die nicht getauft worden war, Veleno Patenonkel nennen sollte. Oder vielleicht hast du es ja gleich geahnt: Dir waren viele andere Geschichten stiller Großzügigkeit bekannt. Delfim Veleno stand hinter den verschiedenen vorübergehenden Anstellungen António Bottos, die ihm das Überleben garantierten, nachdem er seines Postens bei der Abteilung für Anthropometrie der Zivilregierung von Lissabon enthoben worden war und immer kränker wurde. Delfim Veleno reichte anonym Schecks für das Konto des Gynäkologischen Vereins von Josefa ein, vielleicht in Erinnerung an seine Mutter, die bei seiner Geburt gestorben war. Und einmal hat er absichtlich eine Wette verloren, um die Ehre der Frau eines Diplomaten zu retten. Es handelte sich um eine zerbrechlich wirkende junge Frau mit großen, melancholischen Augen, die sich zurückhaltend benahm und diskret kleidete. Als er ihr vorgestellt wurde, schwor Delfim, um etwas Nettes zu sagen, mit seinem üblichen Ungestüm, daß er sie schon einmal vor ein paar Jahren von weitem in einer Konditorei in Sintra gesehen habe. Der Diplomat sagte, es sei unmöglich, da seine Frau nie nach Sintra fuhr. Veleno wiederholte seinen Schwur, wettete um zweitausend Escudos und begann sich in Einzelheiten zu ergehen. Dann blickte er die Frau des Diplomaten an und sah, daß panischer Schrecken sie hatte erblassen, fast ohnmächtig werden lassen. Er zog zweitausend Escudos aus der Brieftasche und gab sie dem Botschafter: »Verzeihen Sie, Sie haben vollkommen recht. Es war tatsächlich eine andere Frau. Ich weiß nicht, wie ich die unvergleichliche Schönheit Ihrer Frau habe verwechseln können. Ich bitte um Vergebung, Madame. Verzeihen Sie einem kurzsichtigen Alten.«

Die Menschen überraschen einen immer, sei es im Guten wie im Bösen, daher wird es mir nicht langweilig zu leben. Selbst jetzt, wo ich allein in diesen leeren Salons lebe. In der Durchsichtigkeit der Einsamkeit sind die verschiedenen Farbtöne deiner Seele und all der Seelen, die uns hier begegnet sind, klarer erkennbar. Und sie vermischen sich mit den Körpern der Lebenden, die mich besuchen – Manuel Almada, Camila, Natália. Vielleicht gehen sie deshalb alle wieder versöhnt.

Ich habe noch nie Enttäuschungen erleben müssen, weil ich eine Einzelgängerin bin. Ich entferne mich von den Menschen und beobachte sie aus der Ferne; es gelingt mir nie, sie von nahem, ohne Umgebung zu sehen. Indem ich Unvollkommenheit akzeptierte, habe ich verzeihen gelernt. Ich schaue auf die Wurzel der Taten und schließe daraus, daß auch ich sie hätte begehen können. Die allerschlimmste unter ihnen.

JENNYS TAGEBUCH

5

Das letzte Tageslicht enthüllt die innerste Kraft der Dinge. Es war dies immer meine Stunde. Die Luft sieht wie aus Gold gemacht aus, ich öffne die Fenster, damit der rote Widerschein der Wolken die unbewohnten Zimmer liebkost. Alles ist geblieben wie zu deinen Lebzeiten, das von Lampen in Tulpenform erleuchtete Treppenhaus mit der Damasttapete, die Bibliothek mit dem Lektürebord vor deinem englischen Sessel neben dem Fenster, das Eßzimmer mit dem großen italienischen Lüster über dem riesigen Empiretisch, der an den Wänden in einem Bilderlabyrinth funkelt. Bernardo Marques hat uns einen aquarellierten Fries geschenkt, der um den ganzen Raum herum verlief. Mit den Jahren war das Papier des Frieses vergilbt und hatte den ursprünglich zu fröhlichen Figuren einen nostalgischen Farbton verliehen. Bernardo malte am liebsten Landschaften, aber da du kein großer Liebhaber der Natur warst, hatte er es für angemessener erachtet, in unserem Zimmer die Atmosphäre literarischer Abende im Café wiederzugeben.

Noch heute muß ich lachen, wenn ich an das Entsetzen auf dem Gesicht meiner Mutter denke, als sie das erstemal als Besucherin in dieses Haus kam, das zuvor ihr gehört hatte, und auf die inzestuösen Geschwister von Max Beckmann oben an der Treppe stieß – ein ebenso großartiges wie brutales Ölgemälde, das du und Pedro in Berlin gekauft hattet, als Beckmann noch unbekannt war. »Jenny, bist du denn verrückt geworden? Respektierst du nicht einmal mehr das Angedenken deines Vaters?« Du erschienst mit nackter Brust unter dem seidenen Morgenmantel, den ich dir zur Hochzeit geschenkt hatte, umfingst meine Schultern mit deinem Arm und sagtest: »Guten Tag, liebe Schwiegermutter. Ich sehe, Sie bewundern die Veränderungen in diesem Haus. Nun, dann kommen Sie und sehen Sie sich das Eßzimmer an, das ich gerade das lebende Museum der Kontraste getauft habe.« Der Armen fehlten die Worte. Als sie sich wieder gefangen hatte, sagte sie: »Zweifellos originell« und hat nie wieder das Angedenken meines Vaters oder irgend jemand anderen berufen. Als wir wegen des Schach-Gartens den Namen des Hauses von *Casa das Camélias* in *Casa do Xadrez* änderten, zuckte sie nur mit den Schultern und sagte: »Sie sollten es einfach Casino nennen, das wäre angemessener.«

Weder du noch ich konnten uns vorstellen, daß auch noch fünfzig Jahre später unser Haus jemanden schockieren würde. Camila hat mich ganz verrückt gemacht, damit ich das Fell des Leoparden mit den leuchtenden Augen vor dem Kamin wegnehme, den mein Vater in Afrika erlegt hatte. Als kleines Kind nannte sie ihn böses Kätzchen und liebte es, an ihn gekuschelt auf das Knistern der Flammen zu schauen und einzuschlafen; aber als sie älter und zur Anhängerin der Hippie-Philosophie wurde, schämte sie sich seiner.

Meine sanfte Natália quält mich mit ihren Architekturtheorien: Sie fordert, daß die Form der Funktion dienen müsse, und will unbedingt mein Haus »entrümpeln«, wie sie sagt. Sie findet, daß ich mein Zimmer nach unten, in das Musikzimmer verlegen, das ganze Haus streichen, die Möbel und die Gegenstände, die sie für »nutzlos« erachtet, verkaufen oder in ein Lager bringen, die hochbeinigen Badewannen durch praktischere ersetzen, die Küche umbauen, eines der Badezimmer im ersten Stock durch eine weitere Küche ersetzen und den oberen Teil des Hauses vermieten soll. Aus deinem Zimmer ausziehen, aus deinem Zimmer, lieber António, das ich erst nach deinem Tode wiedererobert habe? Nur als Tote.

Hätten sie mich Pedro heiraten lassen, würde ich vielleicht zustimmen. Ich würde zwei Zimmer für uns hier unten einrichten; es würde mir ein bißchen wie ein Ehebruch vorkommen, wenn er weiter in deinem Bett schlafen würde, ohne dich, nach der Hochzeit. Hör bitte auf zu lachen. Ich wollte auch nicht, daß er mit mir schlief. Im übrigen habe ich ihm, als er mich gefragt hat, ob ich ihn heiraten wolle, geantwortet, ich würde nur zusagen, wenn wir weiterhin wie Geschwister leben würden. »Selbstverständlich, Jenny«, sagte er und gestand dann mit einem melancholischen Lächeln: »Außerdem sind wir nicht mehr im richtigen Alter für solche Neuerungen, meine Liebe. Ich weiß nicht, ob Sie je die körperliche Liebe erlebt haben, und werde Sie selbstverständlich nicht um dieses vertrauliche Geständnis bitten. Sollten Sie aber niemals von diesem Leckerbissen gekostet haben, dann wäre es eine Beleidigung Ihrer wunderbaren Sinnlichkeit, wenn ich wagen würde, jetzt dieses Privileg für mich zu nutzen. Dennoch möchte ich, daß Sie wissen, daß ich Sie immer zärtlich begehrt habe und daß ich, würde ich mich von Ihnen verführt fühlen, Sie nicht bitten würde, meine Frau zu werden.« Ich streichelte sein weißes Haar so sacht, wie deine Finger einst sein schwarzes Haar liebkost hatten, und dann küßte ich seine Augen, sein Gesicht, seine Lippen mit jener Zartheit, die nur Pedro und mir eigen war. Du warst da, und diesmal hast du gerührt geschaut.

Pedro und ich kamen einander während der langen Frühjahrsmonate im Jahr 1988 näher, in denen wir an deinem Bett beteten und versuchten, die unsagbare Qual dieses Krebses zu lindern, der dich langsam und unerschütterlich dem Tod entgegenführte. Der süßliche Geruch deiner Krankheit klebte an unseren Körpern, wir verschränkten unserer Finger ineinander, die naß waren vom salzigen Wasser, das uns aus den Augen rann, wenn du nicht hinsahst. Irgendwann wußten wir nicht, ob du überhaupt noch etwas sahst, und dieser durchdringende Schmerz verbrannte mein Herz und Pedros Herz zu einer einzigen schwarzen Masse.

Du wärest glücklich gewesen, wenn Pedro und ich zusammenblieben, António, und das habe ich versucht meiner Mutter verständlich zu machen. Sie hat mich nicht angehört; von der Höhe ihrer neunzig Jahre herab hat sie mich wieder wie ein naives, unfähiges kleines Mädchen behandelt, mich »senile Alte« genannt und gedroht, mir das Haus wegzunehmen. Sie störte sich offensichtlich daran, daß Camila offiziell die Erbin war – sie hätte unser Vermögen lieber irgendeinem entfernten Verwandten vermacht als Pedros Familie. Im Laufe der Jahre wurde sie immer mißtrauischer, was unsere unschuldige Freundschaft betraf,

António. Nur Camila und Natália unterstützten mich, aber ihre Unterstützung wurde argwöhnisch betrachtet: Die Tochter und die Enkelin des Vermögensjägers, zu dem dein Pedro plötzlich geworden war, waren in dieser Sache interessierte Parteien. Camila regte sich auf und verlangte was auch immer zu unterzeichnen, um auf alle Rechte ihres Erbes zu verzichten, doch nicht einmal das überzeugte meine Mutter. So rächte sie sich für das Museum der Kontraste und für die Blindheit, mit der sie mich in die schönen Arme des Vergeuders ihres Vermögens und ihrer Eitelkeit gestoßen hatte. Und so verurteilte sie mich zur letzten Einsamkeit, der einzigen, die ich nicht gewählt habe und mit der ich nicht umgehen kann.

Ich habe es immer genossen, allein in einem vollen Haus zu sein. Das ferne Geräusch der Unterhaltungen wärmte mich mehr als die Gespräche selber. Häufig floh ich auf die Treppe, um mich vom warmen, vagen Duft der Stimmen einhüllen zu lassen, die trunken machten, ohne zu verletzen.

Ich lernte allein zu lieben, während ich sah und hörte, wie du auf der anderen Seite der Wand Pedro liebtest. Ich machte ein Loch in die Wand, ja, direkt neben dem Spiegel der Frisierkommode vor unserem Bett. Meine Finger ahmten auf meinem Körper den Weg seiner Finger auf deinem Körper nach. Ich hatte nie verstanden, warum die Nonnen im Internat darauf achteten, daß wir die Hände über der Bettdecke hatten, bevor wir einschliefen.

Eines Tages hat eine Nonne ein Mädchen gezwungen, sie an ihren versteckten Händen riechen zu lassen, und das Mädchen erhielt dreißig Hiebe mit dem Lineal und wurde einen Monat lang bestraft. Sie weinte jede Nacht, zwei Betten weiter, aber ich schaffte es nie, daß sie mir erzählte, welche Krankheit sie an den Händen hatte. Erst mit eurer Liebe begriff ich es. Ich lernte mein Begehren und meine Ekstasen mit euren abzustimmen; ich habe sogar irgendwann gelernt, eure gegenseitige Anziehung zu wecken, wenn ich mich der göttlichen Bewußtlosigkeit der Lust überlassen wollte.

Ich war dir immer treu, António, auch wenn es dir schwerfällt, diese Annahme bestätigt zu sehen, die dich so sehr ärgerte: »Warum amüsieren Sie sich nicht mit Manuel Almada, Jennifer? Es stört mich, Sie wie ein Gespenst in diesem großen Haus eingeschlossen zu sehen. Die Menschen sollten frei sein. Ich würde es nur zu gern sehen, daß Sie Liebhaber haben wie die anderen Frauen.«

Ich habe dir geantwortet, daß ich nicht wie die anderen Frauen sein könnte, nur um dir zu gefallen, erinnerst du dich daran? Und ich fügte hinzu, daß ich dich auch nicht darum bitten würde, mit anderen Männern zu gehen, nur um mir zu gefallen, und da bist du richtig wütend geworden. Du hast mich gepackt, mich auf den Mund geküßt, als würdest du mich ohrfeigen. »War es das, was Sie wollten? Sind Sie nun zufrieden?« Nein, das war es nicht, was ich wollte, ich wollte dich nur so, wie du warst. Nur diese Art zu lieben konnte ich Freiheit nennen, und das sagte ich dir. Aber du hieltest mich für zynisch, und ich glaube, der Gedanke, daß du ein vertrauensvolles junges Mädchen zu einer Zynikerin gemacht hast, hat dich sehr leiden lassen. Vielleicht kann jetzt, wo alle Geräusche des Lebens dieses Haus verlassen haben, dein totes Herz verstehen, daß ich sehr glücklich mit dir war.

Dich festhalten, António, das wäre mir unmöglich gewesen. Ich glaube, du hast mich deshalb erwählt: weil ich bei einer Berührung leicht zurückwich, glitschig war wie ein Fisch. Nur mein Geld wog, ein angenehmes Gewicht, nicht wahr, mein Liebster? Nein, ich sage nicht, daß du mich wegen des Geldes geheiratet hast. Es gab viele andere reiche Mädchen, die bereit waren, dich zum Altar zu führen. Selbstverständlich hättest du mich ohne das Vermögen meiner Mutter nicht einmal in Betracht gezogen, aber ohne dieses Vermögen wäre ich selbst anders gewesen. In dem Augenblick, in dem Motive und Gefühle von einem Menschen getrennt werden, um sie objektiv zu analysieren, wird eine grundlegende Ungerechtigkeit geschaffen. Im übrigen ist die Welt wegen dieser Mode, die Dinge ihrer Schale zu berauben, um sie von nahem zu betrachten, und die Wissenschaft genannt wird, so, wie sie ist. Jeder Mensch ist eine Harmonie der Einsamkeit, ihn auseinanderzunehmen kann dazu führen, daß seine Musik unhörbar wird.

Ich kann mich nicht mehr an den Geschmack der vielen Küsse erinnern, die man mir in den Winkeln dieser langen Flure gegeben hat, nicht einmal an den Namen der Männer, an ihre glühenden Worte. Mein Gedächtnis wird dick und spitz wie die Nadel eines Grammophons, das bis zum Wahnsinn dieselben Töne wiederholt. Ich erinnere mich an das einzige Mal, an dem die nasse Erde im Garten unter meinem Rücken nachgab, der Regen mir ins Gesicht und auf den Kopf eines Fremden peitschte, der versuchte, an meiner Brust zu versinken.

Es war während eines der vielen Feste, die du erfunden hast, um das Ende des Krieges zu feiern. Es wurde ein Abendessen mit Büfett im Garten serviert, der von etwa hundert Fackeln erleuchtet war, es wurden Gedichte von Lorca, Rimbaud und Sá-Carneiro rezitiert, auf dem gepflasterten Hof wurde ein Diktator aus Stroh verbrannt, der Champagner floß die ganze Nacht, kurz vor Sonnenaufgang wurde ein Feuerwerk veranstaltet. Jedem Gast stand es frei, seinerseits einzuladen, wen er wollte.

Ich befand mich inmitten des Labyrinths deines botanischen Schachspiels und diskutierte mit einem spanischen Kommunisten, den ich niemals wiedersah und von dem ich nie erfuhr, wer er war, über Politik. Er hatte kaum begonnen, vor einer Versammlung von drei oder vier Journalisten seine grandiosen Pläne zur Veränderung der Welt zu entwickeln, als ich ihn mit einer herausfordernden Haltung, die mich selber überraschte, unterbrach: »Bereits Mark Twain hat gesagt, daß es eine hervorragende Sache ist, die anderen zu lehren, gut zu sein, die zudem den Vorteil hat, edler und weniger schwierig zu sein, als selber gut zu werden«, sagte ich zu ihm.

Er war verblüfft und kehrte seinen Zuhörern den Rücken, folgte mir mit wütenden Erklärungen durch die zitternden Schatten des Gartens. Plötzlich bedeckte eine Wolkenbank die Sterne, und ein heftiger Regen brach los, der mein weißes Tüllkleid durchnäßte, doch ich stritt mit einer Hitzigkeit weiter, die ich selber nicht verstand, denn normalerweise fand ich, daß es sich nicht lohnte, geistige Energie damit zu verschwenden, über Politik zu reden. Meine Argumente schienen mit der Zunahme des Regens gröber zu werden, ich sprudelte pompöse Sätze über die konkrete Ungerechtigkeit, in die der abstrakte Begriff von Gleichheit münde, hervor, bis er meinen Mund mit seiner Zunge schloß, mich umarmte und mich dazu brachte, mit ihm zusammen zu Boden zu sinken.

Ich glaube, wir haben den Akt nur nicht vollzogen,

weil meine Geistesabwesenheit ihm die Konzentration raubte. Es schien gegen seine Prinzipien zu sein, eine Frau zu besitzen, die sich einfach nur nehmen ließ, ohne mitzumachen. Aber die mächtige körperliche Anziehung, die mich wie ein Magnet zu ihm geführt hatte, während wir sprachen, löste sich in dem Augenblick auf, als er mich berührte. Ich hatte mich zu sehr an die Vorstellung von Haut gewöhnt und konnte die Enttäuschung über ihre Realität nicht überwinden. Seine Liebkosungen wurden zunächst immer leichter, dann schamhaft, dann ungeschickt, bis er sich mit einem Satz erhob, nach dem Gartentor suchte und im Wassernebel verschwand, der weiter vom Himmel fiel.

Aber die stärkste Erinnerung an diese Nacht waren deine Augen, die unerwartet fasziniert von mir waren. Ich kam durchnäßt und verwirrt den Weg vom Teich herauf, und du wandtest den Kopf und schautest mich an wie eine unvollendete Statue. Du vergaßest die Person, die vor dir stand, und kamst schwebend auf mich zu. Bliebst einen Meter von mir entfernt stehen und hast langsam deinen leuchtenden Blick über mich gleiten lassen. Ich sah unser ganzes Leben, Vergangenheit und Zukunft, wie es in einer Spirale um uns herum ablief, als würde das Universum dort enden. Dann hast du gesagt: »Soviel Schönheit läßt einen wünschen zu sterben, Jennifer.«

In den heißen Frühjahrsnächten, wenn der Regen unvermittelt über der Erde niedergeht, renne ich auf der Suche nach dir in den Garten. Ich weiß, daß sie sagen, ich werde verrückt. Mag sein, daß es stimmt, aber sie finden es zu spät heraus.

Vor ein paar Tagen ist Natália gekommen, um mich zu bitten, ihr für ein Faschingsfest in dem Unternehmen, in dem sie arbeitet, ein paar Theaterkostüme zu leihen. Ich habe ihr gesagt, sie werde alle Truhen bekommen, das stehe in meinem Testament. Aber solange ich lebte, würde ich es nicht ertragen, mich von ihnen zu trennen. »Es ist doch nur für vierzehn Tage, Großmutter«, argumentierte sie. Natália rennt durchs Leben, aber sie sieht nicht, daß vierzehn Tage eine endlos lange Zeit sind. In vierzehn Tagen würde das Kostüm eines Ritters der Tafelrunde mit den Formen und dem Geruch eines anderen Körpers zurückkehren und mir nicht mehr gehören.

Pedro war König Artur und Hamlet und Romeo und König Pedro der Grausame. Veleno bekam immer die Rolle des Ritters oder des Intriganten, und er machte Furore in der Rolle des Kardinals Cerejeira in dem Stück *Der Weise und sein Heiliger*, das Pedro und du geschrieben hattet. Später habe ich ihn allerdings Stein und Bein schwören sehen, daß er niemals eingewilligt habe, an diesen »subversiven Demonstrationen« teilzunehmen, und daß Manuel Almada den

Kardinal gespielt habe. Ich glaube, er hat Manuel die Großzügigkeit des Reichtums nie verziehen.

»Sie brauchen doch diese Kostüme überhaupt nicht, Großmutter«, sagte Natália und ging verärgert davon. Wie soll ich ihr erklären, daß ich nur brauche, was zu nichts nutze ist? Sie würde es nie verstehen. Sie hat einen jungen Mann geheiratet, der ihr in allem nützlich ist. Sie teilen sich die Abzahlung für die gemeinsame Wohnung und ihrer jeweiligen Autos, er kocht, und sie räumt das Geschirr in die Spülmaschine, sie stützen sich in Krisenzeiten gegenseitig, mögen dieselben Filme, Bücher und Platten, und vor allem, versichert sie, »jeder läßt dem anderen Raum«.

Wäre es nicht Natália und wäre es nicht Gotteslästerung, hätte ich »Amen« gesagt, als sie mir euphorisch diese Liste von Vorzügen aufsagte und mich zur Hochzeit einlud. Aber mir fiel nur ein zu fragen, ob sie in ihn verliebt sei. Sie lachte über mich. Streichelte mein Gesicht, aber lachte über mich und erklärte mir, heutzutage seien die Frauen nicht mehr so dumm, aus Leidenschaft zu heiraten. Sie sagte mir, es sei statistisch bewiesen, daß Liebesheiraten nach wenigen Jahren am Ende sind. Eine ihrer Freundinnen sei Psychologin und habe ihr dies bestätigt und ihr versichert, daß die Grundlage einer erfolgreichen Beziehung in der »Gemeinsamkeit der Interessen und Wünsche« liege.

Die letzte Sommersonne schien ins Fenster, verlängerte die Schatten, zündete kurz die Parade der Fotos auf dem kleinen runden Tisch mit der zum Boden reichenden Decke an. »Natürlich ist auch wichtig, daß man körperlich gut zusammenpaßt«, fuhr Natália fort, »aber heute heiratet niemand mehr blindlings, ohne Erfahrung. In diesen anderthalb Jahren, die wir jetzt zusammenleben, haben wir gesehen, daß wir gut zusammenpassen. Im Grunde ist die Heirat nur eine Proforma-Angelegenheit. Und ein Fest. Freut Sie das nicht?« Ein Luftzug ließ die Türen schlagen, schüttelte die Bäume und erschreckte die Vögel dort draußen, die zornig piepsten. »Doch, ich freue mich sehr für dich, Natália. Und Álvaro?«

Natália hatte mit dreizehn das düstere Habit der Leidenschaft genommen, und mit achtzehn bestätigte sie die Volljährigkeit dieses Gelübdes mit Álvaro, einem kleinen jungen Mann mit gebeugten Schultern, der in einer Kunstgalerie arbeitete, nägelbeschlagene Stiefel und einen Pferdeschwanz trug. Als sie mir erzählte, daß ihre Mutter in diesen zeitgenössischen Adonis verliebt sei, schimpfte ich sehr mit ihr. Aber Natália antwortete so, wie ich ihr in dieser Situation geantwortet hätte.

»Die Liebe ist nicht gerecht, Jenny. Auch mir gegenüber nicht.« Jedenfalls war sie diskret genug, diese Romanze von Camila fernzuhalten. Ich habe schließlich ohne Gewissensbisse die Rolle als Natálias Vertraute übernommen, vor allem weil ich glaube, daß der verklemmte Utilitarismus Álvaros, der von Malerei als »einem Produktionsfeld chromatischer Effizienzen« oder ähnlichem sprach, eine verheerende Wirkung auf Camilas rigorosen Geist gehabt hätte. Natália hingegen übertrieb aus Protest. Sie sagte exaltiert: »Alle Kunst ist Gefühl. Jeder Gedanke, der durch uns geht, trägt unser Blut in sich.«

Jetzt, fünf Jahre später, runzelte sie ihre Stirn mit genau derselben entschlossenen Falte wie ihre Mutter. »Was soll mit Álvaro sein?« »Ich weiß nicht. Hast du ihn schon vergessen?« Wahrscheinlich war es Rache; wenn ich darüber nachdenke, glaube ich, es war so, obwohl ich es zum damaligen Zeitpunkt nicht bemerkte. Ich wollte sie an die Nächte erinnern, die ich damit verbracht habe, ihr die Tränen zu trocknen und ihr zuzuhören, wie sie von Álvaro sprach, wegen der Herablassung, mit der sie mit ihren Fingern über mein Gesicht gestrichen hatte. Ich wollte sie daran erinnern, wie oft sie mir gestanden hatte: »Ich brauche Gefühle wie von früher, Jenny, großgeschrieben, Regeln und Beweise!« Ich sehnte mich nach den Nächten, in denen sie mir von der Liebe zu den Männern in einer Sprache redete, die ich verstehen konnte, ohne Beziehungskisten und Statistiken.

Natália erhob sich, begann ärgerlich auf und ab zu

gehen und meinte, diese Geschichte sei schon lange zu Ende und Álvaro und sie seien nur noch gute Freunde, weil sie beschlossen habe, daß sie ihre Zeit nicht mit *losers* verlieren wollte. Ich dachte an meine Muter und an Delfim Veleno, die auch ausländische Worte liebten und ihre Zeit nicht mit *losers* verbringen wollten. Ich schaute Natália an, deren dichter Haarschopf glänzte und deren Augen entschlossen funkelten, und war traurig. Ich hatte ihr gesagt, ich würde ihr mein Hochzeitskleid leihen. »Das lohnt sich nicht. Ich finde ein Kleid, das man nur einmal trägt, unsinnig. Ich habe schon ein superschönes hellblaues Kostüm gekauft, das ich bei anderen Gelegenheiten kombinieren kann.« Ich sagte, daß das Weiß ihr vielleicht besser stehen würde, und sie war beleidigt: »Warum? Weil ich schwarz bin?« Ja, Natália, weil das Weiß deiner herrlichen kaffeebraunen Haut huldigt. Zudem ist für mich Weiß immer die Farbe der Bräute gewesen. Es tat ihr leid, und sie umarmte mich. Dann meinte sie, es erscheine ihr heuchlerisch, sich als Jungfrau anzuziehen.

Ich dachte an Josefa Nascimento, die mit zweiundfünfzig Jahren Witwe und zum zweitenmal Braut war – jetzt die eines Rechtsanwaltes, der kurz darauf an einem Herzanfall sterben sollte –, hinreißend schön wie nie zuvor, in einem weißen Spitzenkleid, Schleier und Zigarre in der Hand, im Jahre 1954. Camila trug die Eheringe, hatte Carlinhos de Sousa als Pagen, den wir in seiner Jünglingszeit Carlos Bonito nannten, einen reizenden Jungen, der ihr überallhin folgte und der immer wieder von seiner Mutter bestraft wurde, weil er heimlich die Schachtel mit dem Ingwerkonfekt ausleerte, um es Camila zu schenken. Josefa hatte ihr ganzes Leben damit verbracht, die Frauen davon zu überzeugen, daß Reinheit eine Geisteshaltung ist, aber die Wortwörtlichkeit scheint dazu bestimmt zu sein, immer zu siegen. Ich sagte zu Natália, daß ich ihr, wenn das so sei, die Eheringe schenken würde. Sie antwortete mir darauf, nur Tauben trügen Ringe.

Ich gab ihr schließlich die goldene Uhr, die du mir zur Hochzeit geschenkt hast, António. Sie war gerührt, und ich glaube, sie hat ihr gefallen. Ich habe sie noch davon zu überzeugen versucht, einen kleinen Empfang hier im Haus zu geben, aber sie zog einen »modernen Ort« vor.

Ich weiß nicht, wie ich es dir sagen soll, António, aber das, was unsere Natália einen »modernen Ort« nennt, ist ein riesiges, weißes, rundum gerüschtes Zelt mit gelben Schleifen an den Ecken. Die Stühle und Tische waren mit weißem Stoff bezogen und trugen gelbe Schleifen. Sogar die Rosen – denk nur – waren weiß und gelb. Camila wurde auch ganz übel von den vielen Schleifen und dem Gelb, aber sie sagte mir, heute mache man das so. Nur in solchen Augenblicken merke ich, daß ich alt bin. Ich habe den ganzen Tag damit verbracht, nostalgisch an die Hochzeiten zu denken, die wir in den sechziger und siebziger Jahren in diesem Haus ausgerichtet haben, als nicht einmal die Bar die Ausgaben wieder einbrachte.

Um dich von den Casinos fernzuhalten, in denen deine Hände zitterten und unsere Liebe befleckt wurde, habe ich das Musikzimmer mit dem Piano in eine Bar verwandelt und damit einen Treffpunkt für unsere Freunde geschaffen, der dich ans Haus und an mich band. Und auch, das gestehe ich, um etwas Geld zu verdienen, weil unsere Abendessen und euer Spielen uns in den totalen Ruin trieben. Damals war Geld nur etwas Nebensächliches, das, falls es fehlte, aus der Tasche irgendeines, nicht einmal besonders engen Freundes kommen würde. Die Leute schätzten vor allem die Freude am Zusammensein und kümmerten sich statt um die großen Gewinne unsichtbarer zukünftiger Morgen gemeinsam um den kleinen Luxus des heutigen Tages. Josefa schenkte uns die erste Ausstattung mit Getränken, Manuel Almada den Tresen und die Hocker, und Delfim Veleno hat nur deswegen keinen Fernseher in der Bar installiert, weil du es abgelehnt hast: »Faschistisches Fernsehen, kommt nicht in Frage!« Veleno entgegnete dir auftrumpfend: »Du bist nur neidisch, weil meine Tochter ein Star des nationalen Radios und Fernsehens ist!« Ein Star, der damals lediglich Sprecherin war – erst nach der Revolution erhielt sie ihr eigenes Interviewprogramm *Glorios mit Glória* –, und du konntest dir das Lachen nicht verkneifen. Wahrheit ist, daß die Bar dich nach Hause zurückbrachte, und dein Gelächter ließ die ganze Nacht lang unser Kristall und die Spiegel blitzen, Ströme von Licht, die bis heute über die Reglosigkeit meines Herzens hinfließen.

Einmal, in unserer Hochzeitenepoche, erschien ein junges Mädchen mit orangefarbenen hochhackigen Schuhen, Jeans, einem T-Shirt mit dem mit Pailletten gestickten Wort *Class* und einer zusammengerollten Zeitschrift unter dem Arm bei uns im Haus. Sie schlug die Zeitschrift auf und erklärte mir, sie wolle genau so eine Hochzeit wie diese da. Es handelte sich um die Hochzeit von Prinzessin Anne von England und Hauptmann Mark Phillips. Ich sagte zu ihr, das sei schwierig, aber etwas Ähnliches könne man arrangieren, und sie war es zufrieden. Du und Pedro, ihr flüchtetet aus dem Haus, wenn wir solche neureichen, aus Zeitschriften abgeguckten Hochzeiten organisierten. Ihr setztet ein abweisendes, hochmütiges Gesicht auf, das nur aus Erniedrigung gemacht war.

Am Morgen ihrer so logischen Hochzeit schwitzte Natália dermaßen, daß wir sie nicht anziehen konnten. Ich schlug noch vor, alles zu verschieben, bis sie sich besser fühlte. Natália und Camila waren empört: Nachdem sie soviel Geld ausgegeben und zweihundert Leute eingeladen hätten – nicht einmal, wenn die Braut von der Trauung in die Unfallstation des Krankenhauses führe. Das seien nur die Nerven, alles vollkommen normal. Am Morgen unserer Hochzeit, António, erwachte ich vor Ruhe strahlend, übte das Ja, das meinen Traum in Erfüllung gehen lassen würde.

Als der Nachmittag halb vergangen war, riß der geheimnisvolle Álvaro, den ich bislang nicht persönlich kannte, eine Schleife von den Stühlen, begann mit ihr herumzutanzen und zu schreien, daß die Heirat die schickste Art des Gehenktwerdens sei. Er wurde auf die Straße gesetzt, und Natália verlor umgehend die Lust am Lachen und Tanzen.

Jetzt raucht sie wieder. Ich schimpfe immer pflichtschuldig, aber nicht voller Überzeugung mit ihr. Der Duft der Zigarette bleibt länger in den Wänden des Hauses als ihr Parfüm, das zudem immer wechselt. Ich lasse die Kippen in den Aschenbechern von einem Mal zum andern liegen, um ihre Anwesenheit zu bewahren. Ich machte das auch mit deinen Zigaretten, António, ich verbot Rosário, die Aschenbecher zu reinigen, wenn du und Pedro wegfuhrt.

JENNYS TAGEBUCH
6

Im Sommer mieteten wir ein Haus am Meer. In Espinho oder in Figueira da Foz wegen des Casinos. Der Krieg hinderte uns daran, Länder liebzugewinnen; wir versuchten unsere Sehnsucht nach Reisen in der Bewegung der Wellen aufzulösen. Du und Pedro, ihr kamt Arm in Arm bei Sonnenaufgang nach Hause, teiltet mir mit, daß ihr glorreich ein weiteres meiner englischen Porzellanservice verloren hattet, und gingt zu Bett, wenn ich an den Strand ging.

Gebräunte Haut war damals nicht üblich, aber es waren auch noch nicht das Ozonloch und der Hautkrebs erfunden worden. Ich las Romane, bis die Sonnenstrahlen mir das Blut rösteten, und tauchte dann kopfüber in die eisigen Wellen. Ich schwamm mit der Strömung, durchbrach die Gischt, bis ich spürte, wie meine Knochen kristallisierten. Ich trug einen ausgeschnittenen Badeanzug, der die braven Gemüter am

Strand erregte. Ich wollte mich mit der Sonne und dem Meer verbinden, hätte ich es gekonnt, hätte ich nackt im Sand gelegen. Nur darin beneide ich Camilas Generation. Mit ihr rächte ich mich übrigens. Sie war das erste Mädchen, das nackt über den Sand lief inmitten von Kindern, die eingewickelt waren wie alte Geschenke. Es gab einen Bademeister, der zu festgelegten Stunden die brüllenden Pakete nahm und sie, unbeeindruckt vom Angstgeschrei der Geschöpfe, geschickt untertauchte, während die Mütter in den weißblau gestreiften Strandzelten mit ihren Häkelarbeiten und ihren friedlichen Gesprächen fortfuhren. Man glaubte, diese Methode stärke die Gesundheit und den Mut der Kinder. Die meisten Sprößlinge dieser mit Zwangsbädern aufgewachsenen Generation haben sich geweigert, schwimmen zu lernen.

Das Meer beruhigte Camila, ein nervöses Kind, das nur Ekstase oder Verzweiflung kannte. Sie stellte jede Menge Fragen: »Mutter Jenny, wenn die Welt rund ist und soviel Wasser hat, wie kommt es, daß es nicht auskippt?« Sie wechselte innerhalb von weniger als einer Sekunde vom Lachen zum Weinen. Ich habe jahrelang befürchtet, daß dieses angeborene Übermaß ihr das Leben in Stücke reißen würde. Und das hat es auch, aber vor allem hat es sie von innen in einer Weise ausgetrocknet, die mir unvorstellbar vorkommt. Ich habe Sehnsucht nach ihrem Gelächter, das in gleichmäßigen Wellen kam wie das Meer, Sehnsucht nach ihrer Fröhlichkeit, die sie wegen nichts und wieder nichts überschwemmte, ein Löffel und ein Topfdeckel, ein Besuch im Café, ein Spaziergang Huckepack beim Vater, ein bißchen Sand zwischen den Fingern.

Es reichte eine Stimme inmitten anderer, die lauter wurde, und sie weinte bitterlich. Viele Streitigkeiten zwischen dir und Pedro wurden so unterbrochen, António, durch ihre Tränen. Sie konnte in ihrer Spielzeugwelt versunken am anderen Ende des Raumes sitzen, aber sobald die Stimmen heftiger wurden, ließ sie die Wände mit ihrer Wut und ihrer Verzweiflung erzittern.

Als sie, nachdem sie mit achtzehn Jahren einen Monat im Gefängnis verbracht hatte, wieder nach Hause kam, brannte noch die Wut auf dem Grund ihrer grauen Augen. Eine stumme Wut, die reglos war wie ein Reptil und keinen Tropfen Naivität mehr besaß. Veleno stotterte, er könne nichts tun, Camila sei beim Verteilen subversiver Flugblätter erwischt worden, es herrschten unruhige Zeiten, wir sollten nicht vergessen, daß auch er eine Tochter habe, die er großziehen müsse. Delfim Veleno hatte auf höheres politisches Drängen die turteltaubenäugige Tochter eines Generals des Regimes geheiratet. Aus dieser Ehe war eine Tochter hervorgegangen, die sie Glória genannt hatten und die, koste es, was es wolle, ihrem Namen Ehre machen wollte. Nach dem Gefängnis war Camila außerstande, auch nur ein Wort mit Veleno zu reden. Ich habe nie vergessen, wie er seinen runden Kopf lebhaft schüttelte: »Sie müssen verstehen, daß ich meine Karriere nicht wegen der Verrücktheiten Ihrer Tochter in Gefahr bringen kann. Bitten Sie mich, um was Sie wollen, nur darum nicht. Und unsere Polizei ist nicht brutal, es wird ihr nichts Schlimmes passieren. Vielleicht tut ihr der Schrecken ja gut, die Jugend braucht Disziplin.« Manuel Almada, der es immer schaffte, einen Fuß in der Regierung zu haben, um seinen Freunden zu helfen, und beide Hände bei der Opposition, der schrieb, sein Vermögen für Untergrundpublikationen ausgab und Schecks für die Sache der Freiheit ausstellte, er war derjenige, der am Ende dafür sorgte, daß Camila freigelassen wurde.

Álvaro Cunhal war Anfang dieses Jahres, 1960, aus dem Gefängnis geflohen, und die Polizei beantwortete diese Flucht mit der massiven Jagd auf Oppositionelle. Die Überschwemmung des Ribatejo im März mit ihren vielen Toten hatte alles noch verkompliziert und machte es schwierig, alles zugunsten der üblichen Ruhe in Portugal zu vertuschen. Ansonsten war in Portugal der Fortschritt auf dem Vormarsch: In Lissabon wurde die U-Bahn und in Paris das Luso-Französische Kulturinstitut der Gulbenkian-Stiftung eröffnet. Und man mußte ganz besonders auf die Intellektuellen achtgeben, die aus ihrer Freude an extravaganten Sätzen imstande waren, die hehren Ziele einer Nation aufs Spiel zu setzen. Was Camila betraf, so war sie vom neuen Stil Chruschtschows fasziniert.

Ich habe nie genau erfahren, was sie mit ihr in diesem Monat gemacht haben. Sie hat mir nur erzählt, daß Carlos Bonito sie in einer der Zellen in der Rua António Maria Cardoso tage- und nächtelang, bis sie ohnmächtig wurde, verhört hatte. Als Kinder hatten die beiden ganze Nachmittage damit verbracht, im Garten Blindekuh zu spielen. Von weitem sah er wie die Inkarnation des nordischen Schönheitsmythos aus: groß, blond, breitschultrig, mit schmalen Hüften, ein unscharfes Engelsgesicht. Aber immer, wenn er mir die Hand küßte, spürte ich so etwas wie einen kalten Luftzug, der mich störte. Seine vollkommene Hand, mit den zarten, perfekten rosa Fingernägeln, fühlte sich weich und schleimig an. Die festumrissenen, wie mit Aquarellfarbe gemalten Lippen waren kalt wie Grabesmarmor. Und seine Augen hatten ihr Blau dem Himmel geraubt, um ihm das Licht zu nehmen. Er war die reale Vorwegnahme des Maschinenmenschen, der dazu programmiert war, alle Hindernisse auf dem Weg zum Sieg der reinen Form auszumerzen. Schon sehr früh rühmte er sich, weder Bücher noch Filme, noch Wissen, noch Gefühle zu brauchen. Anfangs fand ihn Camila witzig, dann tat er ihr leid. Sie ging dem Verständnis in die Falle, in die intelligente, sensible Menschen aus Großzügigkeit und Kühnheit häufig tappen: Sie dachte, daß unter der stählernen Außenhaut dieser überzeugten Schönheit ein verletztes Minderwertigkeitsgefühl lebte. Doch unter Carlos' Schönheit lebte nur der Wille zum Sieg von Carlos' Schönheit.

Ich glaube, Camila hätte die Tage der Folter unversehrt als die überleben können, die sie war, hätte Carlos aus Rachegefühlen gehandelt. Auf meinem Schoß liegend, die Augen zur Decke gerichtet, sagte Camila mit einer tonlosen Stimme zu mir, die nicht mehr ihre war: »Ich glaube, Jenny, das Schlimmste von allem war die Ruhe, mit der er die Zigaretten anzündete, lächelte und immer wieder sagte, er habe nichts gegen mich, dies sei nichts Persönliches, er mache nur seine Arbeit.« Sie bat mich, nichts weiter zu fragen. Von da an wirkte sie schlafwandlerisch: Wir versuchten sie aufzuheitern, zu Veranstaltungen oder Ausflügen zu schleppen, aber sie sagte jedesmal nur: »Das hat keinen Sinn.«

Carlos Bonito war der Beweis dafür, daß das Böse im Menschen wie ein autonomes, unkontrollierbares Ungeheuer existierte, anstatt, wie Camila bis dahin gedacht hatte, die Konsequenz des von der kapitalistischen Konkurrenz geschaffenen Elends zu sein. Sie verlor ihren Glauben, zog sich aus der aktiven politischen Arbeit zurück. Im übrigen erleichterte ihr die Partei selber das Aufgeben; ein von der Pide gefaßtes Mitglied war ein ausgebranntes Teil, eine Gefahr für die Weiterführung des Kampfes. Du und Pedro, ihr atmetet erleichtert auf: »Lieber deprimiert als im Gefängnis.« Ich hätte sie, ehrlich gesagt, lieber in Gefahr gesehen, euphorisch, anstatt in Sicherheit, aber unglücklich. »Sie ist zu jung, um ihre Natur endgültig aufzugeben«, sagtest du. »Vor allem, weil sie leidenschaftlich ist. Sie kommt nach mir, hörst du, Pedro?« lachtest du. »Die Genetik hat ihre eigenen krummen Wege gefunden, die Gerechtigkeit über die armen Methoden der Fortpflanzung siegen zu lassen, deine Tochter ist mir ähnlich.«

Ja, Pedros Tochter war uns ähnlich, António, mir und dir, den beiden Heftigen. Und als sie sich in Eduardo verliebte, entdeckte sie in der Heftigkeit die Spur einer neuen universellen Harmonie, die ansteckender war und leichter zu erreichen als die ungewisse materielle Gleichheit.

Als sie ihn zum erstenmal sah, sagte Camila: »Er hat zuviel Körper.« Sie hatte mich widerwillig in dieses Stück begleitet, das den Titel *Der Ort, an dem die Zeit endete* trug und von einem zwanzigjährigen Mann geschrieben und inszeniert worden war, der unglaublich groß war und wegen des Schwindels, den er dadurch hervorrief, verlegen zu sein schien. Am Ende des Stückes erhob sich Camila plötzlich, um ihn aufzunehmen, und der Fotoapparat korrigierte diesen anfänglichen Eindruck: Fotografiert zu werden schüchterte ihn nicht ein. Eduardo war einer dieser Menschen, die weder Grimassen ziehen noch Witze erzählen müssen. Er gab dem Bild einen merkwürdig authentischen Blick. Er war ein ernsthafter junger Mann. Die Ernsthaftigkeit spürte man in seiner Stimme, die tief und verletzt war wie eine alte Partitur. Seine Worte brauchten Zeit, bis sie sich verständlich machten, weil es unmöglich war, sie von der Stimme zu trennen, die ihnen Leben gab. Und auch, weil er schwierige Worte vorzog. Oder vielleicht, weil er die anderen, die Worte der Erleuchtung, noch nicht gefunden hatte.

Ich glaube, sie haben sich noch an diesem Abend ineinander verliebt. Wir sind in die Künstlergarderobe gegangen, um eine Nichte von Manuel Almada zu beglückwünschen, die im Stück mitspielte, und Eduardo lud uns ein, mit ihm zu Abend zu essen. Es war wie der Anfang eines klassischen Romans, nur waren die Personen und Orte vertauscht. Niemand hätte gedacht, daß ein Mensch wie Camila in einer Zeit, in der niemand mehr einen *chaperon* brauchte, mich brauchte. Ich sagte noch zu ihr: »Geht ihr, ihr seid jung.« Aber Camila drückte meine Hand mit feuchten Fingern und murmelte: »Glaub ja nicht, daß du einfach so davonkommst, Jenny. Du hast mich gezwungen herzukommen, ich zwinge dich nun mitzukommen.« Nur wenn sie sehr verwirrt war oder provozieren wollte, duzte sie mich.

Das Durcheinander, das ihr Herz ergriff, störte sie, sie wollte so tun, als wäre nichts. Eduardo fing an zu reden und verlor plötzlich mitten im Satz den Faden. Er hatte keine Angst, den Faden zu verlieren; er wußte, daß dies der Preis für die Unruhe war. Er fürchtete auch nicht, mißverstanden zu werden. Aber er hatte als Kind gelernt, höflich und liebenswürdig zu sein. Daher bat er ständig um Entschuldigung, weil er eine »zu abstrakte« Art zu denken habe. Eduardo hat nie etwas beschrieben. Er sagte immer, er habe keine Geduld mit Leuten, die nur dieses Register verstehen. Er könnte den Satz von Rimbaud »Ich finde, die Unordnung meines Geistes ist heilig« für sich beanspruchen.

Der Ort, an dem die Zeit endete war seine erste Arbeit, in der er alles gemacht hatte: Konzeption, Bühnenbild, Inszenierung und Aufführung. »Das Thema dieser Aufführung ist das Bewußtsein. Der Ort ist das Land, das von Unbeweglichkeit zersplittert wird. Sie ist eine Fragmentierung auf der Suche ihrer Erinnerung.« Camila hörte ihm hypnotisiert zu, ihre grauen Augen funkelten wie Silber. »Ich bin sehr nihilistisch. Viele, die warten, sind es. Die Welt ist voller Verzweiflung, und das Theater ist ein Exorzismus dieser

Kräfte.« Pedro sagte, sie suche die Rettung, die ihr die Politik nicht gegeben habe, in der Kunst. Aber das war es nicht. Camila hatte aufgehört, die Rettung zu suchen. Sie war verliebt, vor der Enttäuschung über die Welt in Sicherheit. Und ein Jahr später, als er aus dem Meer kam, starb Eduardo, vom Blitz erschlagen. Camila sagte, daß dieses Land den Tod anziehe, und flog gleich zu Anfang des Krieges als Korrespondentin einer Zeitung nach Mosambik. Sie lief leidenschaftlich dem Tod hinterher und fand ihn wieder in Xavier, dem Guerillero der Frelimo, der in ihrem Leib das Leben Natálias zurückließ.

JENNYS TAGEBUCH
7

Die Menschen, die sterben, nisten sich in den Wänden des Hauses und den Wipfeln der Bäume im Garten ein. Anfangs dachte ich, sie würden mir Gesellschaft leisten. Als du im Frühjahr 1988 gestorben bist, António, und Pedro gegangen war, ließen deine nervösen Schritte nachts die herabgefallenen Blätter knistern. Ich stand schweigend auf der Veranda und fühlte dich in meiner Nähe. Dann tratest du ins Haus, dein Lachen zerfetzte das Habit der unerwünschten Einsamkeit, das mir die Luft nahm. Elf Monate später starb Pedro, er ertrug das Leben im Heim nicht.

Ich habe ihn noch einmal besucht. Er bat mich, nicht wiederzukommen, seine Hände zitterten, und er schämte sich für den Urin- und Alteleutegeruch, die seinen Niedergang bestätigten. Er spielte gegen sich selber Schach und legte Patiencen. Es hat mich beinahe glücklich gemacht, von seinem Tod zu erfahren, vor allem weil ich begann, seine Stimme unter deiner zu hören, die dich bat, mich zu verschonen. Vor ein paar Monaten ist Rosário gestorben, die ich für unsterblich hielt, da sie meine Geburt miterlebt hatte. Als ihr klar wurde, daß ihre Stunde gekommen war, kündigte sie und fuhr ins Haus ihrer Familie ins Dorf. Nun singt sie die ganze Nacht lang in der Küche ihre alten Fados. Aber eure Stimmen, die mich so sehr getröstet haben, machen die Abwesenheit von Leben in diesem Haus jetzt nur noch größer. Sie sind feierlich und undeutlich, sprechen von der Ewigkeit und nicht von der Zeit mit ihren Einzelheiten, aus denen das Leben gemacht ist.

Im Sommer aßen wir unter dem Vordach zu Mittag. Du und Pedro, eben erst aufgewacht, im Morgenmantel, ihr blättertet in der Zeitung, trankt Milchkaffee und aßt Rührei. Manchmal habt ihr euch wegen des Geruchs der Suppe oder des Bratens beschwert, die Camila und ich aßen. Abends kam immer jemand zum Essen, Josefa oder Manuel oder einer eurer Freunde aus dem Casino. Du hattest immer etwas am Essen auszusetzen, entweder waren die Eier nicht frisch oder das Kalbfleisch zu stark durchgebraten, oder aber am Wein, der niemals die richtige Temperatur hatte. Für Pedro war alles in Ordnung, und sobald er am Tisch saß, wählte er das heißeste Ei oder das beste Stück Fleisch, um es dir auf den Teller zu legen. Und nach diesen Einzelheiten sehne ich mich, nach dem Streit um ein schlecht abgewaschenes Glas oder eine boshafte Bemerkung über unsere Freunde. Auf diese Einzelheiten konzentriert sich die Erinnerung, wirft ein so intensives Licht auf diese toten Tage, daß ich manchmal fürchte, es sind dies keine Erinnerungen mehr, sondern nur Schöpfungen meiner Einsamkeit. Ich weiß nicht, was ich heute zu Mittag gegessen habe, aber ich erinnere mich ganz genau an jede Begebenheit und jeden Traum aus der Zeit, in der ich glücklich war.

An Delfim Velenos grandiose Projekte beispielsweise. Am Ende des Krieges hat er sich in den Kopf gesetzt, eine zweisprachige, portugiesisch-englische Zeitung mit dem Namen *A opinião/The Opinion* herauszugeben, in der zu schreiben sich, ihm zufolge, die bedeutendsten Chronisten der Welt drängten. Er kümmerte sich emsig um Kontakte zwischen Botschaften, Druckereien und reichen Industriellen. Es gelang ihm, einen Portweinhersteller davon zu überzeugen, eine geringfügig andere Publikation mit dem Titel *Die Meinung der Reben* herauszugeben, in der sich internationale Politik und Bilder zur Entwicklung des portugiesischen Weinanbaus auf elegante Weise ergänzen sollten, und wollte uns euphorisch zu ständigen, unbezahlten Mitarbeitern dieses »Meilensteins lusitanischer Presse« machen.

Drei Wochen später stürmte er uns mittags ins Haus,

während du und Pedro noch schläfrig gähntet, und verkündete: »*Bambini*, ich hatte eine geniale, großartige, sublime Idee. Etwas anderes war ja auch nicht zu erwarten. Es geht um das Zeitgenössische Museum großer Namenloser, das aus Fotos, Bildern oder von anonymen Helden gestifteten Dokumenten bestehen soll, die Heldentaten aus dem Alltag der universellen Geschichte oder der Geschichte Portugals unseres Jahrhunderts illustrieren. Ich habe bereits den Plan des Gebäudes entworfen und alles. Denn es versteht sich ja von selber, daß man von Anfang an ein Gebäude bauen muß, das des Unterfangens würdig ist. Ich werde mit dem Minister reden. Schaut einmal.« Wir schauten. Es war eine Art restaurierter Diana-Tempel mit einer Unmenge muskulöser Götter und Musen, die auf jeder Säule die Lyra spielten. »Wenn es so nicht geht, ist es weiter nicht schlimm. Dann benutzt man eben ein schon bestehendes Palais und ändert die Fassade. Ich habe bereits alles ausgearbeitet.« Pedro fragte verblüfft: »Aber was ist denn mit der Zeitung?« Veleno zuckte ärgerlich mit den Schultern: »Alles Geschwätz, mein Freund, Geschwätz! Stellen Sie sich vor, daß der Weinbauer auf allen ungeraden Seiten Anzeigen für seine Getränke haben wollte. Auf allen, wirklich allen. Wie kommt man denn auf so was? Ich habe ihm gesagt, daß ein Leitartikel von Delfim Veleno niemals auf einer geraden Seite versteckt stehen würde, und habe ihn an die Luft gesetzt. Außerdem hatte der Mann vor, ein Hintertreppending zu drehen, ganz ohne Kapital. Er wollte mich abzocken. Aber mit Delfim Veleno geht das nicht, niemals, und das habe ich ihm gesagt. Schnee von gestern also. So oder so ist eine Zeitung nichts Rechtes. Es gibt schon welche, und sogar viel zu viele.«

Ein paar Jahre später wollte er einen »nie dagewesenen, originellen, *bellissimo*« Film machen, der ganz und gar im Park Portugal dos Pequeninos mit seinen Miniaturhäusern und Denkmälern spielen sollte. Kinder sollten das Leben der Erwachsenen zeigen und unsere Töchter die Hauptdarstellerinnen sein. Und inmitten all dieser Projekte arbeitete er am Epos seines niemals endenden Romans. Dieses Werk sollte »das endgültige Bild unserer Generation wiedergeben« und alle zuvor geschriebenen Worte in den Schatten stellen. Es hatte im Laufe der Jahre ein gutes Dutzend Titel und ebenso viele Handlungen gehabt, die mit jeweils aktuellen Beleidigungen zu tun hatten. Vergebens. Wie du einmal gesagt hast, António, »die Widrigkeiten des Lebens haben nicht erlaubt, daß dieses literarische Denkmal aus dem brillanten Gefängnis des Hirns herauskam, das es erfand«.

1954, als im Umkreis von Goa Unruhen entstanden, wurde Veleno angetragen, um den Preis seines eigenen Aufstiegs Leute zu denunzieren. Die Opposition, die zwar für den Erhalt von Goa plädierte, kritisierte jedoch die Art, wie die Regierung mit dem Konflikt umging, und die Kommunistische Partei verteilte ein Flugblatt, in dem sie Salazar beschimpfte und für die Selbstbestimmung der Goesen eintrat. Salazar wurde nicht müde zu verkünden, daß Goa »ein Licht des Westens auf dem Boden des Ostens sei«, und während unserer langen Nächte war Delfim der erste, der über diesen Ausdruck lachte. »Das ist ein Druckfehler, meine Freunde, ein riesiger Druckfehler. Anstatt Boden müßte es Keller heißen. Für unseren guten Botas fängt der Orient an der Grenze zu Spanien an und ist ein sehr dunkler Ort.«

An diesen Abenden geselligen Zusammenseins kamen die unterschiedlichsten Menschen, und man redete frei über alles. Und irgendwann begann ein Infanteriemajor, der schon ein bißchen betrunken war, ein Blättchen der Kommunistischen Partei zu verteilen, wobei er schwor, ein Staatsstreich stünde unmittelbar bevor und würde dem faschistischen Mummenschanz ein Ende bereiten. Zwei Tage später wurde der Mann wegen Verschwörung festgenommen, und Delfim, der einzige Beamte des Regimes in der Gruppe, wurde einstimmig von unseren Treffen ausgeschlossen. Nur du hast ihn verteidigt, António. Veleno schilderte den Fall in dramatischen Farben, »entweder er oder ich«, jaulte er, »sie verdächtigten mich, sagten, ich hätte mit

Aufrührern Umgang, verlangten einen Beweis von mir«, und ein halbes Jahr später erhielt er eine Medaille für seine Verdienste und eine kleine Beförderung. Nicht einmal Pedro verstand, warum du ihn verteidigt hattest, wieso du ihn hinter dem Rücken der anderen noch immer empfingst, und hat ein paar Monate lang fast nicht mehr mit dir gesprochen. Wir durchwachten die Nächte, Pedro, unerschütterlich ruhig angesichts deiner Bitten und Küsse, überließ sich deinen wilden Anfällen von Begierde gleichgültig wie ein Baum oder ein Stück Erde bei einem Unwetter, und ich konzentrierte, an die Wand des Nebenzimmers gepreßt, all meine Kräfte auf Pedro, betete, daß die Eiskugel, die sich um sein Herz gebildet hatte, zerschmelzen möge und sein Körper in meinem Namen deiner Leidenschaft antwortete.

Ich war außerstande, Delfim zu verzeihen, habe ihn aber wieder akzeptiert. Ich konnte ihn durch das weiße Licht deiner Freundschaft sehen. Delfim war gefährlich geworden, weil er die Feigheit zur Vorgehensweise seines Ehrgeizes gemacht hatte. Aber er würde niemals einen Freund verraten, und wer von uns würde in diesen Schreckenstagen widerstehen, einen Unbekannten ans Messer zu liefern, wenn sein eigenes Leben davon abhing? Das waren deine Argumente, die ein wenig vom Goldstaub einer alten Zuneigung überzogen, aber von einem grundlegenden

Mitgefühl durchdrungen waren. Als die Revolution von 1974 ihren Höhepunkt erreicht hatte, sollten viele ihre Gefährten eines ganzen Lebens für viel weniger ans Messer liefern. Heute, in der Hochzeit des demokratischen Paradieses, liefert niemand mehr jemanden aus; die Leute sind raffinierter geworden und haben gelernt, sich selber zu verkaufen. Sie beschränken sich darauf, diejenigen dem Vergessen anheimzugeben, die nichts haben, womit sie sie bezahlen können. »Ich kann nicht an deiner Seite bleiben. Ich habe viel zu verlieren und nichts zu gewinnen. Aber ich stehe zu dem, was ich sage«, meinte Glória Veleno, als Camila ihre Zeugenaussage brauchte. Glória steht immer dazu, Zu-etwas-stehen ist übrigens einer ihrer Lieblingsausdrücke, und alle loben ihre Direktheit. Ihren Vater hinderte sein Schamgefühl daran, zu seiner Feigheit zu stehen, er verbrachte die Zeit damit, Lügen zu erfinden, um niemanden absichtlich zu kränken, und er lebte in einer Zeit, in der das, was man zu verlieren hatte, die Freiheit war, manchmal sogar das Leben. In Delfim Velenos größenwahnsinnigen Projekten lag etwas Großzügiges und Solidarisches. Er mußte alles um sich herum zum Schwingen bringen, um glücklich zu sein. Er widmete sich wochenlangen diplomatischen Versöhnungsmissionen, um die Wunden zu heilen, die deine üblen Launen in die Gruppe unserer Freunde rissen.

Tatsache ist, daß wir uns, nachdem Camila im Gefängnis war, endgültig von Veleno abgewandt haben und das Haus immer leerer wurde, weil es nun niemanden mehr gab, der bereit war, als Friedenstaube zu dienen, wenn du schmolltest. Manuel Almadas Sanftheit war so intensiv wie statisch; er setzte sich in eine Ecke und sah zu, wie die Streitereien vorübergingen, hörte aufmerksam, ohne jemals Partei zu ergreifen, den Anschuldigungen zu, die aus beiden Schützengräben zu ihm drangen. Allmählich wurde mir klar, daß es ihm sogar gefiel, daß die Leute das Haus verließen; wir wurden so von seiner unerschütterlichen Freundschaft abhängiger.

Während sich all dies unmerklich im Laufe der Jahre entwickelte, habe ich meine Gefühle für Delfim Veleno überdacht und glaube, daß ich ihm heute sogar den grausamen Rückzieher angesichts dessen, was mit Camila passiert ist, verziehen habe. Ich nehme sogar an, daß Delfim nicht einmal ahnte, was sich tatsächlich in den Verhörzellen abspielte. Aber du konntest schon früher barmherzig sein, António. Du hast dich blind gestellt, bewußt geblendet vom Blitz einer gemeinsamen Erinnerung, und bliebst gegen alle Meinungen an Delfims Seite. Meinungen seien Ersatzteile, sagtest du, die manchmal an die Stelle der Prinzipien treten, wenn diese ausgegangen sind. Außerdem hatte dich Camilas Anmut mit dem Bild von Danielle versöhnt, und du sagtest mehrmals täglich zu Pedro, daß Danielle ihre Tochter ohne Delfims Hilfe vielleicht nicht hätte austragen können. Die Dankbarkeit wirkte wie ein Anker, erinnerte uns daran, daß das Meer einen Grund hatte wie auch das Böse ein Ende.

Camila und Natália suchen diesen Anker, schlagen ihn in die Nostalgie ihrer Arbeiten: Fotos, Häuser. Dinge, die bleiben. In meiner Jugend vollzogen sich die Veränderungen langsam und partiell. Mit jedem Toten entstand ein Schwarm von Lebenden, die in denen, die ihm nahestanden, die Erinnerung an ihn suchten. Alles war uns nah: Fülle, Armut, Leidenschaft, Verzweiflung, Niedertracht, Selbstbewußtsein zogen in einem gemächlichen Zug an uns vorüber, und wir sezierten eingehend jede ihrer Ausdrucksformen. Erst sehr viel später sollte das Fernsehen alles in einer flüssigen Sprache einebnen, die die Gewalt zum einzigen Schrecken machen würde.

Wir waren gewaltlos, weil wir ein Gedächtnis hatten; die Gewalt überfiel uns wie ein Verstoß gegen die Regeln. Ich entdeckte, daß sie einen sexuellen Reiz besaß, und wurde auf gewaltlose Weise süchtig nach ihr, um den Ritualen des einbalsamierten Lebens der Frauen zu entkommen. Leben hieß, sich bis zum Erbrechen zu erinnern, Besuche zu erwidern, Neugeborene und Verstorbene zu feiern, zig Postkarten an einem einzigen Wochenendausflug zu schreiben, den

Teig fürs Weihnachtsgebäck zu kneten, zu Ostern Eier anzumalen, Verwundete, Verstümmelte und all die restlichen Helden des menschlichen Wahnsinns mit Gedenktagen zu feiern. Mit dem Herannahen des neuen Jahrhunderts setzt sich der Taumel des Vergessens die Maske des Taumels des Erinnerns auf. Aber es ist dies ein futuristischer Karneval, bei dem die Mächtigen von heute als intergalaktische Seefahrer verkleidet sind, die über die Entdeckungen der Zukunft philosophieren, oder einer mit Chorsängerinnen, die Nixen spielen, und Komikern in der Rolle des Camões.

Ich habe Gedenkfeiern nie gemocht, sie betäuben die Arbeit der Intelligenz. Doch jetzt fällt es mir schwer, ihnen zu widerstehen. Die Melancholie macht sich über meine Jugend her und errichtet sie wie eine zerschlissene Fahne über den Wolkenkratzern, die dein pflanzliches Schachspiel mit Schatten und Lächerlichkeit bedecken, António. Die Bäume, die du hast wie Statuen schneiden lassen, haben jetzt struppige Bärte, wirres Haar, krumme Arme, die ineinander verschlungen sind, als versuchten sie, sich gegenseitig zu stützen. Es gibt nur noch einen Gärtner, der zu alt ist, um Bäume zu stutzen. Er kümmert sich um meine Stiefmütterchen, meine Rosen und Hortensien, und der Rest des Gartens verwandelt sich in eine Wildnis. Das Unkraut wird höher als die Blumen, die Buchsbaumhecken vertrocknen, die Apfelsinen verfaulen auf dem Boden. Und dieser Urwald spricht. Wenn der Wind in dem riesigen Laubknäuel pfeift, zu dem der Schach-Garten geworden ist, lösen sich aus ihm die Geräusche und Stimmen von einst. Das Klirren der Bestecke und des Kristalls, die Geschäftigkeit der Küchenmädchen, von der schrillen Stimme Rosários orchestriert, ein keiner Person zuzuordnender Entsetzensschrei, die Wiegenlieder für Camila.

Du wisperst mir zu, daß ich verrückt bin. Vielleicht hast du recht. Aber ich bin nicht verrückter als in der Nacht, in der ich, von deiner Gleichgültigkeit überwältigt, träumte, daß ich von zwei Dienern auf einer silbernen, mit Lilien gefüllten Schale nackt, im Mund einen Apfel, ins Eßzimmer getragen wurde.

JENNYS TAGEBUCH
8

Es widerte mich an, dich spielen zu sehen. Schweiß bedeckte gleich beim ersten Einsatz deine Stirn. Du zogst das Taschentuch hervor, riebst dir damit wie mit einem Handtuch kräftig das Gesicht ab.

Die Geste war ebenso ungehobelt wie nutzlos: Der Schweiß wuchs wie ein Tumor, glänzend, unkontrollierbar, er lief dir am Hals herunter, löste deine Hände auf. Er saugte dir das Wasser aus den Augen, die gläsern wurden, eine Zelluloidpuppe, die sich in der Hitze zersetzte. In den Spielsälen war Pedro Herr deiner Wünsche, indem er die Jetons mit den gestrengen Händen eines Meisters aufreihte, dem Croupier zulächelte, die Gewinnjägerinnen höflich verscheuchte. Einige waren Männer, die traurig waren, welche zu sein, und aus dieser Trauer heraus die weibliche Schönheit bis ins Extrem verfeinerten. Sie gingen auf Wolken, als teilten sie den grausamen Weiblichkeitspakt der kleinen Meerjungfrau von Andersen und verspürten bei jedem Schritt die tausend Messerstiche, die ihnen das unter Glanzpapier verborgene Fleisch zerfetzten. Ich weiß nicht, wie sie es schafften, die sanften Formen idealer Frauen in einer Zeit zu erreichen, in der plastische Chirurgie noch Zukunftsmusik war.

Heute haben sie Siliconbrüste, malen sich wie Karnevalsmasken an und schlendern im Morgengrauen durch die Straßen, an den Limbus gefesselte lebende Tote. In jenen alten Zeiten erschienen sie wie aus dem Licht der Kristalle und des Goldes geboren, das über das grüne Tuch wanderte. Sie täuschten Männer von makelloser Urteilsfähigkeit, und am Ende warfen diese sich ihnen zu Füßen und schworen aus Liebe zu ihnen einem ganzen Leben überzeugter Männlichkeit ab. »Mach mir keine Schande in der Öffentlichkeit«, sagten sie dann zu ihnen, wobei sie mit ihrer Lacksandalette gegen den Kopf des Mannes stupsten, »ich möchte nicht mit schwulen Männern gesehen werden.«

Ich erinnere mich insbesondere an eine Eleonor, die mir, nachdem sie ruhig einen weinenden Torero weggeschoben hatte, ihr Herz ausschüttete. Während sie die blonden Locken, die das durchsichtige Blau ihrer Augen umrahmten, um den rechten Daumen wickelte, gestand sie mir ihr Pech mit den Männern: Sie gaben sich stark und gesund, imstande, drei Heere mit einem einzigen Arm zurückzuhalten, um sie mit dem anderen zu beschützen, aber nach ein paar Tagen wurden sie zu weinerlichen Babys, die nur von ihr in den Schlaf gewiegt werden wollten. »Es muß irgendein Mangel an mir sein, daß ich sie weich mache. Vielleicht ist es die Kompensierung der Tatsache, daß ich keine Kinder haben kann. Ich bin unfruchtbar, Sie können sich nicht vorstellen, wie sehr das schmerzt. Ein Grund mehr, einen echten Mann haben zu wollen, der mir erlaubt, mich als Frau wie alle anderen zu fühlen, anstatt mich zu bitten, seine Mutter zu sein, finden Sie nicht auch?« Ihre unglückliche Geschichte begann mit einem gewalttätigen Vater und einer überstürzten Heirat voller Unstimmigkeiten. Dann hatte die Einsamkeit sie zum Spiel gezogen und das Spiel zu den falschen Männern. Sie gab mir am Ende der Nacht häusliche Rezepte, um die Haut zu bleichen und die Augen »auf spirituellere Art« zu schminken.

Es widerte mich an, dich spielen zu sehen, ich verfolgte dich durch diese funkelnden Säle, um dich entstellt zu sehen, um zu versuchen, dich in Maßen zu lieben. Ich habe dich sogar verachtet, habe mich am Ende selber nicht mehr ertragen, weil meine Gefühle für dich einfach meine Gefühle waren. Die Liebe hat keine Türen, die wir öffnen und schließen können, auch keine geheimen Durchgänge zu einem Dachboden, auf dem wir Urlaub von ihr machen können. Sie erfaßt uns ganz und gar, umhüllt uns wie ein seidiges, unendliches Laken der Langeweile. Niemand spricht von dieser sublimen Langeweile, diesem reglosen Feind des Fortschritts der Welt, der so sehr im Gegensatz zum Handeln und zur Leistungsfähigkeit steht. Nur auf dem erleuchteten und unheilvollen Thron des Traumes interessiert die Liebe. Das verlängerte Leben wird zu kurz, und die Liebe nimmt den Rhythmus des Regens an, der sacht, ganz sachte trommelt.

Wir gewöhnen uns daran, die Liebe wie ein Haushaltsgerät zu betrachten: Wenn eines kaputtgeht, gehen wir in den Supermarkt und kaufen ein neues, das genau dem gleicht, was wir hatten. Reparieren? Das bringt nichts: Die Reparatur ist teuer, außerdem weiß man nie genau, wo man das fehlende Teil auftreiben soll. Wir haben die Ewigkeit durch die Wiederholung ersetzt, und die Welt ist monoton geworden wie eine Lektion Notenlesen. Wir erleiden den größten aller Taumel, den der Dauer. Aber am Ende jedes Erfolges steht ein Friedhof wie der von Romeo und Julia. Die Menschen sind, wenn sie sterben, immer älter und müder vom Laufen, und ihre steifen Leichen gehen unter der Erde an der Lächerlichkeit ihrer flüchtigen Eroberungen zugrunde.

Mir wurde an dem Tag bewußt, daß ich sterben würde, an dem ich mich das erstemal im Spiegel ansah und mich erkannte. Ich wußte von meinem Tod, noch bevor ich mich korrekt ausdrücken konnte. Heute können die Kinder schon rechnen und Computer bedienen, bevor sie wissen, wer sie sind und woher sie kommen. Es wird ihnen immer früher beigebracht zu laufen, und sie machen nicht einmal mehr die Krabbelphase durch. Als ich Kind war, gab es immer viele Menschen, die langsam starben, das ruhige Zeugnis ihres Sterbens an die Nachkommen weitergaben. Die Toten waren jung und ruhig, projizierten sich auf die Lebenden wie Schutzengel, milderten ihre übermäßigen Ambitionen und ihren Neid, zogen die drängenden Notwendigkeiten des Lebens ins Lächerliche. Die Männer starben früher als die Frauen und mit weniger Ruhm an Erinnerungen, der der einzig wahre Ruhm ist. Es gab mehr, durch das man sich an die Frauen erinnerte, weil sie am Rande der Kämpfe der Männer um die Dinge der Welt standen. Diese verbrachten ihre Zeit damit, Geld und Gebäude zu mehren, die später in ihrer ewigen Ruhe dastanden und sich über die Hinfälligkeit derer lustig machten, die sie groß gemacht hatten. Wenn eine Frau starb, nahm sie ihr Händchen fürs Marmeladeeinmachen und ihre Art zu lieben mit sich. Sie ließ nichts zurück, was sie kleiner machte.

Du sagtest: »Der Verstand ist weiblich, und das Gefühl ist männlich.« Du wolltest mich provozieren und tatest gut daran, weil deine Provokationen es schafften, mich sofort lapidar antworten zu lassen: »Das mag sein. Die Vernunft glänzt nicht und lärmt nicht, aber die Schätze des Geistes haben den unvergleichlichen Vorteil, nicht gestohlen werden zu können.«

Ich fand einen kindlichen Trost in diesen aphoristischen Duellen mit dir, die uns einander näherten und uns wie ein geheimes, inmitten der Menge geteiltes Laster wärmten. Pedro war gerührt und eifersüchtig; die endgültigen Sätze schockierten ihn ebenso, wie sie ihn erstaunten. Irgendwann fing Josefa Nascimento an, mit einem Heftchen herumzulaufen, um diese Dialoge aufzuschreiben, und manchmal schürte sie sie noch: »Haben Sie heute keine fulminante Meinung, um den Verbrechern des Herrn Joseph Birth zu Glanz zu verhelfen?« Du gingst sofort in die Falle: »Ich verweigere mich der Armseligkeit, eine Meinung zu haben, ich lebe lieber von Gefühlen und Gedanken.«

Während dieser Abende voller verrückter, abschätzender, fundamentaler Gespräche über den Sinn der Geschichte und die Wurzeln der Identität liebte ich dich voller Ingrimm. »Die strahlende Größe Portugals wurde aus der Beharrlichkeit geschaffen, die Welt zu beugen, bis sie mit den Träumen übereinstimmte«, sagtest du. »Oder der Beharrlichkeit, die Alpträume auf die romantische Dimension eines Gedächtnisses für die Westentasche aufzublähen«, fügte ich hinzu.

Manuel Almada meinte beschwichtigend: »Tatsache ist, daß Portugal in mehreren aufeinanderfolgenden Verpuppungsstadien allen Arten von Dekadenz aus Leidenschaft zur Geduld widerstanden hat, die über alle größeren Leidenschaften zu lachen weiß.« Und ich erinnere mich daran, wie Bernardo Marques, der hin und wieder mit Manuel Almada in unserem Haus erschien, einmal sagte, daß der Portugiese die Fayence-Seele erfunden hat: mit feinen Rissen und angemalt.

Zu jener Zeit waren schreckliche Gerüchte über Josefa im Umlauf; es hieß, sie sei nur deshalb nicht als Kommunistin festgenommen worden, weil sie die Geliebte eines Ministers sei. Sie zuckte angesichts der Verleumdung mit den Achseln, aber ihre gute Laune wurde zu reinem Sarkasmus: »Fayence mit Rissen, und was für welche! Die Portugiesen sind zu weise, um sich in nicht lösbare Konfrontationen ziehen zu lassen: Sie klatschen, um nicht zu schlagen, sie konspirieren, um nicht zu erdolchen, sie dementieren, um besser reden zu können. In Portugal ist es immer besser, das Opfer eines Gerüchts zu sein als das Opfer eines Verbrechens. Das geht bis auf Dom Sebastião zurück: Wenn ihn die Marokkaner eingepackt und ins Vaterland zurückgeschickt hätten, wäre er nie ein Star geworden. Dem Opfer eines Verbrechens haftet immer ein Verdacht an, zumindest der, unfähig gewesen zu sein, sich zu verteidigen – wenn nicht gar, mit dem Verbrecher unter einer Decke gesteckt zu haben.«

Manuel Almada führte ins Feld, der lusitanische Kleingeist sei der Tatsache zu verdanken, daß wir außerhalb der Wege der Geschichte lägen. »Das ist ein Vorteil und ein Unglück. Ein Vorteil, weil die Geschichte, wo sie hindurchzieht, eine Blutspur hinterläßt. Ein Nachteil, weil die Geschichte, wo sie hindurchzieht, eine Spur der Kreativität hinterläßt.« Josefa antwortete: »Nun ja. Der Geschichte kann man vieles in die Schuhe schieben, und wenn man nicht weiß, wem man die Schuld geben soll, schiebt man sie ihr in die Schuhe, denn da paßt alles rein.« Ich erinnere mich daran, wie Josefa einmal Manuel Almada wütend anschrie, nur weil er darauf bestand, ihren Zorn auf »die frustrierten Männer« zu besänftigen, »die es nicht ertragen, wenn sich eine Frau hervortut«. Damals hast du sogar mich überrascht: »Genauso ist es, Josefa«, hast du sehr ernst gesagt. »Ich bin stolz darauf, das von dir zu hören. Ich sehe in jedem, der untertänigst Befehle entgegennimmt, einen Diktator mit gesenktem Kopf, der darauf wartet, daß ein Windstoß der Geschichte ihn in die Lage versetzt, den stummen Haß in ein blutiges Gewitter zu verwandeln.«

Dich verachten, António, hieß, mich selber zu verachten, und die glühende Lava dieser Verachtung konnte die Liebe schwärzen, aber nicht verbrennen, weil die Liebe von Natur aus nicht brennbar ist. Einmal hat mich Natália gefragt: »Wie war Ihre Beziehung zu Großvater António, Großmutter?« Ich habe gelacht und geantwortet: »Gott sei Dank, meine Liebe, hatten António und ich nie das, was man eine Beziehung nennt. Im übrigen gab es dieses Wort, als wir heirateten, noch nicht einmal.« Natalia schaute mich sprachlos an. Ihr kommt alles merkwürdig vor, was nicht einem wohlgeordneten Individualismus entspringt, ich tue ihr leid, und das ist gut so. Solange sie Mitleid mit mir hat, wird sie sich nicht über ihr eigenes Herz beugen, dem sie willentlich fremd geworden ist. Vielleicht ist es besser so; Álvaro, der ihr die Liebe enthüllt hat, schien nicht fähig, das ständige Gewicht dieser Gabe zu tragen. Die Schnelligkeit, die die Welt beherrscht, erlaubt keine Ausnahme von der Regel: Die Menschen tun sich zusammen, als legten sie Kapital zusammen, um im Großhandel Schuhe besserer Qualität zu kaufen, die ihnen erlauben, ihre individuellen Rennen schneller zu gewinnen. Du hast es immer verstanden, unsere Verbindung zu ehren, die absolute Strenge meiner Seele in deiner zu akzeptieren. Und das erfüllt, selbst wenn es, so erzählt, in modernen Augen wenig erscheinen mag, weil es nicht modern ist, noch heute mein Leben mit Licht und wird, jenseits der Banalität meines Todes, in den Schatten des Himmels bleiben.

JENNYS TAGEBUCH
9

Vor unserem Haus gibt es jetzt ein Restaurant. Der Mann der Besitzerin setzt sich jeden Tag vor die Tür. Er parkt den Wagen, holt aus dem Kofferraum einen Hocker, einen Kasten mit Pinseln, Farben, eine Staffelei und macht sich daran, die Leute zu malen, die am Fenster zu Mittag essen. Er ist groß, schlank, sehr jung – fünfundzwanzig, höchstens siebenundzwanzig Jahre. Sie fielen mir das erstemal an dem Vormittag auf, an dem sie schrie: »Verschwinde, verschwinde endgültig!«, bevor sie die Farben auf das fast fertige Bild kippte. Und er stellte das Bild zur Seite und fing von neuem an.

Später habe ich die Geschichte zufällig im Fernsehen, in einer mittäglichen Nachrichtensendung gesehen. Sie beklagte sich über die sexuelle Nötigung des jungen Malers, der in den Bildunterschriften den letztlich ruhmlosen Titel eines Exehemannes trug. Er antwortete darauf, daß er nicht ihr Exehemann werden könne, weil er sie weiterhin liebe. Die Sanftheit, mit der er das Wort »lieben« aussprach, brachte die Interviewerin aus dem Tritt, die keine Fragen mehr hatte und zum Kommentar eines Anwalts im Studio überging. Der Anwalt erklärte, daß aufgrund der demokratischen Verfassung niemandem verboten sei, im öffentlichen Raum zu malen, solange der Durchgang nicht versperrt werde, es sei dies »ein wesentliches Recht eines jeden Bürgers«. Die Restaurantbesitzerin protestierte angesichts des ungerührten Malers gegen das, was sie »ein Eindringen in meinen psychologischen Raum« nannte, und drohte mit Gerichten und psychiatrischen Krankenhäusern.

Doch der junge Maler blieb, tagein, tagaus hielt er mit jenen großen, langbewimperten Augen, die in Großaufnahme im Fernsehen erschienen, die Einzelheiten des Restaurants fest. Anfangs wartete er, bis sie gegen Mitternacht das Restaurant schloß, um ihr die während des Tages gemalten Bilder zu schenken. Sie zerriß alles und ging. Jetzt hört er auf, bevor geschlossen wird, rollt die Bilder langsam zusammen, setzt sich in den Wagen und wartet im Dunkeln darauf, sie herauskommen zu sehen. Erst dann startet er in die entgegengesetzte Richtung. Sie raucht viel, hat einen nervösen Gang, vielleicht wegen der zu hohen Absätze oder des engen Rockes, sie ist klein und scheint fast fünfzig zu sein, hat ein eingefallenes Gesicht.

Manchmal wollen Leute, die aus dem Restaurant kommen, ein Bild kaufen, aber er schüttelt den Kopf, sagt immer wieder, die Bilder seien nicht zu verkaufen. Das Motiv ist immer dasselbe, aber kein Bild gleicht dem anderen; der Maler fängt das besondere Licht jeder Tagesstunde ein, den Regen, die Frühlingssonne, das Haar der Frauen, die braunen Blätter im Sommer, die Feste und die Stunden, in denen das Restaurant leer ist.

Einmal habe ich Camila mitgenommen, damit sie sich das Schauspiel von nahem ansieht, und sie sagte: »Als Malerei ist das völlig uninteressant. Neorealistisch-naiv. Sogar Vater konnte das besser.« Ich war zu traurig, um ihr zu antworten. Alles, was ich ihr hätte sagen können, war, daß zu Zeiten ihres Vaters die Malerei gerade das war, was den flüchtigen Begriff des Interessanten auslöschte. Wie gut, daß ich es ihr nicht gesagt habe, denn es stimmte nicht einmal. Ich ersparte mir wieder einmal einen nutzlosen Streit um »meine Zeit«; man ist immer ungerecht, wenn man so redet, vor allem gegen unser Gedächtnis. Zu meiner Zeit lag die Malerei bereits im Sterben, in Portugal bemerkte man das weniger, da wir niemals ein Land der Farben gewesen waren. Es erscheint mir nicht weiter schlimm, vielleicht ist ja schon alles gemalt worden, es gab eine Epoche für die Vermeers und Rembrandts und Gauguins und Picassos, und jetzt feiern wir ihre Begräbnisrituale durch Kopien, Collagen, Zitate, beweinen sie verächtlich mit einer manchmal beleidigenden Sehnsucht, denn die Abwesenheit ist ein Trümmerort.

Der Tod verkauft sich besser als das Leben, das Fernsehen hat dies demonstriert, und die bildende Kunst fährt zu Anfang des letzten Jahrzehnts des zwanzigsten Jahrhunderts den immens hohen Preis ihres Todesröchelns ein. Täglich tauchen Schriftsteller, Journalisten, Kinder und Computertechniker auf, die den Tod der Literatur verfügen, erklären, es gebe keine Zeit mehr, die Bildschirme würden aufgrund von Synthese und Vielfältigkeit die Buchseiten ersetzen. Das wäre auch nicht weiter schlimm, nur sehe ich keine Anzeichen für diesen Tod: Das Kino nährt sich aus Büchern, Träume und Ideen widerstehen in der Ruhe der Bücher weiterhin der Hegemonie der Masse, Camila sagt mir, daß sogar an Orten, an denen der Hunger die Seelen regiert, wie in Mosambik, Bücher geliebt und begehrt sind. Aber sie sind auch billig, die Schriftsteller sagen, daß niemand der Arbeit des Schreibens Wert beimißt, sie vergleichen die Gelder, Stipendien, Unterstützungen, die der Staat den bildenden Künstlern gibt, den astronomischen Wert, den deren Werke erreichen, mit ihrer Lage und glauben sich am Rande des Todes.

»Stücke, Großmutter. Heute spricht niemand mehr über ein Werk, der Begriff Bild oder Skulptur ist überholt, wurde durch die Wiederentdeckung armer Materialien dekonstruiert, heute sagt man ›ein Stück‹«, erklärt mir Natália.

Sei's drum. Wir sind auf die Trauer um Stücke beschränkt, daher macht die arme Kunst so reich. Im übrigen zeugt die Kunstgeschichte davon, daß der Gewinn mit der Ehrung der Witwenschaft kommt. Möglicherweise nehmen die Fotos und das Kino und die Computer jetzt endgültig die Stelle der Malerei und Bildhauerei ein. Möglicherweise haben es sowohl die große Malerei wie auch die große Musik aufgegeben, der Welt zu widerstehen. Anstelle der Künstler tauchen Spezialisten für visuelle Kommunikation auf, die von Spezialisten mit modischen Attitüden gekleidet werden und die Museen mit zerbrochenen Tellern, Suppendosen und aufgestapelten Fernsehapparaten füllen.

Möglicherweise widersteht nur noch der junge Maler neo-naiver Bilder vor dem Restaurant. Aber das ist nicht weiter schlimm, denn ihn interessiert nicht die Malerei.

Ich habe es aufgegeben, die Tage und Nächte zu zählen. Ich glaube, ich habe immer außerhalb der aufeinanderfolgenden Jahreszeiten und Jahre gelebt, um der Hilflosigkeit, dem dichten Schleier des Überflüssigen zu entgehen, der das Leben verhüllt. Heute bin ich mit der metallischen Stimme Josefas aufgewacht, die noch einmal zu mir sagte: »Gehst du schon? Sag bloß, du hast ein Abendessen, meine Liebe.« Die Krankheit hatte sie des barocken diplomatischen Zeremoniells entledigt, in dem sie ihre zu Extremen neigende Natur ertränkte. Intubiert, reglos, ohne Zähne, um zu lächeln oder Worte zurückzuhalten, hatte sie ihre Bestimmung als Verführerin aufgegeben und erleichterte die Schmerzen, indem sie sie als Blöcke gefrorenen Schlamms auf die Gleichgültigkeit derjenigen schüttete, die sie am meisten liebte. Erst damals begriff ich, wie sehr diese so freie Frau von einem halben Dutzend tiefer, obsessiver Freundschaften abhängig war.

»Ich habe nie zu dir gesagt, ich habe ein Abendessen, Jenny. Ich habe dir immer alles erzählt. Ich habe zu dir gesagt, ich gehe mit Zé oder mit den Mouras oder mit den Mädchen des Vereins essen oder so. Wie dumm ich doch war. Denn du warst immer defensiv: Ich habe ein Abendessen. Ich habe einen Nachmittagsimbiß. Morgen kann ich nicht, ich habe eine Verabredung. Wirklich, Jenny, mich wundert, daß du überhaupt Zeit hast, mich zu besuchen. Du willst ganz sichergehen, daß ich im Sterben liege, das ist es. Die blöde Josefa wird dein mondänes Leben nicht weiter stören, da kannst du ganz beruhigt sein.« So entdeckte ich zu spät eine reißende, stumme Leidensfähigkeit, die aus den Tausenden von kleinen Elektroschocks entstanden war, die die Leute in den Schienen der korrekten gesellschaftlichen Lethargie vorantreiben. Es brachte nichts, Josefa zu sagen, daß es gelogen war, daß ich niemals irgendein gesellschaftliches Ereignis ihr vorgezogen hatte, daß meine lakonische Art nur ein Zeichen von Achtung und Demut und mir nie in den Sinn gekommen war, mein so spärliches, so belangloses Kommen und Gehen könnte sie interessieren. Es brachte nichts, denn nachdem die Vorhänge der Erklärungen aufgezogen waren, würde ihre Glut weiterhin makellos gegen die Blässe meines Phlegmas strahlen. Es brachte nichts, denn Josefa hat nur auf den zweitrangigen Bühnen meines Lebens existiert, leichte Komödienkost als gelegentliche Zerstreuung vom zentralen Drama, das du warst, António. Ich nahm die magere, verdammte Hand Josefas und wußte, daß ich an ihrer Stelle, mit der Ausfälligkeit, die der Tod uns als Vorauspreis schenkt, damit wir uns von unserer Sterblichkeit auf dem Rücken derer befreien, die uns überleben, dich für schuldig erklärt hätte.

Du hast mich verlassen, als du mir ein Kind ohne Mutter in die Arme gelegt hast. Ungezählt sind die Nächte, in denen ich es vergebens, im riesigen, mit Kälte und Spiegeln tapezierten Zimmer auf und ab gehend, einzuwiegen versuchte, in das du mich hast ziehen lassen, damit du es nicht weinen hörtest. Als ich klein war, ging ich auf Zehenspitzen an der Tür jenes unbewohnten Zimmers vorüber, um die Gespenster nicht zu wecken, die bestimmt darin wohnten. Ich hatte nicht den Mut, meine Angst deinen Befehlen entgegenzusetzen; ich redete mir ein, daß du das große Opfer seiest und nur deine Tränen brannten.

Ich hatte nie gelernt, ein Kind zu versorgen. Ich hätte es den Dienstmädchen übergeben können, zog aber vor, es als persönliche Trophäe zu behalten. Ich tat es nicht aus der allumfassenden Großzügigkeit des sogenannten mütterlichen Instinkts heraus, von dem die Leute – angefangen bei dir – behaupteten, er gebe das Beste einer Frau wieder. Ich tat es, um dich eifersüchtig zu machen. Um dir zu zeigen, daß Pedro nicht dir gehörte und ich mit ihm verbunden war. Und damit du bewundertest, mit welcher Eleganz und Leichtigkeit ich ein kleines Mädchen erzog. Aber du hast es nicht einmal wahrgenommen: Du hast angefangen, Camila aufgrund ihres und Pedros gemeinsamen Zaubers zu lieben, und ich wurde zu einem nichtigen Beiwerk.

Ich war eifersüchtig auf sie, konnte aber nicht mehr zurück; ich brauchte Camila wie die Luft zum Atmen, hatte mich in sie während der harten Zeit der ersten Monate im Gespensterzimmer verliebt. Ich fühlte mich als ihre Tochter, denn Camila hatte mir die Kraft gegeben, mich den bedrohlichen Geistern des Spiegelzimmers zu stellen. Camila liebte mich mehr als alle Dinge und Menschen, was eine berauschende Erfahrung war. Nie hatte ich diesen Platz im Herzen eines Menschen innegehabt. Sie gab mir Sicherheit, Disziplin, Freude, Wirklichkeit. Sie hat mich erzogen; ich brauchte mich nur von ihren Bedürfnissen leiten zu lassen. Ich habe mich nicht von den Falten ihres kleinen, drallen Körpers rühren lassen, noch von ihren Grübchen, wenn sie lächelte. Dieses Kind erschien mir nie verletzlich; als ich es annahm, fühlte ich, daß ich mich ihm unterwarf, und wenige Tage später, als du uns ins Exil dieses fernen Zimmers schicktest, António, fühlte ich, daß du mich in seine Hände übergabst, wie ein Vater eine Tochter dem Ehemann übergibt.

Danielle hatte versprochen zu schreiben, aber das Schicksal erlaubte ihr nicht, dieses Versprechen einzuhalten. Pedro sagte, sie möge nicht schreiben, und du warst selig, António: Du machtest Kommentare zur Gedächtnisschwäche der Frauen, die Liebhaber und Kinder wie ein Paar Handschuhe auf einer Parkbank vergessen. Ich dachte, ich wüßte zu vergessen, ja, daß die große Errungenschaft des Alters trotz allem genau das sei, die Irrelevanz des Bösen, doch nachdem ich Josefas letzte Tage miterlebt hatte, kam mir dieser Dünkel abhanden. Als Danielle Camila brachte, fragte ich sie: »Wie haben Sie es geschafft, Pedro zu verführen?« Ich weiß nicht, wie ich es schaffte, sie einfach so, ganz plötzlich danach zu fragen. Sie hatte etwas, das sofort Vertrauen einflößte; vielleicht waren es der Schatten ihrer kurz bevorstehenden Tragödie und die unmittelbare Fröhlichkeit, die sie ausstrahlte. Sie lachte, nahm mich bei den Händen und flüsterte: »Aber ich habe ihn doch niemals verführt, *ma chérie.* Ich habe ihn nur gepackt, so wie es die Männer immer mit den Frauen getan haben. Wenn das mit uns klappt, warum soll es nicht bei ihnen klappen? Es ist schon merkwürdig: Ich habe ihn gepackt, und jetzt lasse ich ihn los, im Arm eine Tochter. Gott weiß, daß ich nicht so vorbildlich sein wollte. Ich habe mir nie vorgestellt, daß die Geschichte sich in derart sarkastischer Weise würde umkehren lassen. *C'est la vie.*«

Ich habe dich immer aus dem Vergnügen heraus geliebt, dich leben zu sehen. Die Vorstellung, die Bewegungen von jemandem einzuengen, eine feste Umlaufbahn der Anziehung zu schaffen, löste Grauen in mir aus. Darin waren wir sehr verschieden, du und ich. Wir waren beide leidenschaftlich, aber für mich mußte Leidenschaft die Ekstase der Freiheit sein. Vielleicht bin ich ehrlicher, wenn ich sage, daß ich im Grunde nicht glaubte, daß ich jemanden binden könnte. Ich glaube es immer noch nicht. Es handelt sich immer um eine vergebliche Erniedrigung. Deine ständige Kontrolle über Pedros Kommen und Gehen hat die

Geburt von Camila nicht verhindert; ich glaube sogar, daß sie sie beschleunigt hat. Nur durch zig unwichtige Akte der Untreue gelang es Pedro, ein ganzes Leben lang treu an deiner Seite zu bleiben. Je mehr du ihm mit Überwachungen, Weinen und Vorwürfen die Luft nahmst, um so mehr suchte er andere Körper, die ihm erlaubten, heil und sicher zu dir zurückzukehren. Das intime Schauspiel eures Lebens spielte sich ausschließlich vor mir ab.

Ich begreife jetzt, daß kein Freund für mich tatsächliche Wirklichkeit erlangt hat; nicht einmal Josefa, daher habe ich sie verletzt, ohne es zu bemerken. Ich gewöhnte mich so sehr daran, Zuschauerin zu sein, daß mir jede Bemühung um Gemeinsamkeit überflüssig vorkam. Ich entschuldigte mich bei Josefa mit Mittagessen und Nachmittagsimbissen, die es zumeist nicht gab, nur um nicht meinen Platz in der ersten Reihe verlassen zu müssen. Andererseits hatte sie genügend Freunde und Bekannte, bemühte sich immer sehr, so viele gesellschaftliche Beziehungen wie möglich gleichzeitig auf Sparflamme zu halten, und ich vermied es, diesem Bangen ums Überleben zuzuschauen, das sie in meinen Augen ziemlich herabminderte. Manchmal dachte ich, daß Josefa Veleno haßte, weil sie in ihm einige ihrer größten Schwächen wiedererkannte.

Die einzigen Dinge, die ich vergesse, sind die, die

dem Leben Ordnung und Kontinuität verleihen. Ich vergesse immer häufiger zu essen, zu schlafen. Manchmal vergesse ich, zu baden und mich anzuziehen; vor ein paar Tagen bin ich in Nachthemd, Morgenmantel und Pantoffeln ins Café an der Ecke gegangen. Hätten die Leute nicht gelacht, ich hätte es nicht einmal gemerkt. Ich spürte, wie die Kälte in meine Beine schnitt, als ich das Haus verließ, aber es war mir nicht eingefallen, mich zu schützen. Im Gegenteil: Ich konzentrierte mich darauf, mich mutig der Wildheit der Natur zu stellen. Ich schaute nicht einmal auf meine Füße. Das Leben ist eine nicht enden wollende Sammlung von Zeugen: Wir sind darauf angewiesen, daß sie uns beobachten, im Sieg wie in der Niederlage, wir sind darauf angewiesen, daß sie auf uns achten. Ich hatte immer Angst, vor den Augen der anderen festgenommen zu werden, auf jemanden als Zeugen zählen zu müssen. Ich glaube, ich würde die Enttäuschung nicht ertragen, die mich in eine übermäßig reale Welt, ähnlich der in den Dokumentarfilmen im Fernsehen, führen würde. Ich stamme aus der Zeit der Worte. Ich habe gelernt, die Worte an meinem Körper langsam heruntergleiten zu lassen wie im Herbst fallende Blütenblätter. Aber jetzt fühle ich, wie sie in dreckigen Nestern sitzen, von mir getrennt, mir den Kopf durchbohren und aus meinem Mund herauskommen, als hätte niemand sie gesagt und als würden sie von allein entstehen und sterben. Natália hat letztes Mal, als sie gekommen ist, mit mir gescholten – gestern? Vor einem Monat? Ich weiß es nicht. Sie hat mich gescholten, weil ich, wie es scheint, zu ihr gesagt habe: »Du gehst schon? Sag bloß nicht, du hast ein Abendessen. Die blöde Jenny bringt ständig dein mondänes Leben durcheinander, nicht wahr, meine Liebe?«

JENNYS TAGEBUCH

10

Ich liege im Gras, esse Brot mit Zucker, heimlich, hinter dem Rücken meiner Mutter. Sie sagt, daß mir, wenn ich weiter Zucker esse, die Zähne ausfallen und ich dick werden und keinen Mann finden werde. Aber ich möchte lieber mein ganzes Leben so weitermachen, im Gras liegen, spüren, wie das Gewicht meines Körpers die feuchte Erde formt, als einen Mann finden, der im Krieg stirbt wie mein Vater.

Außerdem habe ich sehr hübsche Fingernägel, und Fingernägel interessieren die Männer ebenfalls. Immer wenn ihr Liebster sie am Gartentor besucht, geht Dores an die Frisierkommode meiner Mutter, um ein bißchen roten Lack zu stibitzen, und sie malt die Fingernägel sehr sorgfältig an, schiebt die Haut am Finger zurück und legt so den weißen, genau gezeichneten Halbmond frei. Heute habe ich sie gezwungen, auch meine zu lackieren, sonst würde ich alles der Ma-

ma erzählen. Rosário schüttelte den Kopf und sagte, die Männer, die sich von diesen roten Krallen verführen lassen, seien alle Teufel und niemals Ehrenmänner. Aber Rosário wird niemals heiraten; sie humpelt wegen einer Tracht Prügel, die sie von ihrem Vater bekommen hat. Ich bin acht Jahre alt, das Bett im Gespensterzimmer ist voller Äpfel, die im Dunkeln für das Kompott reifen, meine sehr weichen Zöpfe duften nach der Mischung aus Eiern und frischer Zitrone, die Rosário benutzt, um mein Haar zu waschen.

Das undeutliche Gesicht meiner Mutter besucht mich in immer regelmäßigeren Abständen, verspricht mir den Tod wegen meiner übergroßen Klarsichtigkeit. Ich finde Augenblicke von Erinnerungen aus der Kindheit, die ich nicht kannte. Ich bin wieder acht Jahre alt, lege mich ins Gras, aber es gibt meinem Mädchengewicht nicht mit dieser Gefügigkeit nach, an die ich mich erinnere, die Erde ist hart, ihr Geruch streng, mir tun die Knochen weh, die Sonne zerreißt meine Augen, erstickt meine Brust. Und du lachst über mich, António; du küßt den Mund meiner Mutter, und ihr beide lacht über mich. Ich kann mir den Luxus nicht erlauben zu weinen, je mehr ich weine, desto lauter hallt euer Gelächter.

Camila hat eine Spionin angestellt, die mit mir leben soll; eine Spionin, die mir Geschirr und Tischwäsche stiehlt und meine Speisekammer ausraubt. Sie schimpfte mit mir, als sie mich dabei erwischte, wie ich meinen eigenen Whisky trank. Sie aß mir die Marmelade weg, vergiftete meine Hühnerbrühe, durchstöberte meine Hefte, redete schlecht über mich. Ich habe sie dabei erwischt, wie sie mit den Nachbarinnen konspirierte, und habe sie entlassen. Ich habe sie entlassen, bevor mich Camila wegen ihrer Intrigen als Verrückte einweisen läßt. Camila schämt sich für mich; sie hat mich im Café an der Ecke angetroffen, ihre Jacke ausgezogen und sie mir über den Kopf gelegt. Als wäre ich nicht tausendmal schöner als sie. Vor allem jetzt. Als sie Hippie war, trug sie noch weite Spitzenröcke oder Samt in tiefen Farben und viele Blumen. Sie trägt jetzt Miniröcke aus synthetischem Material, die spitzen Knie stechen wie Entenfüße über den finsteren Militärstiefeln vor, die sie zu allen Gelegenheiten trägt, und sie schämt sich meinetwegen. Sie straft mich, schließt die Getränke weg, als wäre ich wieder ihre Tochter. Ich ärgere sie; sie fragt mich tausendmal dieselben Banalitäten und redet mit mir nur über Krankheiten, Wehwehchen und fremdes Unglück. Seit ich zu ihr gesagt habe, sie solle besser etwas Kreatives machen, weil schließlich jedes Kind Fotos machen könne, es sei alles nur eine Frage der Qualität des Apparats, redet sie nicht mehr mit mir. Sie besucht mich, als würde sie Buße tun, und trinkt zudem noch den Schnaps, den sie mir verbietet.

Sogar die Bücher sind böse auf mich; ich öffne sie, und die Worte verstecken sich vor mir, lösen sich in einem Fluß aus schwarzer Tinte auf, der mich daran erinnert, daß ich allein bin, daß es niemanden gibt, daß es vielleicht nie jemanden gegeben hat, dem ich all meine Liebe geben kann. Schreiben fällt mir immer schwerer. Ich habe nichts zu tun, außer nachzudenken. Und die Gedanken zerkauen das Schokoladenhaus meines Lebens. Und unter den Schokoladentafeln dieses Hauses liegt ein Haufen verwesender, unkenntlicher Toter, die die Arme ausstrecken, um mich zu packen, und sie saugen mir sehr langsam die Stimme aus.

Wie auch immer, es lohnt nicht, zu sprechen. Die Worte entfernen uns von der Wahrheit, schieben uns zur Wirklichkeit, damit wir uns nicht um die Wahrheit der Dinge kümmern. »Machen Sie den Fernseher an, Großmutter. Warum sehen Sie nicht fern?« fragt Natália, und ich antworte ihr, daß es in dieser Hypnotiseurskiste nichts zu sehen gibt. »Aber Sie können doch nicht den ganzen Tag dasitzen und ihre Fingernägel angucken, Großmutter!« Selbstredend kann ich das: Sie sind biegsam, glänzend, rosig wie in meinen Mädchenzeiten, als ich sie noch nicht lackieren konnte. Und heute kann schon niemand mehr seine Nägel lackieren; nicht einmal Maniküredamen, die spezialisierten Professionellen, können mehr die Linie des

Halbmonds ziehen. »Für so einen Fummelkram haben wir keine Zeit mehr, Großmutter.«

Es gibt keine Zeit, natürlich nicht, Natália; wir werden alle sterben, aber niemand hat Zeit, um irgend etwas richtig zu machen, von Anfang bis Ende. Liebe zum Beispiel. Du hattest keine Zeit für sie, du hast einen Mann geheiratet, den du nicht magst, um keine Zeit damit zu verlieren, glücklich zu sein. Die Häuser, die du zeichnest, haben auch keine Zeit: Sie sind aus Glas und Aluminium, werden zwei oder drei Jahrzehnte halten, dann rosten, in die Luft gejagt werden, um durch modernere, billigere ersetzt zu werden. Das einzige aus Stein und altem Holz, das du liebst, bin ich. Du verschwörst dich wie deine Mutter gegen mich, stiehlst mir Kuchen und Richelieustickereien, aber überhäufst mich mit Küssen, bist nie böse mit mir.

Ich mag dein spiralförmiges Lachen, deine Augen, die immer zur Fröhlichkeit der Dinge gewandt sind. Sie erinnern mich an mein Leben. Du schimpfst mit mir, weil ich mir die Welt auf meine Weise vorstelle und dabei die Wirklichkeiten verachte, aber du machst das gleiche, liebe Natália. Du schaffst ideale Personen mit realen Umrissen. Du nährst die Liebe, die Manuel Almada für mich empfand. Du führst mich fort. Wie ich fürchtest du die Intimität, was die Männer beruhigt und die Frauen verwirrt. Du sagst: »Mein Gott, ich verliere so viel Zeit damit, daß die Leute mich mögen, daß mir später nur wenig Zeit bleibt, die wichtigen Dinge zu machen.« Du hast mein Prinzip der Wichtigkeiten geerbt, auch wenn du es noch nicht ganz weißt. Auch ich höre auf zu wissen. Daher tut es mir so weh, wenn du kommst, deshalb geht es mir so schlecht, wenn du gehst.

Ja, ich bin sicher, daß ich wieder verrückt werde. Und ich weiß, daß ich dieses Mal nicht gesund werde. Ich beginne Stimmen zu hören und bin außerstande, mich zu konzentrieren. Panik ergreift mich. Ich spüre, wie mein Körper von einem dicken Blut überschwemmt wird, das nicht abfließt. Ich schneide in meine Haut, und es kommt nichts heraus. Das wird der Tod sein, das Verschwinden der Träume. Ich höre dich fast nicht mehr, António; ich höre Satzsplitter, Fremde, die drohen, mich im Keller eines Heimes mit Massen von ständig sich einnässenden alten Frauen einzuschließen, ich höre Geknalle, einen Bohrer, der in meinem Kopf pfeift. Ich erinnere mich nicht mehr an dein Gesicht, mein Liebster, ich komme auf die Straße und erkenne dich in allen Männern, was bedeuten muß, daß ich endgültig vergesse. Aber ich begehre dich immer heftiger, wache mitten in der Nacht auf, spüre deinen Atem, deine Finger, die durch das Innere meines Körpers wandern, mir weh tun, mich in den Himmel tragen.

CAMILAS ALBUM

»Man baut ein Glück nur auf einem Fundament aus Verzweiflung auf. Ich glaube, ich werde mich ans Bauen machen können.«

MARGUERITE YOURCENAR

CAMILAS ALBUM

I

DANIELLE
SOMMER 1941

Meine Mutter lächelt, und ihre Augen sind zwei Lichtstreifen, da ist zuviel Sonne, die sie nahezu körperlos macht, geradezu verschwinden läßt. Hinter ihr die Schatten der Bäume auf der Avenida da Liberdade, ein Mann, der schnell mit einer Aktentasche in der Hand vorübergeht, zwei verwackelte Kinder, ein Ball in der Luft, der Fleck des Glória-Fahrstuhls. Das Kleid ist hell, weiter Rock, ärmellos. Sie hat die dicken Arme weit ausgebreitet, als wollte sie jemanden umarmen. Oder als würde sie mitten auf der Straße alleine tanzen. Sie trägt die Perlenkette und die Ohrringe, die sie mir als Erbe zurückgelassen hat. Auf diesem Foto gab es mich noch nicht. Oder vielleicht wuchs ich ja gerade in ihr.

Mir gefällt der Gedanke, daß ich es bin, die sie tief in

ihrem Innern so lächeln macht. Das ist merkwürdig, denn eigentlich mag ich kein Lächeln. Sie haben mich während der Verhöre zu viel angelächelt. Anfangs lächelten sie mit Versprechen von guten Jobs, Ausstellungen, Reisen, um die ganze Welt zu fotografieren. Dann wurden sie ärgerlich und begannen, mich mit Drohungen anzulächeln: daß sie meinen Vater, Tó Zé, Jenny festnehmen würden oder mir etwas Böses antun müßten. Ich beantwortete ihr Lächeln mit Gelächter, weniger um sie damit zu beleidigen, als mich vor dem Gedanken an dieses Böse zu schützen, das sie mir antun könnten. Dann lachte ich immer weiter, um nicht die Schreie zu hören, die aus den anderen Zellen kamen, sagte mir immer wieder, daß es nicht stimmte, daß auf der anderen Seite sie schrien, um mich in Angst und Schrecken zu versetzen.

Sie sagten mir, Glória Veleno habe alles erzählt, sie wüßten, daß ich Kommunistin sei, seien aber bereit, mir zu vergeben. Ich müsse nur mit ihnen zusammenarbeiten, Jugendsünden, die jeder begangen habe. Ich solle ihnen Namen sagen und ein paar Papiere unterzeichnen. Ich wußte, daß Glória nichts erzählt hatte. Damals besaß ich absolute Wahrheiten. Ich mußte nicht einmal Mut aufbringen: Die schwarzen Augen meiner besten Freundin würden niemals durch Verrat getrübt werden. Es ging eher um eine Frage der Ästhetik. Die Fotos bewiesen mir, daß die Wahrheit für immer festgehalten werden konnte. Später, als die Wahrheit jenseits der Reglosigkeit der Dinge aufhörte zu existieren, wurde der Akt des Fotografierens für mich zu einer Obsession.

Glória war mein genaues Ebenbild, vielleicht habe ich sie deshalb so wenig fotografiert. Sie hatte die gleichen Gefühle in einem Herzen, das meinem glich, und zugleich hatte sie vieles, was ich nicht erreichen konnte. Sie war schnell. Sie war schön. Sie besaß die Gabe des Wortes. Jenny hat einmal zu mir gesagt: »Du empfindest eine Leidenschaft für die Freundschaft wie ich eine Leidenschaft für die Liebe, mein Kind. Ich weiß nicht, was tragischer ist.« Ich mochte etwa achtzehn Jahre alt sein und verbrachte mein Leben damit, Glória zu trösten, die sich unentwegt in gefühllose Männer verliebte. »Du mußt mir schwören, daß du, falls ich sterbe und du zufällig zu meiner Beerdigung kommen solltest, verhinderst, daß er auf den Friedhof kommt. Ich will ihn da nicht haben. Schwöre es mir.« Ich schwor es, küßte ihre Tränen und zeigte mich beleidigt: Zufällig? Wenn ich zufällig zu ihrer Beerdigung kommen sollte? Nur wenn ich selber schon tot wäre, würde ich nicht bis zum Ende allen Endes bei ihr bleiben.

Aber Glória tröstete sich schnell. Oder vielleicht war sie ja wirklich untröstlich. Sie überdeckte eine Geste mit einer anderen, die Männer folgten in ihrem Leben aufeinander wie Schaufeln von Erde über einem bodenlosen Brunnen. Sie sagte immer wieder: »Ich weiß nicht, was ich ohne dich machen soll. Nichts ist wirklich ernst, solange es dich gibt.« Und ich bekräftigte diese Gewißheit der unerschütterlichen Freundschaft. Die Liebe schien mir ein kindliches, launisches Gefühl zu sein, das leicht war wie der Südwind. Mir gefiel es, daß sich Glória verliebte, weil es bestätigte, daß ich die einzige bleibende Leidenschaft in ihrem Leben war. Und wir hatten viel Spaß miteinander, wir beide. Wir gingen zusammen zu den Rollhockeyspielen. Oder wir blieben zusammen in ihrem Zimmer, wo wir dem Bericht im Radio zuhörten und auf dem Bett herumhüpften.

Einmal hat sie eine Beziehung abgebrochen, weil der Junge nicht wollte, daß sie mit einer Vogelscheuche wie mir zusammen war. Viele nannten verschlampt, was ich Einfachheit nannte: Zeit damit zu vergeuden, die Augen zu schminken, die Nägel zu lackieren oder das Haar zu toupieren, erschien mir, auf gräßliche Weise der Unterdrückung durch das Patriarchat nachzugeben. Ich hatte gerade *Das andere Geschlecht* gelesen und war entschlossen, alles zu tun, damit niemand sagte, meine Vorstellungen seien »merkwürdig« oder »weiblich«. Ich kleidete mich schwarz, grau oder braun, trug flache Schnürschuhe. Sogar Josefa, Jennys Freundin, die mir das Buch geliehen hatte, fand, daß ich übertrieb. Doch in Wahrheit liebte ich die überraschten Blicke der Leute, wenn ich Hand in Hand mit Glória spazierenging; sie sehr blond, mit blendender Figur in hochhackigen Schuhen und rosa Kleidern, die schwarzen Augen mit grünem Lidschatten geschminkt, ich mager, brünett, platt, frugal, düster. Der Tag und die Nacht, war Jennys Kommentar.

Schon witzig: Es gelingt mir nicht, »Mutter Jenny« zu denken oder einfach nur »Mutter«, angesichts dieses Fotos von Danielle, die meine ursprüngliche Mutter ist.

Ihr Bild ist in diesem persönlichen Album das einzige, das ich nicht geschaffen habe. Ihr Lachen verfolgt mich seit meiner Kindheit mit seiner Lautlosigkeit. Ich habe die Stimme meiner Mutter nie gehört, ich glaube, ich bin aus diesem Grunde Fotografin geworden. Alles, was sie irgendwann einmal zu mir gesagt hat, ist in diesem Rechteck aus Licht, Lissabon ist ein großer schattiger Fleck, aus dem meine Mutter mit einem Lachen heraustritt, das außerhalb der Zeit liegt. Ihr Lachen hat mich durch den Wahn der Foltertage geleitet. Es gab Stunden, in denen das Glück von Glórias schwarzen Augen verschwand, in jenen Nächten, in denen sie mich nicht schlafen, sondern aufrecht stehen ließen, und nur meine Mutter streichelte mich. Ich verstand nicht mehr, was sie sagten, war mir sicher, daß sie Deutsch sprachen und wir mitten in einem eisbedeckten Konzentrationslager waren, und der Versuch, etwas zu sagen, sich nicht lohnte. Carlos Bonito umkreiste mich mit einer Lampe, die mich fesselte, ich blickte zu Boden, und er schlug mich, die Stimme wurde immer sanfter, trug mich in die Zeit unserer gemeinsamen Kindheit, und ich fing an zu lachen, weil ich bemerkte, daß seine Füße breiter wurden und sich mit Schuppen bedeckten, er wirkte wie ein Krokodil, das mühsam versuchte, aufrecht zu gehen wie ein Mensch, und die Vorderfüße begannen mich abzutasten, meinen ganzen Körper, innen und außen, zu befühlen, voller Gier, mir etwas zu rauben, was er nicht fassen konnte. Carlos Bonito hatte keinerlei Wahrheit, deshalb existierte er nicht.

Später fand ich heraus, daß diese Tage der Folter sehr nützlich gewesen waren, um meine fotografische Wahrnehmung zu schärfen. Ich habe aufgehört, mich von Transparenzen, Überlagerungen, der unmittelbaren Schönheit faszinieren zu lassen, die kalt anrührt. Ich habe auch aufgehört, an die Partei zu glauben, die diejenigen abschüttelte, die sich auf der Höhe ihrer Jugend bei der ersten Demonstration fassen ließen. Wie auch immer, ich glaube, daß ich aus Enttäuschung an die Front der Gefahr eilte. Die Männer in der Partei behandelten die Genossinnen patriarchalisch, wollten sie keusch und devot in der Nachhut der männlichen Aktionen, sie sollten imstande sein, im häuslichen Schatten des Untergrunds zu kochen und Hosen zu flicken. Glória meinte zu mir: »Ich werde immer an deiner Seite stehen, aber bitte mich nicht darum, aus Liebe zur Politik aufs Schminken zu verzichten, denn ich glaube nicht daran. Mit kommt das einfach wie eine Neuauflage von Salazar vor.« Letztlich war die Partei nicht die Résistence, und ich konnte Danielles Tod nicht wiedergutmachen. Ich konnte sie nur lieben, und Jenny sagte, daß nur diese Macht vor dem Vergessen bewahrt.

Niemand hat mir gesagt, mein Vater habe diese mollige Jüdin nicht geliebt, die Lissabon ihr letztes Lachen geschenkt hat. Aber ich wußte es. Alles, was ich über Danielle weiß, hat mir Jenny erzählt. Mein Vater zuckte nur mit den Schultern und sagte kurz angebunden und verlegen, daß alles sehr schnell geschehen sei und vor langer Zeit. Dieses Foto hat er gemacht, und sie strahlt darauf gegen seine Gleichgültigkeit. Es war ein Schnappschuß, wie man an der leichten Unschärfe erkennt, an der Position der Figur außerhalb der Bildmitte, daran, daß die Beine fast an den Knöcheln abgeschnitten sind. Und an ihrem Lachen, beinahe mit geschlossenen Augen, glücklich, über ihn hinaus, ihm zum Trotz.

CAMILAS ALBUM

2

EDUARDO
HERBST 1962

»Jetzt werde ich sterben, und du wirst mich nie mehr vergessen.« Er legte sich auf ein Bett aus trockenen Blättern, die Arme angewinkelt neben dem Kopf, wie es die Kinder tun, um zu schlafen, drehte den Hals nach rechts und schloß die Augen. Ich habe in diesem Augenblick abgedrückt. Es war das einzige Foto, auf dem ich Eduardo als Toten wahren konnte, ich machte es ein halbes Jahr vor seinem Tod. Das durch das Laub an den Bäumen des Parks von Monserrate gefilterte Licht formt sein Gesicht wie weiches Wachs. Es wirkt so, als hätte er in der vorangegangenen Sekunde zu atmen aufgehört und schaute bereits von einer höheren Warte auf diesen ruhigen Körper, der seiner war, wunderte sich über dessen Ruhe. Er hatte nicht das Recht auf posthume Betrachtungen gehabt, dieser schmale Jungenkörper, der mir die Liebe enthüllte. Er verschwand von der Erdoberfläche, löste sich in schwarze Asche auf dem Sand auf, vor meinen Augen von einem Blitz verschluckt.

Es war der erste heiße Frühlingstag, um fünf Uhr kam Eduardo bei der Zeitung vorbei, um mich zu entführen. »Komm, die Sonne ruft uns.« Tatsächlich erahnte man die Sonne nur, die den Nebel sättigte, in den sich der Himmel verwandelt hatte, und ich hatte viel zu tun. Morgen, bat ich ihn. »Morgen wissen wir nicht, ob wir noch hier sind«, antwortete er. Er war euphorisch. Anfangs dachte ich, es seien die Proben für das neue Stück, eine Adaptation von *Die Wellen* von Virginia Woolf, das in einen nicht klar definierten Krieg verlegt war, in dem vier verlorene Kinder spielten – zwei weiße und zwei schwarze –, die während eines endlosen Gesprächs ohne erkennbare Logik unmerklich heranwuchsen. Doch es war unwahrscheinlich, daß dieses Stück jemals aufgeführt wurde. Es fehlte das Geld, und sehr wahrscheinlich würde das Stück keine Aufführungserlaubnis erhalten, mochte der Krieg noch so wenig definiert und die Sprache noch so metaphorisch sein. Dennoch probten sie jeden Tag diszipliniert, stundenlang. Eduardo tat so, als wären die Proben wirkliche Aufführungen. Er wußte, daß er das Land bald verlassen mußte, er würde demnächst in den wahren Krieg in Afrika einberufen werden.

Er würde desertieren. Es hatte lange Streitgespräche mit seiner Mutter darüber gegeben. Eduardos Mutter, die Witwe war und außer diesem einzigen Sohn, den sie liebte, niemanden mehr auf der Welt hatte, sagte immer wieder, es wäre ihr tausendmal lieber, ihn als toten Helden zu sehen denn als lebenden Deserteur: »Ich schäme mich, einen Mann geboren zu haben, der außerstande ist, unser Vaterland mit seinem Leben zu verteidigen, falls dies notwendig sein sollte. Du entehrst mich. Wenn ich könnte, würde ich selber für das kämpfen gehen, das uns gehört. Du beleidigst Gott, die portugiesische Nation und das Gedächtnis deines Vaters.« Eduardo antwortete mit dem ersten Gebot der Kirche: »Du sollst nicht töten«, was die Frau nahezu in einen Schockzustand versetzte. Als jener Blitz ihn erschlug, hatte sie mich längst schon nicht mehr bei sich zu Hause empfangen und redete auch nicht mehr mit mir. Sie hatte mich in der Anfangszeit gemocht. Ich glaube, sie hielt meine asketische Kleidung für ein gutes Zeichen. Manchmal schlug sie mir mit einem großzügigen Lächeln vor, etwas mehr aus meiner Schönheit zu machen. »Sie haben so schöne Augen, es wäre doch keine Sünde, sie etwas mehr zu betonen. Haben Sie es schon einmal mit Wimperntusche versucht? Und, nehmen Sie es mir nicht übel, aber wenn Sie etwas fröhlichere Farben, etwas höhere Absätze tragen würden, könnten

Sie zauberhaft aussehen.« Ich lächelte und biß mir auf die Lippe, um nicht zu lachen, aber Eduardo ließ nichts durchgehen. »Sie will nicht zauberhaft sein, Mutter. Sie hat andere Ziele im Leben. Und gerade deswegen mag ich sie.« Ganz allmählich ging Eduardos Mutter dazu über anzumerken, daß ihr Sohn, seit er sich in mich verliebt habe, säuerlicher geworden sei. Bis zu dem Tag, an dem sie in sein Zimmer trat und uns beide schlafend vorfand, einander umarmend und nackt. Von da an übernachtete Eduardo abwechselnd bei sich und bei mir. Er hatte Gewissensbisse, seine Mutter einfach zu verlassen, die übrigens damals mit einem Zyklus ständiger Krankheiten begann.

Jenny tat so, als bemerkte sie nicht, daß Eduardo die ganze Nacht in meinem Zimmer verbrachte, und begrüßte ihn beim Frühstück, als wäre er gerade eben angekommen. Mein Vater und Tó Zé bemerkten überhaupt nichts. Sie gingen sehr spät zu Bett, meistens brachen sie um elf Uhr abends zum Casino auf und kamen bei Tagesanbruch wieder zurück. Es war offensichtlich, daß sie voneinander gefesselt waren, aber damals wollte ich noch nicht über die Bedeutung dieser Faszination nachdenken. Ich brauchte eine Vorstellung von einem Vater, mochte sie auch noch so zart sein. Dennoch fühlte ich mich, als ich mich in Eduardo verliebte, der zermalmenden Energie sehr nahe, die um meinen Vater und Tó Zé floß. Sie liebten

Eduardo, weil er es geschafft hatte, daß ich wieder lachte, und sie waren ihm für die Tatsache dankbar, daß er mich mit dem physischen Ausdruck der Gefühle versöhnt hatte.

Als ich aus dem Gefängnis zurückkam, ertrug ich nicht, daß man mich berührte, nicht einmal ein Streicheln über den Kopf. Eduardo, der niemals im Gefängnis gewesen war, hatte diese Panik in meinen Augen in der allerersten Minute verstanden. Einmal, als wir beide am Flußufer spazierengingen, sah er mich mitten in einem Gespräch über Fotoapparate an und sagte: »Ich bin wahnsinnig in dich verliebt. Ich kann mich auf nichts mehr konzentrieren. Ich hätte so gern, daß du mir wenigstens deine Hand gibst.« Die erste, langsame, verwirrende Liebkosung auf seinen Händen ging von mir aus. Später konnten wir nicht beieinander sein, ohne uns zu berühren. Glória machte sich mit einer von Enttäuschung getrübten Zärtlichkeit über mich lustig: »Die Liebe infiziert wohl doch mehr als die Freundschaft, oder? Und mir scheint, daß nicht einmal die Schwesternschaft der Nonnen von Beauvoir ihr entgeht, nicht wahr?«

Tatsache ist, daß nichts so grausam ist wie eine vollkommene Liebe. Wir verbringen unser ganzes Leben damit, Verdächtige zu finden, Zeugen einander gegenüberzustellen. Alle wissen, daß sie geschehen ist, aber niemand hat sie gesehen. Niemand kann ihr

Gesicht beschreiben. Sie greift vor allem in Zeiten der Unachtsamkeit an, Menschen, die zerstreut sind, wenn jene bequeme menschliche Erfindung abwesend ist, die sich Verstand nennt. Ihr Angriff ist ein Skandal. Sie bringt die ruhige Ordnung dieser Welt durcheinander, die Welt jener, die sich gegenseitig täglich in Höchstgeschwindigkeit für ein weiteres Auto, eine Wohnung oder eine Beförderung überrennen. Im Lichte meiner Liebe zu Eduardo erschienen mir die Lieben Glórias so traurig wie ihre riesige Sammlung verführerischer Kleider.

Die Leidenschaft erschüttert die Ökonomie der Welt; sie ist der einzig erfolgreiche Konkurs. Je mehr verloren wird, desto mehr wird gewonnen. »Ich kann dir nichts geben«, sagten wir einander, nachdem wir schon alles gegeben hatten. Kein Dieb kann uns den Schmerz darüber rauben, daß wir uns nicht außerhalb von Zeit und Raum in dieser anderen Hälfte von uns inkarnieren können. Die Wissenschaftler öffnen Klammern und legen dieses Wunder, das nicht behandelbar ist wie eine heftige, vorübergehende Herzgrippe, am entgegengesetzten Rand der friedlichen, arbeitsamen, erbauenden, selbstverständlich »in ständigem Aufbau begriffenen« Liebe ab. Mit Eduardo brauchte ich überhaupt nichts aufzubauen. Ich würde mit ihm ebenso in den Krieg wie ins Exil gehen, mühelos alles hinter mir lassen, was mir lieb war. Sein glitzernder Körper trat aus den Wellen, ich wollte gerade die Kamera nehmen, um ihn noch einmal festzuhalten, als der Blitz in ihn fuhr und meine Welt zusammenbrach. Ich erinnere mich nicht an das, was darauf geschah. Ich habe nur die Anschuldigung seiner Mutter behalten, die trockenen Augen, mit denen sie meine Hände abwehrte, die das Fleisch ihres Fleisches suchten. »Es war Ihre Schuld. Gott hat ihn mit in die Hölle genommen, und Sie sind schuld daran.«

Ich habe Sehnsucht nach der Wärme deines Herzens. Ich hielt sie für eine Gabe, eine unerschöpfliche Gnade, nichts gab mir soviel Freude, wie dieses Feuer zu teilen, kein Ruhm ist diesem berauschenden Gefühl vergleichbar, die anderen wiederauferstehen zu lassen. Jetzt in Afrika wache ich beim ersten Sonnenstrahl auf, und mein Körper kocht, und mein Herz läuft über von Eis. Kaum öffne ich die Augen, da zieht dieser Zug von Gräbern vorbei, die Steine heben sich langsam, einer nach dem andern, in einer Begrüßungszeremonie. Ich suche in jedem Grab, das sich so öffnet, den Schatten einer Leiche, aber kaum nähere ich mich, da schließt sich der Stein wieder, läßt nur einen kalten Luftzug zurück. Das innere Organ, das die Welt erwärmte, hat sich in einen übervollen Friedhof verwandelt, in dem die Toten als eine einzige Masse anwachsen, sich von der Erde ernähren, anstatt sich in ihr aufzulösen.

Ich bin nach Afrika gekommen, um einen Raum zu finden, diesen Tod zu begraben, der mich mit seinem Gewicht erstickt, aber ich fürchte, es ist bereits zu spät; die Musik des Schmerzes wiederholt sich ständig, und nach einiger Zeit vermischen sich alle konkreten Wesen, die uns quälen, bis sie einen kleinen Himmel aus Verzweiflung bilden, der sich wie ein Glassturz über uns stülpt.

CAMILAS ALBUM

3

XAVIER, STRAND VON XAI-XAI
NOVEMBER 1964

Als wir uns beide dieses Foto ansahen, mochte ich es nicht. Hinter Xaviers Kopf liegt ein Fischerboot, das eine Art merkwürdigen Hut bildet. Und das Tageslicht macht zu tiefe Schlagschatten. Aber Xavier schaute mich an und sagte: »Du weißt zuviel, Mädchen. Du mußt lernen, nicht zu wissen, um das Leben nicht zu beleidigen. Auf diesem Foto ist das Gesicht eines glücklichen Mannes. Es ist nicht einfach, so etwas in ein Foto zu legen.« In der Nacht, die diesem Foto folgte, schliefen wir das erstemal miteinander. Das kleine Hotel lag oberhalb des Strandes, es gab zwei Palmen, die beinahe über den winzigen Balkon ins Zimmer drangen, und dahinter das Meer. Xavier war gekommen, um einem Vetter, der heiraten wollte, beim Hausbau zu helfen. Ihm war nicht mehr viel

Familie geblieben. Seine zwei Kinder waren an Cholera gestorben. Seine Frau war bei der Mutter im Dorf, Feitor Praça, im Landesinnern.

Nach drei Monaten in Lourenço Marques hatte ich das Gefühl zu ersticken, wurde von allen Seiten von gekränkten Frauen bedrängt, die sich damit vergnügten, lächerliche Empfänge zu organisieren, bei denen sie todernst die militärischen Hierarchien ausspielten. Die Frau des Hauptmanns erwies der Frau des Oberstleutnants die Ehre, die des Brigadegenerals der des Generals, und es gab Bekleidungs- und Sprachregelungen, die streng eingehalten wurden, unter dem braven So-als-ob vertraulicher Mitteilungen über die Kinder, die Krankheiten, die Diäten, die Langeweile.

Ich war als Reporterin des nationalen Epos nach Mosambik gekommen. Ich sollte dem kontinentalen Portugal die großzügige Geste unserer Soldaten bei ihrer zivilisatorischen Mission zeigen. Und es schien so, als gäbe es keine Möglichkeit, über die offiziellen Besuche von makellosen Kasernen in den Vororten der Stadt hinauszugelangen, in denen stattliche Truppen ihre circensischen Heldentaten darboten. Ein halbes Dutzend schwarzer Soldaten schmückte diese weißen Truppen und sang aus vollem Halse die Hymne: »Tapfere unsteeeeeeeeerbliche Nation!« Ich rief den Redaktionschef täglich an, bat ihn, er möge mir in Gottes Namen einen Marschbefehl ins Landesinnere besorgen. Er lachte und antwortete mir, ich solle mich nicht anstrengen, die Sonne und die Strände genießen, wenn ich die Reportagen machen würde, die ich wollte, würde ich ihm nur Probleme schaffen, und die Fotos würden sowieso nicht veröffentlicht werden dürfen. Schließlich gelang es mir, mit einer Kompanie in den Süden aufzubrechen. Im Distrikt Xai-Xai kündigten sich Komplikationen an. Ich war mehrere Tage mit den Soldaten im Busch unterwegs. Sie organisierten täglich kilometerlange Expeditionen, um Hinterhalte zu vermeiden, wie sie sagten. Tatsächlich wichen sie jedesmal, wenn sie den Geruch eines Eingeborenendorfes erschnupperten, vorsichtig zurück. »Man muß den Körper stählen und Frieden wahren«, wiederholte der Offizier. Ich begann zu vermuten, daß sie mich nur dorthin mitgenommen hatten, um mich müde zu machen und mir diese verrückte Vorstellung von blutigen Kämpfen auszutreiben. Am Ende einer Woche befanden sie, daß die Zone befriedet sei, und beschlossen, ein paar Tage am Strand von Xai-Xai zu entspannen. Da lernte ich den Mann kennen, der der Vater meiner Tochter werden sollte.

Xavier hatte am Angriff der Frelimo auf die Kaserne von Mueda teilgenommen, die als Rache des vier Jahre zuvor erfolgten Massakers den Beginn des bewaffneten Kampfes ausgelöst hatte. Anfangs mied er mich, weil er mich für die Frau eines der portugiesischen

Soldaten hielt. Bis er, das Graben unterbrechend, dem er sich gerade widmete, wütend auf mich zukam, als er das Geräusch meines Apparates hörte, der auf ihn schoß. »Geben Sie mir den Film, Senhora. Wenn Sie mir den Film nicht geben, muß Xavier ihn gewaltsam wegnehmen, und Xavier ist keiner, der Frauen gewaltsam etwas wegnimmt.« Es passierte alles sehr schnell.

In Afrika ist die Zeit wie der Raum: so groß, daß man sie nicht bemerkt. Die Sonne geht unvermittelt unter und erscheint ohne Aufstiegsmühen am Höhepunkt des Himmels. Die Intensität ersetzt die Stunden, so wie die Wahrheit Verführung ersetzte. Xavier glaubte mir vom ersten Augenblick an. Ich blickte in seine Augen und sagte: »Aber ich will nichts Böses. Dieses Foto ist nur für mich.« Und er glaubte es. Er näherte seine Augen den meinen auf eine Entfernung, die geringer war, als Zeit und Raum erlauben, und fragte mit einem verblüfften Lächeln: »Aber wozu hast du dann diesen Apparat, Senhora? Haben deine Augen keine Erinnerung, sind sie krank?« Ich antwortete: »Nein. Die Fotos sind der einzige Beweis, daß ich existiere.« Er lachte wieder und sagte, ich litte an der europäischen Krankheit, der Krankheit, die in Europa durch die Bücher verbreitet werde. »Es ist die Krankheit des Denkens, Senhora. Wenn du nicht so weiß wärest, würde ich dich heilen.« Ich erwischte mich dabei, wie ich ihm erklärte, daß ich nicht weiß, sondern Jüdin sei, daß meine Mutter durch die Hand der weißesten aller Weißen gestorben sei und ich nach Afrika gekommen sei, um mich vor dieser Weißheit zu retten. »Retten, ich weiß nicht recht, Senhora. Retten kann nur der Zauberer in meinem Dorf. Oder die Partei, wenn die Götter es zulassen. Aber zuerst einmal muß die Eitelkeit des Leidens begraben werden. Die Eitelkeit des Denkens muß auch begraben werden, die geht am schwersten weg.«

Dennoch hat er mir erst, nachdem er mit mir geschlafen hatte, von der Frente de Libertação de Moçambique, der Befreiungsfront von Mosambik, erzählt, von Eduardo Mondlane und dem Massaker von Mueda. Er hat mich nicht mit ihm ins Landesinnere gehen lassen, wo die Kämpfe der Guerilla intensiver wurden: Es war gefährlich und verboten. Er versprach mir, mich in einem Monat in Lourenço Marques zu suchen. »Ich finde dich. Schreiben? Wozu? Die Worte tun meinen Körper nicht in deinen. Ich komme, Schluß aus.«

Was ich für Xavier empfand, kann man vielleicht nicht Leidenschaft nennen. Als wir uns voneinander entfernten, habe ich nicht einmal diese Messerkälte gespürt, die sich bei Einbruch der Nacht den Weg über das Bewußtsein der Liebenden bahnt. Solange ich an das Leben Xaviers glaubte, konnten meine Tage ohne ihn anfangen und enden. Mit Eduardo war es niemals so gewesen; es war mir unmöglich, mir vorzustellen, daß ein ganzer Tag meines Lebens in seiner Abwesenheit vergehen könnte. Bei Xavier habe ich schlicht und einfach zu denken aufgehört. Ich konzentrierte mich darauf, dem Blut meines Körper zuzuhören, bis seine Stimme mächtiger war als das Schweigen der Toten, das ihn austrocknete. So empfing ich Natália. Meine Tochter, mehr die Tochter Afrikas als die Xaviers. So hätte er sie sich gewünscht: eher als Erbin der unendlichen Größe als der tragischen Geschichte eines Mannes. Für Xavier war die Tragödie nur ein weiterer Beweis für die Vehemenz des Lebens. »Wozu so viele kurze Worte, Mädchen«, sagte er, »Liebe, Leidenschaft, Sex, Zuneigung ... Das ist alles nur Gefühl, warum dieses Licht des Himmels mit so vielen Wolken aus Papier verdecken?«

Xavier löschte die Schuld und die Gewissensbisse meines Körpers, indem er mir die Unschuld einer Lust schenkte, die vor der Erbsünde der Melancholie lag. Seine schwarze, glatte Haut umhüllte mich wie die erste Nacht der Welt, machte sich daran, alle Falten meiner Erinnerung auszulöschen, gab sich der Auferstehung meiner Gefühle hin.

Ich kehrte, ein paar Tage nachdem Xavier aufgebrochen war, mit den portugiesischen Truppen in die Hauptstadt zurück. Auf dem Weg vier Tote: Einer der Jeeps fuhr auf eine Mine. Ich habe mich die ganze

Strecke lang übergeben. Als ich in Lourenço Marques ankam, wußte ich, daß ich schwanger war. Zwei Monate später war Xavier noch immer nicht zurückgekehrt. Ich bin mit diesem Foto in der Hand wieder nach Xai-Xai gefahren. Es ist das einzige Foto, das ich von ihm habe. Das erste, das er nicht wollte, ist überhaupt nichts geworden. Die Filme aus Xai-Xai haben sich beim Entwickeln übrigens fast alle als unbrauchbar herausgestellt, voller Streifen, Flecken und unerklärlichen Verwacklern. Von Xai-Xai aus bin ich ins Landesinnere gefahren, bin mit dem Foto in der Hand durch das Dorf Feitor Praça gelaufen, aber alle Leute weigerten sich, irgend jemanden zu identifizieren. Schließlich erreichte ich, daß mir eine Frau mit hochmütigem Blick bestätigte, daß er von den Soldaten festgenommen worden sei. Sie erzählte mir, daß sie nach ein paar Tagen vor der Schule von Feitor Praça den Kopf von Xavier Sandramo auf einen Ast aufgespießt gefunden hatten.

CAMILAS ALBUM
4

ORDENSVERLEIHUNGEN, TERREIRO DO PAÇO LISSABON, 10. JUNI 1966

»Ehrt das Vaterland, denn das Vaterland betrachtet euch.« Mit diesen Worten endet die Rede des Rektors der Universität von Mosambik vor mehr als viertausend angetretenen Soldaten. Dann beginnt Américo Tomás mit der Verteilung der Orden. An einen Feldwebel, dem es gelungen war, zu ignorieren, daß ihm Blut aus der Augenhöhle strömte, die von einer Maschinenpistolensalve geleert worden war, und der, während die meisten seiner Kameraden bereits tot waren, bis zum endgültigen Sieg weiter auf die Angreifer gefeuert hatte. An einen Bauern mittleren Alters mit resigniertem Gesicht, den Vater eines Krankenbahrenträgers, der weiterhin den Verwundeten beigestanden und auf den Feind geschossen hatte, bis er nur noch ein See aus Blut war.

Und als ein zweijähriger Junge auf dem Schoß seiner in Tränen aufgelösten Witwenmutter den Orden des Vaters empfängt, den er nun nicht mehr hat, rinnen zwei feine Wasserfurchen am Gesicht Salazars herunter. »Drück jetzt ab! Salazar weint, siehst du das nicht?« Ich sehe die Bewegung des Lichts in den Tränen und fokussiere die Lüge, die aus dieser Vergrößerung der Wahrheit entsteht. Ich sehe, fokussiere und spüre, wie der Finger in dem Augenblick gelähmt ist, in dem die Ewigkeit sich entscheidet. »Drück ab, Schlafmütze. Laß den Scheiß. Wenn du nicht abdrückst, erzähle ich die Geschichte trotzdem, die Steine werde ich erweichen mit dem Knaller von den Tränen unseres Botas, und dich mache ich fertig, ich sag's, daß du Mist gebaut hast.« Das Bild zeichnet sich in einzigartiger Vollkommenheit vor meinem Apparat ab. Es wird Titelblatt werden, Unmengen von Titelblättern zieren, sogar die ausländische Presse wird sich diese Exklusivnachricht nicht entgehen lassen. Ruhm, Preise, Bekanntheit, all das werde ich mit einem einzigen Zoom auf das rührende Gesicht des alten Diktators erlangen. Aber wie kann ich meinen Namen unter die Rührung eines Diktators setzen? Wie kann ich gutheißen, daß mit seinen Tränen die Tränen versteckt werden, die die jungen Männer nicht mehr weinen können, die er zum Sterben weggeschickt hat?

»Drück schon ab, Schwachkopf!« wiederholt Glória, und ich beginne inmitten des Tumults schrecklich-ernster Gedanken, der mich erfaßt, etwas vollkommen Frivoles, Nebensächliches zu denken: Wie witzig, daß Glórias gute Erziehung nur an einem seidenen Faden hängt, in einer Pappkulisse. Und dieser nebensächliche Gedanke überlagert obsessiv alle anderen Gedanken, Glórias Stimme wird betäubend laut, exzentrisch, schmerzt mich an den Schläfen, der Finger zittert, und das Foto macht sich von selbst, ohne daß ich es bemerke, makellos scharf.

In der Dunkelkammer werde ich von der Echtheit der Gefühle in den Augen des alten einsamen Mannes gefangen. Aber das Echte ist nicht notwendigerweise wahr. Die Wahrheit liegt in den lächelnden Augen meiner schwarzen Tochter. Ein Reporter, würde Glória sagen, hat den Auftrag zu erzählen, was er sieht, ohne sich je zum Wächter der Wahrheit zu erheben. Der Redaktionschef erinnert uns von morgens bis abends daran, daß uns niemand dafür bezahlt, daß wir denken: »Der Journalismus ist keine philosophische Schule, ihr Knallköpfe, er ist eine Schule des Lebens. Und wenn ihr Mädchen Schmonzetten und schöne Künste liebt, dann geht ihr besser nach Hause, setzt euch ans Fenster und stickt!« Dann lacht er zufrieden und meint: »Ihr habt Glück, daß ich bei Frauen unendliche Geduld aufbringe, und vergeßt nicht, daß es wenige gibt wie mich!« Ein Reporter soll demütig sein, dem gegenüber aufgeschlossen, was den normalen, durchschnittlichen Menschen berührt. Der Reporter ist dazu da, dem Leben dieses einfachen, ehrbaren Mannes erzählerische Konsistenz zu verleihen, der die Gesetze der Regierenden befolgt und für die Seinen arbeitet. Die Wahrheit ist abstrakt, man sieht sie nicht. Und ein Reporter ist ein konkreter Diener der Wirklichkeit. In dieser Wirklichkeit hat Salazar am 10. Juni 1966 geweint, und nur ich habe ein Foto von dieser Wirklichkeit gemacht. Aber wie soll man dieses Detail der sehr viel umfassenderen Wirklichkeit der nicht vorhandenen Fotos der portugiesischen und afrikanischen Toten aufzwingen?

Es ist eines meiner schönsten Fotos. Es geht nicht um Salazar, es geht um das Bild einer verletzten Einsamkeit. Die Schönheit eines intimen und daher zeitlosen, daher jenseits aller ethischen Wertungen schwebenden Augenblicks. Ein offenes Symbol. Es ist eines dieser Bilder, die ihren Kontext überleben, würde Glória sagen, und dreißig Jahre später zum Beispiel auf T-Shirts aufgedruckt als Konsumgut der Jugend auftauchen. Die Macht der Einsamkeit, die Einsamkeit der Macht. Es ist gleichgültig, woher sie kommt; der konkrete Ballast der Toten, die ihr als Treppe dienen, verschwindet angesichts der Unsterblichkeit der Bronze. Hitler, Stalin, Fidel, Evita, Salazar werden zu nichts als Symbolen und werden reproduziert.

Ich bin zu Glória gegangen und habe zu ihr gesagt: »Pech. Es ist nichts geworden.« Damals habe ich sie zum erstenmal belogen.

CAMILAS ALBUM

5

ROMEO UND JULIA VON MAURICE BÉJART
COLISEU, LISSABON, 6. JUNI 1968

Diesmal habe ich meine Prinzipien vergessen. Ich habe voller Leidenschaft, Farbe, Libertinage, Schamlosigkeit fotografiert. Habe Großaufnahmen von aufgelösten Gesichtern im Publikum gemacht, Applaus und Tränen. Habe unendlich viele Fotos gemacht. Habe das angewandt, was ich normalerweise für »niedrige Tricks« halte, und die Apparate, die mir für gewöhnlich dazu dienen, dem Leben zu entrinnen, haben mir Bilder vom Tanz wiedergegeben, in denen die Wahrheit meines Lebenstraumes weiterlebt.

Dieses Porträt von Maurice Béjart, der am Rand der Bühne am Ende der Aufführung um eine Schweigeminute wegen des Mordes an Robert Kennedy bittet, »einem Opfer der Gewalt und des Faschismus«, wurde nie veröffentlicht. Ich habe den Direktor angefleht, es wenigstens ohne Text, ohne Untertitel, ohne Kontext zu veröffentlichen, als wäre es aus Versehen inmitten irgendwelcher anderer Nachrichten gelandet, einfach nur als Porträt eines Mannes, der sich gegen die Dunkelheit einer Welt stellt, die in Nachrichten über Nichtstun ertrinkt. Der Direktor hat gelacht und gesagt: »Du änderst dich nie! Nicht einmal aus Angst um deine Tochter!« Angst um meine Tochter? Unehelich, Mulattin, mit einem toten, offiziell unbekannten Vater. Aller Mut wäre nicht ausreichend, um ein solches Schicksal zu erleichtern. Allein sie wachsen zu sehen befördert meine Wut und meinen Mut. Ich habe ihr beigebracht, im Schulkindergarten die Traurigkeit in hochmütige Fröhlichkeit zu verwandeln, wenn die Kinder »Negerin!« hinter ihr hergeschrien haben und die Erzieherinnen sie mit Süßigkeiten und einem gemurmelten »Das arme Kind!« zu trösten vorgaben.

Deshalb war diese Aufführung von Maurice Béjart mit dem *Ballet du XXième Siècle* im ausverkauften Coliseu vor Leuten, die es nach Freiheit dürstete, für mich wichtiger als ein Jahr später die Ankunft des Menschen auf dem Mond. Die Nacht mit Béjart prägte uns wie eine Art Zusammenfassung des Maifestes von 1968 in Frankreich. Es war damals nicht leicht, das Land zu verlassen, zumindest für jene, die wie ich bei der Polizei schon auf der schwarzen Liste standen.

Wir erfanden Westentaschenrevolutionen in Gesprächen im Café oder bei geheimen nächtlichen Treffen.

Wir waren aus Kampfeslust leichtfertig. Vor allem die Mädchen. Um die finstere erotische Taufe der Jungen unserer Generation, die sich noch in Stundenhotels vollzog, ein für allemal abzuschaffen, gingen wir im Morgengrauen nach diesen langen Nächten, in denen wir die Welt veränderten, mit ihnen ins Bett. Ich erinnere mich, wie ich manchmal dabei dachte: Wenn dies die Freiheit ist, warum fühle ich mich dann so traurig und unzufrieden? Warum verweigere ich mich diesem Atem nicht, den ich nicht mag? Diesem schlaffen Körper ohne Schönheit? Aber die doktrinäre Stimme meines Gewissens unterdrückte sofort diese individualistischen Neigungen, erinnerte mich daran, daß auch die Häßlichen ein Recht auf die Vergnügungen der Erde hatten und ich keinesfalls den bürgerlichen Paradigmen des Vergleichs nachgeben durfte und noch viel weniger den ästhetischen Paradigmen, die am Ursprung des Nazigrauens gestanden hatten.

Ich schlief mit Männern, die ich nicht mochte, und wurde nicht einmal dafür bezahlt. Es schickte sich nicht für ein freies Mädchen, eine Auswahl zu treffen, vor allem weil die wirklich freien Mädchen wie ich – bereits ledige Mutter und alles – selten waren, und die fortschrittlichen Jungen ertrugen den Gedanken nicht, irgendeine arme Kreatur dafür zu bezahlen, daß sie sie befriedigte. Um gesund zu sein, mußte die Befriedigung von Zuneigung begleitet sein. Wir waren jedoch modern genug, um zu wissen, daß die Sexualität ein animalischer demokratischer Trieb ist, der sowohl Männern wie Frauen eigen ist; und aus der triebhaften Natur des Geschlechtsaktes folgerte man, daß es keinen Grund gab, unter Genossen eine Hierarchie aus Vorzügen oder Exklusivitäten zu schaffen. Wir verdrängten all unsere Anwandlungen von Besitzdenken oder Eifersucht, machten mentale Anstrengungen, um alle Körper als gleichwertig anzusehen.

Die Phantasie der Geschichte würde uns später als die Generation der Wollust und des Gruppensexes beschreiben. Nichts war der ständig wiederholten Monotonie dieser melancholischen, stummen und schamhaften Geschlechtsakte ferner. Am Ende der Nacht nahm jeder Junge ein Mädchen bei der Hand und führte es in ein Zimmer fern des Versammlungsraumes. Oder ins eigene Zimmer im Haus der Eltern, in das sie schweigend, die Schuhe in der Hand, traten. Sie würde genauso bei Tagesanbruch wieder gehen. Sie sagten sich keine derben Worte, denn die Würde der Frau wurde respektiert. Sie wechselten keine Liebesworte, denn gefragt war rationale Intelligenz. Sie rissen sich nicht wild die Kleider vom Leib, trugen aus demselben Grund auch keine besondere *lingerie*. Vor allem war es wichtig, die gesunde Ausübung von Sexualität von den für die patriarchalische und kapitalistische Welt typischen perversen Praktiken einer entfremdeten Lust zu trennen. Die glücklichste Erinnerung an diese Zeit sind die Nächte der hin und wieder erlebten Komplizität voller Geheimnisse, Gekicher und Geständnisse unter uns Mädchen. Wir rächten uns an ihnen, ohne es zu bemerken, indem wir ihre Leistungen verglichen, um die große Traurigkeit dieser trüben Treffen zu vertreiben. Sie redeten untereinander nicht einmal über uns: Sie respektierten uns, oder, besser gesagt, sie vergaßen uns.

Portugal kam mir immer mehr wie ein entlegenes Haus vor, ohne Bücher oder Musik und mit keiner anderen Farbe als der der Schwalben an den Dachtraufen, die markerschütternd zwitschernd im leeren Himmel schwebten. Das Licht Lissabons, die Turnschuhe und die weißen Shorts der Touristen im Sommer vergrößerten nur diese Sehnsucht nach einer unerreichbaren Welt. Deshalb prägte sich diese einzigartige Nacht von Maurice Béjart im Coliseu in mir ein wie ein seltener Augenblick der Zivilisation, der Kunst, Europas. Daher habe ich es gewagt, ohne darüber nachzudenken, auf den zwei ganzen Filmen, die ich verbraucht habe, alle fotografischen Techniken und Freiheiten umzusetzen. Zum erstenmal fühlte ich, daß die Fotografie ein Zeichen der Differenz, die Einzigartigkeit eines Blickes sein konnte und nicht nur eine Methode, die Realität posthum zu wahren.

Während des Epilogs zu *Romeo und Julia* rief eine Stimme: »Macht Liebe und keinen Krieg!«, und dann, als die Bühne schon leer war, hörte man weiterhin Stimmen, die laut Nachrichten über die Kriege in der Welt verkündeten. Um zwei Uhr morgens derselben Nacht war Béjart bereits an der Grenze, und die nächsten Aufführungen waren abgesagt. Die offizielle Verlautbarung Salazars dazu erklärte, daß »der Jugend Defätismus gepredigt worden ist und ganz und gar nicht zur Veranstaltung passende Haltungen politischer Spekulation eingenommen worden sind. Angesichts des Kampfes, den wir zum Erhalt der nationalen Integrität führen müssen, kann nicht zugelassen werden, daß ein ausländisches Ballett eine portugiesische Bühne dazu mißbraucht, nationalen Zielen entgegenzuwirken.«

In diesem Sommer 1968 wurde ich zusammen mit fünf Freunden an einem menschenleeren Strand in der Nähe von Sesimbra wegen Nudismus festgenommen. Damals trug man schon Bikinis, aber die große Mode in jenem Jahr waren seitlich offene Badeanzüge. Jenny sagte immer mutlos, wenn sie die Modezeitschriften anschaute: »Demnächst werden die Schneider arbeitslos.« Als ich nach Hause zurückkam, nachdem mein Vater die Bürgschaft gezahlt und ich zur Strafe drei Tage im Gefängnis von Caxias verbracht hatte, lächelte Jenny, umarmte mich, küßte mich und setzte mir eine Limonade und einen Schokoladenkuchen vor, den sie gerade gebacken hatte. Bevor sie Natália holte, lächelte sie noch einmal und sagte: »Jetzt, wo die Haut zu einem Gewebe geworden ist, können sich die Leute schon nicht einmal mehr ausziehen. Zu traurig. Das ist das Ende der Erotik.« Jenny stützte sich niemals auf den gesunden Menschenverstand, um die Haltungen oder den Schein der Leute zu kritisieren. Sie zog es vor, sie mit Ironie zu Staub zu machen. Sie sagte zum Beispiel zu mir: »In diesen Nehru-Hemden kann ich dich schon nicht mehr von deinen Freunden unterscheiden. Ich hoffe, dir gelingt es!« Und ich antwortete ihr mit der größten didaktischen Unschuld, die Kleidung, die ich trüge, sei Ausdruck der Negierung feindlicher Impulse.

Am Ende der Nacht von *Romeo und Julia* bemerkte ich, daß ein Mann, den ich kaum kannte, mir an der Schulter hing und laut über »das Schauspiel, die Religion des Kapitalismus« bramarbasierte und mich beschimpfte, weil ich mich von einer letztlich so kitschigen und proto-bourgeoisen Geschichte wie der der Liebenden von Verona beeindrucken ließ. Ich ließ ihn an der Straßenbahnhaltestelle stehen. Aus Verzweiflung über den unterdrückten Sexualtrieb nannte er mich abfällig »kleine Scharfmacherbourgeoise«. Ich ging allein durch das Neonlicht der Baixa, fühlte mich zum erstenmal als freie Frau.

CAMILAS ALBUM
6

GLÓRIA VELENO IN DER REDAKTION DER ZEITUNG
1970

Ich habe an Glória schon immer viele ärgerliche Einzelheiten gefunden. Aber ich setzte diesen Einzelheiten willentlich einen Widerstand entgegen, der sie mir in beinahe religiöser Form nahebrachte. Ich wiederholte im Grunde, wahrscheinlich gegen meinen Vater, die Beziehung von Tó Zé zu ihrem Vater. Sie machten sich über mich lustig, wenn ich versuchte, sie entgegen allen realen Möglichkeiten einer Rechtfertigung zu rechtfertigen. Im Fall der Unterschriftenliste zum Beispiel: Privat hielt sie flammende Reden gegen die Tyrannei, ereiferte sich über die Passivität der Leute bei der Verteidigung der grundlegendsten Menschenrechte. Als das kleine Papier unter ihren Augen landete und sie um den öffentlichen Akt einer Unterschrift bat, begann sie die Interpunktion in Frage zu stellen und schob es auf. Wenn sie zu sehr gedrängt wurde, unterzeichnete sie, aber mit dem Namen ihrer Mutter: Gomes. »Na und«, fügte sie vor den erstaunten Blicken derer hinzu, die sie so unterzeichnen sahen: »Es wird doch Zeit, daß sich die Frauen vom patriarchalen Joch befreien.« Wenn sie jemand fragte, warum sie nicht den Namen der Mutter benutzte, um ihre Artikel zu unterzeichnen, entgegnete sie locker: »Nun, weil es nicht gut klingt. Ein Künstlername ist ein Künstlername, er hat nichts mit dem tief verankerten Glauben der Menschen zu tun. Das sind vollkommen unterschiedliche Sparten.« Gloria war eine Spezialistin in der Trennung der Sparten.

Ich erinnere mich, wie Armanda, die Seele unseres Archivs, die Glórias Ausweichmanöver satt hatte, ihr, als es um eine Unterschriftenliste für die Drei Marias ging, einen Kugelschreiber hinhielt und sagte: »Also gut. Die Ehrung deiner Mutter rührt mich, aber da niemand wirklich begreifen wird, wer diese Glória Gomes ist, werde ich hier ein kleines Sternchen anbringen und dort unten auf deinen Künstlernamen verweisen.« Glória wurde kreidebleich. Ich weiß noch heute nicht, ob aus Wut oder aus Angst. Ich ging auf Glórias Reaktion nie tiefer ein; ich fotografierte sie lieber, sah sie lieber leben und verwahrte sie in Bildern aus Licht, die mir fehlten. Aber diesmal sagte sie einen Satz, den ich leider nicht vergessen habe. »Die übermäßige Selbstdarstellung ist nicht die adäquate Methode, um irgendwohin zu gelangen.« Um sie herum entstand eine riesige Stille, Glória begann Entschuldigungen zu stottern, sie könne die Stellung verlieren und was es überhaupt brächte, welche Hilfe denn der Name einer einfachen Journalistin sein könne. Armanda strich ihren Namen von der Liste, und alle wandten ihr den Rücken zu, ließen sie in der Redaktion allein weiterreden. Mich ekelte vor ihr, und gleichzeitig tat sie mir leid.

Im allgemeinen mochten Frauen Glória nicht. Sie lästerten über ihre hochhackigen Schuhe, die knappen Kleider, die Schichten von Schminke, sogar das natürliche Blond ihres Haares. Meine Hingabe, was sie betraf, ertrugen sie als ein Laster aus der Kindheit. Ich sagte immer wieder, daß Glória gewinnen würde, wenn man sie länger kannte, daß sie eine heftige Seele sei, die die Zweideutigkeiten der Welt berührten und verwirrten. Sie verstanden mich nicht, was nur bestätigte, wie nötig ich sie brauchte. Dort, wo die anderen eine enthemmte Verführerin sahen, fand ich ein dissonantes Wesen, das in der grauen Masse unserer ewig verfolgten Ideale glänzte. Ich war häufiger mit ihr einer Meinung, als ich zugeben konnte, was Fragen wie die Befreiung der Frauen oder ganz grundsätzlich die willkürliche Vorherrschaft der Affekte über die politische Logik betraf.

Im Gegensatz zu dem, was alle annahmen, war Glórias Liebesleben so kohärent wie glücklos. Die Männer erschraken über ihre Zurschaustellung einer überbordenen Sinnlichkeit in einer Zeit, in der die Mädchen für Unisex waren, die BHs aufgaben und ihre Formen in weiten Tuniken verbargen. Und sie erschraken noch mehr angesichts des offensichtlichen Siegeswillens, der in ihren Augen blitzte und so anders war als die sanfte Weiblichkeit der Gefährtinnen ihrer Träume, die bereit waren, von sich selbst abzusehen und den kämpferischen männlichen Stimmen zu folgen, die sie zu den von ihnen besungenen Morgen führten. Glória verliebte sich heftig in Menschen, war aber außerstande, sich bis zum letzten in eine Idee zu verlieben. Kaum war sie bei der Hälfte angelangt, da begann sie sie auseinanderzunehmen, dann verrannte sie sich, konnte die Teile nicht zusammenfügen und gab auf. Sie war ungeduldig. Sie hatte die Neigung, sich in Männer zu verlieben, die mit der Macht verbunden waren, was mir zu ihrem angeborenen Hingezogensein zum Erfolg zu passen schien, aber bei fast allen Kollegen in der Zeitung schlecht angesehen war, die nur den Erfolg der Linken akzeptierten.

Anfang Februar 1974 wurde ich entlassen, und Glória sagte zu mir: »Entschuldige, aber ich muß zuerst an mich denken. Das hier ist ein Dschungel. Ich kann nichts tun.« Sie fügte noch hinzu, daß nichts unsere

Freundschaft erschüttern könne, eine Anstellung sei nur eine Anstellung, und bot sich an, mir Geld zu leihen. Mir wurde gekündigt, weil ich mich geweigert hatte, über die Mauer des Hauses einer bekannten Schauspielerin zu springen und ihre heimlichen Treffen mit einem verheirateten, geachteten Großunternehmer zu fotografieren. Der Frühling unter Marcelo Caetano hatte frische Luft in die Zeitungsseiten gebracht, und das Nachlassen der Zensur schien die Leser zu demotivieren. Der Direktor begann nervös zu werden und von Leserzahlen, Marketing, *targets* zu reden und die portugiesische Gesellschaft, die wir bislang in Unterdrücker und Unterdrückte aufgeteilt gesehen hatten, aufgrund von wissenschaftlichen Indikatoren von Wirtschafts- und Kaufkraft in die Gruppen A, B, C, D aufzuteilen. »Die Leser wollen Sensationen, Zerstreuung.« Und die große Zerstreuung, der Traum aller Träume war das Aufdecken des Privatlebens der Reichen und Mächtigen. »Du kriegst die Titelseite«, sagte er. »So stürzt man das Regime, in dem man es von innen zerfrißt«, sagte er. »Man muß die Fäulnis einer Gesellschaft zeigen, die nur Fassade ist, verstehst du?« Ich schüttelte nur den Kopf. Nein, nein, ich verstand es nicht. Ich entgegnete ihm, daß man Politik mit Politik angreifen muß und daß der Journalist nicht wie ein Geheimpolizist der fremden Moral auftreten dürfe, egal, um wen es ging. Er sagte mir am Ende, daß ein verantwortlicher Profi keine Arbeit ablehnen dürfe, die ihm vom Chef aufgetragen werde, und daß er mir, wenn ich mich weiterhin gegen ihn auflehnte, kündigen würde.

Glória nahm an dieser Unterhaltung schweigend teil. Sie war keine Reporterin mehr, sondern hatte eine Sendung über Inneneinrichtung im Fernsehen, und der Direktor hatte es gut gefunden, ihre Bekanntheit für die Zeitung auszunutzen, indem er ihr eine wöchentliche Kolumne mit Fotos mit dem Titel *Sieben Tage Glória* gab. Ein Name kann ein Schicksal schreiben, Delfim Veleno wußte das wohl. »Hast du nichts dazu zu sagen?« fragte ich sie, als der Direktor sich umdrehte und wütend die Tür zuschlug. Sie ließ ihre großen schwarzen Augen auf mir ruhen und sagte: »Ich habe dich sehr gern, Camila. Das weißt du.« Ich fragte, ob sie bereit sei, zu meinen Gunsten als Zeugin auszusagen, und sie sagte: »Ich will in solche Dinge nicht verwickelt werden. Und ich glaube, es bringt überhaupt nichts. Die Welt ist nun mal so.« Ich nahm meine Fotoapparate und ging hinaus. Ich habe nie wieder ein Wort zu ihr gesagt.

Sie bemühte sich monatelang. Sie schickte mir einen Blumenstrauß, schrieb mir drei Briefe, die ich ungelesen zerriß. Man erzählte mir, sie habe zwei Kolumnen »der Freundin meines Herzens« gewidmet, bei der jeder sofort wußte, daß es sich um mich handelte, und ich lachte: Ein guter Titel für einen Fotoroman von Corin Tellado. Ich erfuhr, daß Glória Veleno gleich nach der Revolution in eine linksextreme Partei eingetreten ist. Ich habe sie später ein paarmal von weitem in Clogs, langen Röcken, mit Nelken im Haar bei Demonstrationen gesehen, wie sie *»O povo unido jamais será vencido«* rief. Sie unterstützte die Absetzung derer, die ihr alles über das Fernsehen beigebracht hatten, und hat sich dann langsam von all jenen entfernt, die aufgrund der Beharrlichkeit des Gedächtnisses Gefahr liefen, ihr das zu verpassen, was sie »Antikörper« nannte.

Ende der siebziger Jahre hat sie angefangen »dazu zu stehen«. Sie gab Interviews, um »offen zu ihrer revolutionären Vergangenheit zu stehen«. Heute sagte sie beispielsweise in einer Fernsehzeitung: »Ich stehe ganz gelassen zu meinem reifen Alter.« Sie hat geheiratet, wurde geschieden, blieb mit dem Exmann befreundet, mit den Exchefs, sogar mit den Exfreunden, allerdings ohne daß diese dazu gehört wurden. Sie ist Imageberaterin eines Ministers, der von der treffenden Kritik in ihren berühmten Kolumnen *Glórias Welt* beeindruckt war. Sie hat ein wöchentliches Fernsehprogramm – *Glorios mit Glória* –, in dem sie Leute interviewt, und steht dazu, daß sie eine Schönheitsoperation an Nase und Hals gemacht hat, »weil der Fortschritt von Wissenschaft und Technologie doch dazu da ist, um uns zu vervollkommnen. Und die Vollkommenheit ist mein Ziel.« Sie hat keine Kinder bekommen, aber jedes Weihnachten läßt sie sich für die Titelseiten der Zeitschriften an der Seite von drallen Waisenkindern mit traurigen Augen fotografieren, die von Jahr zu Jahr immer mehr zu Babys werden, um so ihre erneuerte Jugend zu begleiten.

Ich habe dieses Foto der alten, puppenhaften, strahlenden Glória in der Redaktion aufbewahrt, in der wir so viele Jahre gearbeitet haben, weil ich nicht ohne Schmerzen leben will. Meine Tochter Natália kann gar nicht verstehen, daß ich immer noch eine rückschauende Liebe für eine Person empfinde, die innerlich so häßlich ist. Sie klagt mich an: »Du bist in die barbarische Falle der äußeren Schönheit getappt, das ist es.« Das stimmt nicht. Die Schönheit, woher sie auch immer kommen mag, von innen oder außen, vereist das Leben, und daher interessiert sie mich nicht. Sie erscheint zu schnell, vollkommen bereit. Ich glaube, was mich an Glória faszinierte, war das trübe Funkeln, das die innere Häßlichkeit in ihrer äußeren Schönheit bewirkte, indem es sie rundete, ihr einen bösartigen bitteren Geschmack düsterer Unschuld verlieh. Das, was uns zu Witwen macht, ist das Böse.

Seit die Psychologen die Trauer erfunden haben, hat das Leben einen anderen Rhythmus erhalten, ist schneller geworden, aktiver. Ich sehe immer mehr

Menschen, die gleich nach einem Zusammenbruch nüchtern ins Kino gehen, Vorstellung auf Vorstellung Unmengen farbiger Gewalt trinken, bis der Schmerz zerfleddert wie in der Tasche vergessenes Kaugummipapier. Diejenigen, die länger in Trauer verharren, als es die Traktate zur mentalen Gesundheit vorsehen, werden unbequem, ermüdend wie Kinder, man weiß nie, was man zu ihnen sagen soll.

Als Eduardo starb, hatte ich das Gefühl, man risse mir die Brust auf und saugte das Blut aus meinem Herzen, und die Leute sagten: »Es läßt dich wachsen.« Als mich meine beste Freundin verraten hat und mir die Gabe des Vertrauens nahm, die ich aus der Kindheit mitbrachte, sagten die Leute: »Es läßt dich wachsen.« Als ich keine Arbeit und keine Freunde mehr hatte und von der Stille betäubt jemanden anrief, sagten die Leute am anderen Ende der Leitung: »Es läßt dich wachsen.« Heute weiß ich, daß ich erwachsen bin: Ich glaube an nichts mehr, habe keine Freude mehr und auch kein Vertrauen in irgend etwas auf der Welt. Nur angesichts der Melancholie dieser Bilder, in denen der Schmerz immer wieder brennt wie im ersten Augenblick, spüre ich das Blut in meinem Herzen und genieße den kaputten Geschmack des Lebens.

CAMILAS ALBUM
7

AUSSICHTSPUNKT VON S. PEDRO DE ALCÂNTARA
25. APRIL 1974

Die Tränen, die über Armandas Gesicht strömen, sind keine Freudentränen. Sie sitzt hier in der Mitte einer Parkbank, eine rote Nelke hängt von ihrer weißen Wolljacke herunter. Die Frauen, die sie von beiden Seiten umarmen, sind Unbekannte, die dort eine Sekunde haltgemacht haben, um ihre Beine auszuruhen, weil sie mit vielen anderen vom Rato zum Camões und von dort zum Chiado und von dort zum Rossio gelaufen sind, da sie am liebsten gleichzeitig überall gewesen wären, wo Freude über die Revolution herrschte. Sie trugen Taschen voller Milch, Apfelsinen und Nelken, um sie an die erschöpften Soldaten zu verteilen, und waren von den Tränen berührt, die langsam über jenes Gesicht rannen. »Beste Freundin, das ist doch kein Tag zum Weinen! Ist es, weil Ihr Mann in Übersee ist? Der ist ganz schnell wieder hier, wissen Sie, jetzt hat das Volk das Sagen. Mein Sohn ist auch in Angola, aber es wurde schon im Radio gesagt, daß der Krieg zu Ende ist. Kopf hoch, junge Frau!«

Ich war am Vormittag aus dem Haus gestürzt, die Kamera um den Hals, Natália an der Hand, während Jenny mich mit ihrem Geschrei bis an die Gartenpforte verfolgte, mich verrückt, verantwortungslos nannte, mich daran zu hindern versuchte, daß ich mich mit dem Kind in die Gefahr einer belagerten Stadt begab. Ich küßte sie, umarmte sie und versprach ihr, mich am Rande des Durcheinanders zu halten, und eilte in die Baixa, die Unterstadt. Meine Tochter spielte auf den übervollen Bürgersteigen zwischen den Beinen der Erwachsenen mit anderen Kindern Murmeln und Hinkefuß. Sie durfte bei den anderen vom Kuchen abbeißen und bekam halbe Schokoladestückchen. Wir aßen am Rand des Brunnens auf dem Rossio Sandwiches und Äpfel zu Mittag. Und am frühen Nachmittag sah ich Armanda auf mich zurennen, erschöpft, mit ausgebreiteten Armen, tränenüberströmt. Sie hatte mich seit dem Morgen gesucht, hatte zu Hause angerufen, war unzählige Male durch die ganze Baixa gelaufen. João Paulo, der so solide, so in der Häuslichkeit verwurzelt, so engagiert mit seinen Schülern war, so vortrefflich die Wohnung aufräumte, hatte den

Sprung nach draußen gemacht. Er hatte sie am Abend zuvor verlassen. Und sie, wie in einem klassischen Fado, gegen ihre beste Freundin eingetauscht.

Alle wußten, und da gab es keinen Zweifel, daß die große Liebe im Leben João Paulos eben genau diese São gewesen war und er am Ende Armanda geheiratet hatte, weil sie die realistische Antwort auf diese irreale Leidenschaft war. Armanda und São hatten sich während des Studiums ein Zimmer geteilt, und es war unmöglich, eine von ihnen zu umkreisen, ohne über die andere zu stolpern. Und während João Paulo São belagerte, die ihn keines Blickes würdigte, schien sich Armanda täglich mehr in eine Kopie, eine emphatische Version von São zu verwandeln. Sie ging, kleidete sich, lächelte und duftete wie die Freundin, hatte ständig ihren Blick auf João Paulo gerichtet, der ihre Existenz nicht einmal wahrnahm. Trivial. Nach Abschluß des Studiums fand São eine Anstellung in Porto, und ein halbes Jahr später heiratete João Paulo Armanda. Jetzt, sechs Jahre später, war São zurückgekommen und hatte, wie es scheint, João Paulo zum erstenmal aufmerksam angeschaut. Armanda schwor, daß es vollkommen überraschend für sie gekommen sei, bis zum vergangenen Abend habe sie keinerlei Neigungen, nicht einmal eine winzige Schwäche ihres João Paulo für São vermutet, deren Duft sie kopierte.

Mit seinen klaren Umrissen beweist mir dieses Foto, daß alle Bilder, sogar die ehrlichsten, eine Fälschung sein können. Das Wasser in Armandas Augen schimmert wie ein Fluß, der gerade den Schleusen entwichen ist, die Nelke, die Frauen, die sie lächelnd umarmen, die Sonne im Haar, die Kinder, nichts verrät das triviale Drama, das dieser Schnappschuß vom 25. April verbirgt.

Dennoch bleibt dieses Foto, auch nachdem seine Geschichte erzählt ist, für mich ein beinahe prophetisches Symbol. Die Scheidung würde in den folgenden Jahren zu einer kleinen, alltäglichen Tragödie werden. In den Reportagen jener Zeit wurde diese Lawine von Trennungen als schmerzliche, aber natürliche Folge der Freiheit erklärt. Es schien letztlich so, als hätte es eine Unmenge von Ehepaaren gegeben, die aus Pflicht, Angst, Gewohnheit oder Resignation miteinander eingesperrt blieben und für die der Sturzbach der Revolution mit ihren Liedern über die Möwe, die flog und flog, befreiend gewirkt hatte.

Es mag durchaus solche Fälle gegeben haben, Helden wie aus den Büchern von Camilo Castelo Branco, die jetzt der Verdammnis einer erzwungenen Ehe entkamen, aber ich bin ihnen niemals begegnet. Was vielen meiner Generation passiert ist, war unendlich viel einfältiger und banaler: Sie entdeckten ihre Liebe zur Politik und ließen zu, daß die Parteien ihre Herzen trennte. Die Männer gaben sich dem Kommunismus hin, die Frauen dem Sozialismus oder der Sozialdemokratie (was damals noch etwas Unterschiedliches war). Oder umgekehrt. Und sie begannen, sich gegenseitig anzuschreien. Und wir erlebten daraufhin eine Verbreitung der Scheidung in den gebildeten Eliten des Landes. Zehn Jahre später, als deutlich wurde, daß auch die Demokratie keine Garantie für Frieden, Brot, Gesundheit und Wohnung war und das irdische Glück sich weiterhin in den Gesichtern der schon zuvor reich Gewesenen widerspiegelte, hat die Religion begonnen, die Politik zu ersetzen, und die Scheidung hat sich wie ein Volksrecht verbreitet. Diesmal wurde die Trennungsavantgarde von einem Heer von Frauen gebildet. Nachdem sie genug davon hatten, in den Fabriken und zu Hause immer mehr zu arbeiten und dafür immer weniger Sicherheit und weniger Geld zu bekommen, suchten sie jetzt in der Transzendenz einen Ruhepol. Mehrere meiner Kolleginnen verließen das gemeinsame Heim, überließen die Kinder den Ehemännern, um in die spirituellen Gemeinschaften des Gurus Marahaji auf dem südlichen Tejoufer einzutreten.

Aus Armandas tränennassen Augen lese ich heute die Verzweiflung dieser Hoffnung heraus, die die Landschaft der Gefühle in den vergangenen zwanzig Jahren endgültig verändert hat. Währenddessen hat sich sogar die Fotografie innerhalb ihrer selbst geschieden: Sie flüchtete vom Realen zum Intimen. Heute ist niemand mehr daran interessiert, irgend etwas zu bezeugen, eine Fotoreportage ist zu einer wenig angesehenen Arbeit geworden, einer Art naiver Redundanz der Realität. Aber die Realität existiert nicht. Das sagt mir Armanda in der Stille dieses Bildes der Euphorie. Die Mode- oder Kunstfotografie mit ihren künstlichen Kontrasten und ihrer millimetergenauen ästhetischen Inszenierung, sie sind für mich die Realität. Ich sehe sie an den Wänden der Galerien, ganz und gar Kinder ihrer Zeit, so selbstsicher in ihrem Zitieren von Bezügen, und meide sie, weil die Konventionen der Schönheit die Oszillationen des Blickes festhalten.

Früher zog ich schwarzweiß vor, weil die Farbe mir zu manipulierbar erschien. Und weil die Welt schwarzweiß war. Heute erscheint mir die Realität schwarzweiß, die Realität dieser Tage, in denen die Schönheit obligatorisch geworden ist und von den minimalen Regeln der vollkommenen Glätte der Körper und der frugalen Regelmäßigkeit der Schatten über den Accessoires der Abwesenheit beherrscht wird. In einer nahen Zukunft werden wir unser Gesicht in einem Katalog aussuchen können, und die Gesichter der toten Idole werden öffentliches Gut aufgrund der naiven Vorstellung, Erfolg lasse sich durch ein Gesicht erzwingen. Vielleicht führt die Vulgarisierung der Schönheit am

Ende durch Saturierung dazu, daß man zur Subjektivität zurückkehrt, die die Kunst erfunden hat. Je intensiver die Lichtquelle ist, um so weniger erträglich ist es, sie anzuschauen, und um so mehr Schatten ruft sie hervor, bis nur noch eine Seite sichtbar ist. Das einundzwanzigste Jahrhundert ist eine Ära des Schattens. Deshalb ist es so schwierig, es zu fotografieren, und deshalb arbeite ich so viel. Jenny pflegte immer zu sagen, daß mich meine Arbeit zerstöre, aber genau das Gegenteil ist der Fall: Ich arbeite, um nicht zerstörerisch zu sein.

Meine Arbeit ist der Liebe sehr ähnlich, und die Liebe, die wir nur allzugern demokratisiert hätten, entzieht sich den besten Absichten. Die Liebe ist ein kapitalistischer Krake; je mehr sie von der Konkurrenz bedrängt wird, desto mehr wächst sie. Wenn es keinen Raum für eine vertikale Expansion gibt, wird sie sich in unterschiedlichen Ausführungen und durch Schaffung von Unterprodukten über allen Mißbildungen der Welt horizontal ausbreiten – und ist, was häßlich ist, nur eine andere Wahrheit als die, für die wir normiert wurden? Daher stößt mich diese ganze Disziplin der Schönheit ab, deshalb interessieren mich immer mehr die zerstörten Körper. Einmal hat ein Kritiker über mich geschrieben: »Diese Fotografin ist nicht nur gut, sondern bösartig gut.« Meine Freunde haben mir gratuliert. Ich habe mich sehr allein gefühlt. Der

Kritiker meinte, was heute häufig der Fall ist, daß alle vom Schönheitskanon abweichenden Bilder nur ironisch seien und daß die Ironie ein höherer Beweis für Intelligenz sei und Intelligenz der erleuchtete Zweig der Bosheit. Für mich ging es nur um Bilder der Liebe. Wie dieses von Armanda. Zerstört und schwanger. Was sie nicht einmal wußte.

CAMILAS ALBUM
8

JENNY, PEDRO UND ANTÓNIO JOSÉ
GARTEN DES SCHACH-HAUSES, SEPTEMBER 1976

Die Fotos aus den siebziger Jahren sind sehr schnell gealtert. Es gab ein Zuviel an Aktualität in den Menschen und den Ereignissen, das eine Asche der Vergänglichkeit auf die Bilder streute. Diese Aufnahme war dem Mahlstrom entgangen. Als lebten mein Vater, Onkel Tó Zé und Mutter Jenny ruhig in einer anderen Dimension. Ich fand sie, als ich nach Jennys Tod in einer Schachtel mit Fotos herumstöberte.

Ihre Augen befahlen mir aus der Aufnahme heraus: »Führe unsere Geschichte weiter.« Das war ein merkwürdiger Befehl, denn Jenny zwang niemals jemandem etwas auf. Ich begann daraufhin, verstreute Papiere zusammenzutragen, Hefte, die fast immer nach den ersten Zeilen abbrachen, oder kommentierte Probeabzüge. So habe ich allmählich, von einer Handvoll

Bildern ausgehend, dieses Album geschaffen. Es faßt ein Leben zusammen. Zumindest meines. Ich erfuhr erst später von Jennys Tagebuch. In diesem Heft verabschiedete sie sich von der Klarheit des Lebens. Als würde sie die zwei Jahre düsterer Demenz vorausahnen, die sie noch von der Ewigkeit des Paradieses trennten. Jenny hat nie an der Existenz dieses Ortes gezweifelt. Daher fiel es ihr so leicht, das Glücklichsein zu imitieren.

Der Regen fiel in Sturzbächen vom Himmel an jenem Novembermorgen, an dem wir sie, über einem Teller mit Babybrei voller Fliegen zusammengesunken, tot auf dem Fußboden des Salons fanden. In den letzten Jahren hatte Jenny sich geweigert, feste Nahrung zu sich zu nehmen, sie sagte, es sei unmoralisch, in Dinge zu beißen, um zu überleben. Das Wort »unmoralisch« war vollkommen neu in ihrem Mund. In Wahrheit hatte sie ihre Zähne verloren, ihre herrliche Reihe makelloser Zähne, und weigerte sich, sie zu ersetzen. »Prothesen! Ihr löst alles mit Prothesen! Aber ich bin aus einer Zeit, in der die Menschen bis zum Ende intakt blieben, und so werde ich sterben. Ganz, unversehrt«, sagte sie. Manchmal fügte sie philosophisch hinzu: »Wenn Gott mir die Zähne genommen hat, wird das etwas zu bedeuten haben. Es heißt, daß Zähne überflüssig sind, daß ich lernen muß, sanfte Dinge zu essen, ohne Anstrengung, wie ein Kind.«

Der Tod ihres Mannes hatte ihr den Wunsch genommen, schön zu sein. Sie hielt die Schönheit für eine natürliche Folge des Liebens und verachtete alle bewußten Maßnahmen dessen, was sie »weibliche Zurschaustellung« nannte. Sie spottete über die Frauen, die sich schminkten »wie verrückte Gräfinnen des achtzehnten Jahrhunderts, die auf die käuflichen Frauen neidisch waren«, und kosmetische Chirurgie erschien ihr, ausgenommen bei schweren Unfällen, als eine Beleidigung der menschlichen Größe. Sie sagte, die Kunst sei in dem Maße abstrakt geworden, wie Männer und Frauen sich nicht mehr unterschieden, ein und demselben Montageband für geometrische Wesen entstammten, die gleiche Gesichter und Körper hätten. Sie sah Michael Jackson im Fernsehen und seufzte: »Sogar die Schwarzen, die jahrhundertelang für die Würde ihrer Hautfarbe gestritten haben, setzen sich in Wäschebleiche, um so zu werden wie alle anderen. Sagt ruhig, ich sei alt. Jetzt, wo sie die Gesundheit erfunden haben, damit die Menschen länger halten, will niemand mehr alt sein. Und später nennt ihr mich verrückt.« Sie war verrückt, ja, aber nicht so verrückt, daß sie jemals vergessen hätte, die Medikamente für den Blutdruck oder die Vitamine zu nehmen. Sie erklärte, sie sei entschlossen, das Alter bis zum Ende zu leben, um die Anti-Falten-Welt herauszufordern und sich mit Blasphemien zu vergnügen.

Sie hörte Stimmen, führte lange Gespräche mit den Geistern von António José und meinem Vater.

Aber ganz allmählich verschwanden auch diese Stimmen, und Jenny geriet in Panik. Sie hörte auf, sich anzukleiden, rannte schreiend, mit zerzaustem Haar im Nachthemd durch das Haus. Einmal habe ich sie mit irrem Blick vorgefunden, die Arme, die Brüste und die Scham zerkratzt. Ich bin für ein paar Monate ins Haus gezogen, und sie hat sich beruhigt. Es gelang mir, sie dazu zu bringen, sich wieder anzukleiden und sich normal zu unterhalten. Sie weigerte sich nur, ihre Diät aus Breien und zerdrückter Banane mit Apfelsine aufzugeben.

Schließlich nährte sie mit gärtnerischer Zärtlichkeit Intrigen, als würde sie aus Zugluft Blumenbeete schaffen; sie brauchte sie, um zu überleben – um der Verrücktheit durch die Macht zu entgehen, um der Macht durch die Harmonie der Gegensätze zu entgehen. Am Ende des ersten Monats sah ich, wie sie heimlich das Glas mit der aufgelösten Tablette in die Fuchsien im Garten goß. Das erklärte das unverminderte Strahlen der Blumen im Gegensatz zu ihrer zunehmenden Blässe. Ich schalt sie, und sie sträubte sich mir gegenüber wie eine Wildkatze. Sie wird gemerkt haben, wie mir der Gedanke an eine psychiatrische Anstalt durch den Kopf schoß, weil sie sich wenige Minuten darauf ebenso schnell, wie sie aufgebraust war, wieder beruhigt hatte. Sie setzte ein übernatürliches Lächeln auf und nannte mich nunmehr »mein Liebes«, bis ich mich von ihrer geistigen Gesundheit überzeugt hatte. Ich war nicht überzeugt, tat aber so, als sei alles in Ordnung.

Die Wahrheit ist, daß ich es nicht mehr aushielt, in jenem Haus zu leben, mit diesem Schatten der Jenny, die mich aufgezogen hatte. Andererseits hatte ich nie den Mut, sie von dort wegzubringen. Sie wetterte ständig gegen die »Managerinnen« wie mich, nannte sie »zur Misere des Seins aufgestiegene Dienstmädchen«, ahnte den Zusammenbruch jener Welt kluger Nutzlosigkeit voraus, die die ihre war. Ich zog schließlich wieder in meine Wohnung, obwohl ich sie täglich oder jeden zweiten Tag besuchte, wobei ich mich mit Natália abwechselte.

Es sah so aus, als habe sie es absichtlich getan: während meiner Abwesenheit zu sterben. Ich war am Ende des Herbstes 1993 für fünf Tage wegen einer Reportage in Prag. Wie Dinge häufig auf irrationale Weise zusammentreffen, hatte Natália sich in diesen fünf Tagen von ihrem Mann getrennt, Manuel Almada eine Grippe gehabt, und Jenny hatte sie genutzt, um zu sterben und uns mit einem unerschütterlichen Band der Schuld zu binden.

Ich empfing Jennys geheimes Tagebuch aus Natálias Händen: »Hier, Mutter. Das gehört dir. Das wurde für dich geschrieben. Urteile nicht schlecht über Großmutter Jenny. Und sei vor allem nicht auf deinen Vater böse. Er hat getan, was er konnte.« Meine Tochter fürchtet immer meine übertriebenen Urteile, so wie ich ihre übertriebene Toleranz fürchte. Meine Furcht ist dumm; das Leben ihrer Generation ist unvereinbar mit dem Grad an ethischen Anforderungen, an den ich mich gewöhnt habe. Um der Wahrheit die Ehre zu geben, hat dieser Grad der Anforderungen stets mehr im Mythos von uns selber als in der Realität existiert. Doch jetzt hat sich der Mythos angesichts der schlängelnden Lycras der Mode aufgelöst. Mit der Demokratie ist es nicht einmal mehr möglich (oder, wie sie sagen, »machbar«), dem Sein anstelle des Habens den Vorzug zu geben. Alle Ambitionen haben ihren »Kontext«, und Haltungen sind Wegwerfbildchen in je nach Jahreszeit grellen oder sanften Farben. Jeder ist zugleich verantwortlich für so viele persönliche wie globale Dinge – die Wälder, den Erfolg, den Hunger in Afrika, die Depressionen, den Aufbau Europas, die Umweltverschmutzung, die Emanzipation der Völker, die ewige Jugend –, daß niemand mehr ein Körnchen Verantwortung für irgend etwas empfinden kann.

Doch als ich Jennys Tagebuch las, begriff ich, daß mein Vater nicht der gewissenlose Verführer gewesen war, für den ich ihn voll großer Trauer gehalten hatte.

Ich habe ihn mein ganzes Leben lang höflich auf Abstand gehalten, um mich nicht dem zu stellen, was mir seine fehlende Liebe zu mir und vor allen Dingen für meine Mutter, ja für jedes menschliche Wesen zu sein schien. Seine Heftigkeit kam mir wie Salongetue vor und seine übermäßige Verehrung Antónios wie kriecherische Feigheit. Liebe Natália, Jennys Tagebuch hat mich tief erschüttert, weil es mich gezwungen hat, sie zum erstenmal jenseits des bequemen Schutzes fertiger Bilder, der wissenschaftlichen Beschreibungen einer Persönlichkeit zu sehen. Durch ihre Hand wurde dein Großvater Pedro endlich zu meinem Vater. Und ich kann nur über mich selbst streng urteilen, weil ich nicht vermochte, über die sichtbaren Buchstaben der Worte hinaus zur leisen Einstimmigkeit dieser drei Herzen vorzustoßen. Dennoch tröste ich mich mit der Definition meines Porträts, im Lichte Jennys. Ich werde versuchen, mich nicht zu sehr mit posthumen Selbstbeschuldigungen zu kasteien, um jenen minimalen Heroismus nicht ganz verrosten zu lassen, der der Tochter eigen ist, die sie so sehr verdient hat.

Ja, anfangs war ich böse wegen Jennys Geheimnisses und ihrer Resignation. Um die Wahrheit zu sagen, ich war vor allem auf meine Naivität sauer: Um vor der Romanze meines Vaters mit einem anderen Mann die Augen zu verschließen, hatte ich mich daran gewöhnt,

Jenny als stereophone Muse zu sehen, als Geliebte der beiden Freunde. Daher war meine erste Reaktion die Auflehnung gegen meinen Vater, gegen seine Rätsel und seine Versäumnisse. Jenny tat mir leid, aber am Ende läßt Jenny es nicht zu, daß sie einem leid tut. Dieses Tagebuch hat mir vor allem gezeigt, daß Jenny unerbittlich war: Wenn sie beschloß, daß jemand vollkommen war, konnte nichts sie davon abbringen.

CAMILAS ALBUM
9

NATÁLIA, ARCHITEKTURATELIER
JULI 1992

Es fällt mir schwer, dieses Foto meiner Tochter als Frau anzuschauen. Ich habe Alben über Alben von ihr als Baby, als Mädchen; als Heranwachsende habe ich sie weniger fotografiert und habe vor allem vergessen, die Fotos einzuordnen. Häufig habe ich sogar nicht einmal die Filme entwickelt. Es ist normal, daß Eltern den ersten Wachstumsphasen ihrer Kinder die größte Aufmerksamkeit widmen. Ich habe eine deutliche Erinnerung an ihr erstes Lächeln, ihre ersten Worte, Spielereien, Ängste. Als sie drei Jahre alt war, redete Natália nur über »Gefinster«, Gespenster aus Fleisch und Blut, die allesamt schreckliche Macht über das Leben hatten. Das Wort paßte genau zu dieser Beziehung aus Faszination und Grauen, die sie zu den verschiedenen Exemplaren dieser Gattung unterhielt, die ihr in den Büchern begegneten. Sie öffnete eine Seite, wagte sie anzuschauen und wich dann ganz langsam zurück, bis sie mit einem Satz das Buch zuschlug und in Tränen ausbrach. Fünf Minuten später entzog sie sich der Gesellschaft der Menschen und machte dasselbe Buch auf einer anderen Seite auf, und erneut erstarrten ihre Fingerspitzen und ihr Blick.

Wenn alle Worte bereits gesagt zu sein scheinen, dann ist die auf diese initiatorischen Erfahrungen gerichtete Aufmerksamkeit für denjenigen sehr nützlich, der es wagt, nach einem Sinn zu suchen, welchem auch immer. Schwachsinn. Die Wahrheit ist, daß es mir nicht gefällt, daß Natália erwachsen ist. Sie ist hübscher als ich, intelligenter, aber vor allem glücklicher. Und auf beleidigende Weise jung. Und das genau sehe ich nicht gern.

Während ihrer Kindheit glaubte ich an den Mutterinstinkt. Ein junge Frau mit einem bezaubernden Kind im Arm macht immer einen gewissen Eindruck. Sie brauchte nicht viel zu sagen und auch keine besonderen Begabungen zu haben, weil der Mut, Mutter zu sein, ihr einen leuchtenden Rahmen verlieh, der sie sofort auszeichnete. Ich liebte es, die frommen Damen zu entsetzen, die mich fragten: »Was für ein hübsches Kind! Haben Sie es adoptiert?« Ich antwortete ihnen mit einem siegesbewußten Lächeln: »Nein, nein. Ich selber habe es mit einem Guerillero der Frelimo gemacht.« Mein Vater tadelte mich, meinte, diese Angebereien würden nur das Kind traumatisieren. »Und von Traumata verstehst du etwas, oder?« gab ich sofort zurück. Er schüttelte den Kopf, zuckte mit den Schultern, seufzte und schwieg. Und mein fabelhafter Verstand wurde stärker.

Jenny sagte immer, bei mir habe der Familiensinn für Humor eine tragische Wendung genommen. Natália meint schlicht und ergreifend, daß ich keinen Sinn für Humor habe: »Er war wahrscheinlich bei deinem Kampf um die Emanzipation der Frau verboten. Ihr habt da schön was angerichtet, als ihr mit Kindern auf dem Schoß die BHs verbrannt habt. Ihr habt eine Jungfrau Maria geschaffen, die noch schulmäßiger war als die alte, der vor Männern grauste und deren Ernsthaftigkeit Tote zum Gähnen brachte. Ihr habt uns nur noch mehr Arbeit gemacht und habt unsere Beute verjagt.« Ich weiß, daß sie, um mich zu ärgern, Männer als Beute bezeichnet. Und um meinen Neid anzufachen. Aber ich tue so, als verstünde ich es nicht, und erkläre ihr zum zwanzigstenmal, daß wir niemals BHs verbrannt haben, sondern nur Besen, Apfelsinenblüten, Schürzen, und daß es sich letztlich nur um einen allegorischen Akt gehandelt habe. Sie versteht das nicht. Findet das nicht witzig. Und dann soll ich diejenige sein, die keinen Humor hat. Es tut mir weh, daß sie nicht einmal begreift, daß sie diesem »Extremismus schriller Frauen«, wie sie sagt, all die Rechte verdankt, die heutzutage so selbstverständlich scheinen. Sie zeichnet Städte auf diesem Reißbrett mit Blick auf den Tejo. Sie hat in ein paar amerikanischen Büchern gelesen, daß Frauen wie sie sich »Post-Feministinnen« nennen. Eine Freundin von ihr hat vor ein paar Tagen gesagt: »Feministin sein hat eine historische Konnotation, die uninteressant ist, sogar ein wenig kontraproduktiv sein kann.« Natália hat gelacht und gemeint, dieses Gespräch sei überhaupt nicht interessant. Aber vielleicht hätte sie am Ende ihrer Freundin beigepflichtet, wenn ich nicht dabeigewesen wäre.

Ich dachte, daß Jennys Krankheit und Tod mich meiner Tochter näherbringen würden. Das stille Einverständnis der beiden machte mich rasend eifersüchtig. Ich habe Jahre gebraucht, mir das einzugestehen. Die Eifersucht war eines der großen Tabus meiner Generation, darin hat Natália recht. Dennoch ist es nicht einmal der Mäßigung, die das Alter mir gebracht hat, gelungen, einen Waffenstillstand zwischen uns zu schaffen; Natália hat ein Riesenvergnügen daran, meine Widersprüche zu durchlöchern, meine Sätze einander gegenüberzustellen. Ich habe ihr beigebracht, mehr Respekt für sich selber zu haben als für irgendeine Autorität, und nun leide ich unter den Folgen dieser freien Erziehung. Jenny hatte mich gewarnt. Mir scheint, ich konnte ihnen nichts vermitteln; weder dem Bewußtsein meiner Mutter noch dem meiner Tochter konnte ich etwas hinzufügen. Es ist so, als hätten sie mir nie gehört. Natália, die neun Monate in mir gelebt hat, allein in mir, nur von meiner Liebe, scheint mir noch weniger zu gehören als Jenny, die mich nur geerbt hat.

Ich habe versucht, mehr als eine Mutter, die beste Freundin meiner Tochter zu sein, aber sie hat mir nie eine einzige ihrer Tränen gestanden. »Man kann nicht an der Schulter von jemandem weinen, der selber nicht weint«, hat sie zu mir gesagt. »Aber Jenny hat doch auch nie geweint«, sagte ich zu ihr. Meine Tochter lachte, sagte zu mir, ich sei nur imstande, an Tränen aus Glas, wie denen auf den Fotos, zu glauben. Ich wäre niemals fähig gewesen, meine Mutter so zu verletzen, aber für Natália bin ich nicht eigentlich eine Mutter; ich bin nur eine Frau, die älter ist als sie und die unbedingt ihre Geheimnisse wissen will. Und Jennys Tod scheint den Abgrund zwischen uns beiden nur noch vergrößert zu haben.

Ich würde mich gern über ihren Erfolg freuen, aber es gelingt mir nicht. Kinder sind auch dazu da, damit wir uns über das trösten, was wir nicht gewesen sind. Zumindest glaubt man das, solange sie klein sind, und ich dachte es, wenn ich die Nächte schlaflos an ihrer Wiege verbrachte. An dem Tag, an dem sie todschick in meinem roten Kleid zum Frühstück erschien, zitterte ich vor Wut und Verzweiflung. Sie wollte mich ehren oder sich meiner Anerkennung würdig zeigen, aber das sehe ich erst heute. Damals bemerkte ich nur, daß sie eine schöne Frau von siebzehn Jahren war, an der meine Kleider mehr Glanz hatten als an mir. »Gefällt es dir?« fragte sie mich vor Eitelkeit strahlend. »Nein. Ich mag es nicht, wenn du meine Sachen anziehst, ohne mich zu fragen«, antwortete ich. Sie hat immer das letzte Wort. »Na gut. Ich wußte nicht, daß du dich zum privaten Eigentum bekehrt hast.« Dann hielt sie mir eine Predigt über meine Unverantwortlichkeit. Damals hatte ich meine reguläre Anstellung bei der Zeitung aufgegeben und arbeitete als *freelance*. Ich wollte selbst über meine Zeit bestimmen und mir die Arbeit aussuchen, meine Kunst vervollkommnen, was mein finanzielles Leben nicht gerade einfach gestaltete. Hinreißend in meinem roten Samtkleid, hielt mir Natália eine Standpauke darüber, daß ich eine Anstellung brauchte, die mir eine Rente ermöglichte, während sie im Kaffee rührte und an einer halben Scheibe Toast herumknabberte, um nicht dikker zu werden.

Ein paar Monate später brachte ich Álvaro mit zum Abendessen nach Haus. Álvaro war für Public Relations in einer Galerie zuständig, in der ich eine Ausstellung gemacht hatte. Er war dreizehn Jahre jünger als ich und zeigte sich von meiner Arbeit fasziniert. Wir trafen uns immer häufiger und vergaßen in stundenlangen Gesprächen die Zeit. Mir schien, es war nicht nur die Arbeit, die uns vereinte. Natália hatte beschlossen, sich bei diesem Abendessen in meiner Spitzenbluse und meiner Lederhose zu präsentieren. Álvaro hatte nur Augen und Worte für sie. Als er gegangen war, habe ich ihr ein für allemal verboten, meine Sachen anzuziehen. Ich habe Álvaro nie wieder angerufen, der mich seinerseits übrigens auch nie wieder angerufen hat. Viele Jahre später hat mir Jennys Tagebuch diese heimliche Romanze meiner Tochter bestätigt. Es hat mich gewundert, als er bei ihrer Hochzeit auftauchte. Natália hat nie mit mir über ihn geredet, hat ihn nie mit nach Hause gebracht. Aber ich weiß, daß ihre Leidenschaft für Álvaro der Grund für ihre Scheidung ist. Wenngleich Scheidungen keinen Grund brauchen: Es sind Akte stiller Auflehnung wie die Heiraten.

Es hat mir niemals leid getan, nie geheiratet zu haben. Ich habe mir die traurigen Geschichten meiner Freundinnen erspart, in denen man beinahe hört, wie das Gewebe der menschlichen Beziehungen im Laufe der Zeit langsam Risse bekommt. Ich wurde Spezialistin für unerreichbare Männer. Und meine Tochter Natália kommt mir nach, vor allem weil die Zahl der unerreichbaren Männer im umgekehrten Verhältnis zu den Möglichkeiten der Welt zunimmt. Wir sind beide Erbinnen einer Abwesenheit, die außerhalb unserer Kontrolle und unseres Verstehens liegt. Der Schatten Danielles, der Schatten Xaviers stehen zwischen uns und der Welt, trocknen die Atmosphäre aus wie ein unablässiger, lautloser Sandsturm. Ich habe gedacht, die Bilder könnten mich heilen, ich könnte die Schnappschüsse der Welt über das Blut meines Herzens kleben und es damit stoppen. Ich dachte, die Liebe könnte gezähmt und die dunkle Seite des Mutterinstinkts rationalisiert werden. Ich habe zu viel gedacht. Alles steht in den leeren Räumen zwischen einem Wort und dem nächsten. Der Rest ist unwichtig.

CAMILAS ALBUM

10

SELBSTBILDNIS, MÄRZ 1994

Ich mag diese Frau sehr, die mich, einen Fotoapparat in der Hand, gelassen anschaut. Das bin ich. Ich bin zweiundfünfzig Jahre alt. An den gekrümmten Fingern bemerkt man als erstes das Vorübergehen der Zeit. Als ich Fotografie studierte, zog mich mein Lehrer an den Fingerknochen, bis sie knackten, er sagte, meine Finger seien zu steif, um das Fließende der Welt zu begleiten: »Entspann dich. Gib dich hin. Akzeptiere.« Um die Schnelligkeit des Augenblicks einzufangen, muß man ganz und gar auf hastige Bewegungen verzichten. Wir müssen uns von der inneren Langsamkeit der Geschwindigkeit leiten lassen. Mit dem Alter werden die Finger knochiger und krummer. Nähern sich der Zeit an. Die Flecken auf der Haut meiner Hände nehmen zu, breiten sich aus. Wenn mir Leute weh tun, schaue ich auf diese braunen Inseln, die mich zum Land meiner Toten führen. Niemand kann mir mehr weh tun, noch ein paar Jährchen, und vielleicht können sie dann nicht einmal mehr Spuren in mir hinterlassen.

Dies ist mein einziges Selbstporträt. In der Nacht, in der ich nach der Vernissage meiner Ausstellung über Mosambik nach Hause kam, habe ich beschlossen, es zu machen. Ich hatte dreißig Jahre auf diese Ausstellung warten müssen, dreißig Jahre, bis ich den idealen Raum und die friedlich stimmende Atmosphäre gefunden hatte, die diese Bilder verlangen. Ich hatte auch gedacht, daß der schwere Mantel der Jahre mich vor dem Kohlendioxyd der Sichtbarkeit schützte. Aber die Leute, die mich, ein Glas in der Hand, küßten, sagten: »Auf diesen Fotos ist mehr Form als Gehalt.« Sagten: »Man sieht, daß du damals mit der Kamera noch befangen warst.« Sagten: »Als Zeitdokumente sind das interessante Fotos.«

Ich hatte den ersten Herausgeber meiner Fotos gebeten, eine Einführung in die Ausstellung zu machen. Ich dachte, niemand könnte besser als er die Kraft, das Leiden und die Qualität dieser Fotos erklären. Er hatte meine Anfänge von innen miterlebt, hatte mit mir Winkel und Einstellungen diskutiert, ich nannte ihn Pygmalion, er lachte und verneinte dies: »Ich war nur der bescheidene Entdecker einer großen Begabung.« Dreißig Jahre später, bei meiner ersten großen öffentlichen Ausstellung, hat mein Meister nicht über meine Begabung gesprochen. Bei rechtem Licht betrachtet, hat er sie nicht einmal erwähnt. Er hielt einen langen, wortreichen Vortrag über das Genie Werner Bischofs, der in den fünfziger Jahren Hungeropfer in Indien fotografiert hatte. In den letzten Zeilen seiner Rede sprach er von der »dokumentarischen Lebendigkeit« meiner Fotos, die »dem ästhetischen und zivilen Anliegen Bischofs zuzuordnen sind«. Und das war alles. Die Besucher spendeten dem Glanz und der Gelehrsamkeit der Rede Applaus und meinten zwei Minuten später halblaut: »Er hat fast nichts zu Camilas Fotos gesagt. Bezeichnend.«

Ich habe über eine Stunde lang auf dem Bett liegend geweint wie ein junges Mädchen. Ich habe aus Wut darüber geweint, daß nur ich wußte, daß diese Fotos aus Mosambik wirklich gut waren. Das Beste, was ich je gemacht hatte. Viel besser als die Aufnahmen der zerstörten Körper, die mir die Bezeichnung »boshaft gut« eingebracht hatten. Viel besser noch als all diese ästhetische und antiästhetische Propaganda, mit der wir die kreisförmige Dekadenz des Lichtes um jedes Leben herum in Ketten legen. Viel besser, und vor allem mit nichts zu vergleichen. Meine. Ich war zweiundfünfzig Jahre alt und war allein. So allein wie an dem Tag meiner Geburt, aber sehr viel weniger einsam. Ich hatte einen Körper, eine Arbeit. Eine Geschichte mit ihrem frohlockenden Mantel aus Toten. Damals beschloß ich, dieses Selbstbildnis zu machen, die Erinnerung an den Augenblick festzuhalten, an dem ich tatsächlich begonnen habe, mich selber zu mögen.

In meiner revolutionären Jugend war das Verb »mögen« verboten. Man war der Meinung, daß etwas zu mögen das Symptom für die eigene Unfähigkeit zu objektiver, rationaler und intelligenter Analyse sei. Das Mögen war etwas für entfremdete, in Bezug auf die strukturellen Kategorien wirre Geister, die sich in einem primären, emotionalen Herangehen an die Probleme gefielen. Diese Entfremdung konnte unbewußt und unfreiwillig sein – das war bei der Masse der Arbeiter und Bauern so, die zur Denkfaulheit getrieben wurden, weil ihnen der Analphabetismus auferlegt wurde – oder bewußt und absichtlich wie bei der herrschenden Bourgeoisie, die sich auf diese Weise weigerte, demokratisch den Fortschritt in der Kunst zuzulassen. Wir sagten niemals, daß wir einen Film, ein Buch, ein Gemälde oder eine Person mochten oder nicht mochten: Wir versuchten immer, das fragliche Objekt zu erklären und, indem wir seinen Ausgangspunkt berücksichtigten, die benutzten Mittel und die erreichten Ziele zu bestimmen. Und Liebeserklärungen wurden durch die Feststellung einer Tatsache ersetzt: »Ich fühle mich bei dir sehr wohl.«

»Wir sind ein gutes Team.« Die Leidenschaft war nur ein weiterer unglückseliger Beweis für die Ungerechtigkeit der Welt, ein Schicksal, das nur schlecht trainierte Gehirne ereilte. Ich bin der Schwäche der Leidenschaft anheimgefallen, habe aber nie die Todsünde begangen, mich in mich selber zu verlieben. Ich hatte eine gute Abwehr. Wenn die ideologische Abwehr zu schwächeln begann, benutzte ich meinen Fotoapparat, um mich unbesiegbar zu machen. Jetzt mußte ich diesen Apparat auf mich selber richten.

Ich mag diese Frau mit den von tiefen, violetten Augenringen umgebenen grauen Augen. Ich mag die dünnen Augenbrauen dieser Frau, die Runzeln, die die Farbe der Augen zu einem Streifen aus Licht machen. Ich mag die eingefallenen Wangen, das zu spitze Kinn, die beinahe durch die Haut scheinenden Knochen. Ich mag diesen glatten, blassen, schmalen Mund. Ich mag die Falten an diesem Hals, der einer nach vielen Reisen zerfledderten Landkarte gleicht. Diese Frau hat sich ihrem Leben ganz und gar eingeprägt und weiß, daß sie sterben wird. Niemand kann ihr mehr weh tun, niemand mehr auf ihrem zu leichten Körper Spuren hinterlassen.

NATÁLIAS BRIEFE

»Ich kann nicht so tun, als liebte ich wenig,

wenn alles in mir liebt.«

VERGÍLIO FERREIRA

NATÁLIAS BRIEFE

I

LISSABON, DEN 21. MAI 1984

Liebe Jenny,
Jetzt weine ich allein in meinem Zimmer, stelle die Musik laut, damit Sie nicht mitbekommen, daß ich von Ihnen mehr als nur diese phantastische Gabe der Fröhlichkeit geerbt habe, Großmutter, die alle Orte ansteckt, an denen wir vorbeikommen.

Natürlich wissen Sie, daß diese Gabe ihren Preis hat und Sie, wenn Sie könnten, doppelt zahlen würden, um für mich die Einsamkeit und die Melancholie zu erleiden, die Suchern der Ewigkeit wie uns beiden eigen ist. Aber Sie können es nicht, Ihr warmer Schoß reicht nicht mehr aus, um mich vor der Welt zu beschützen, daher verberge ich vor Ihnen diese Tränen, die Sie traurig machen würden.

Wahrscheinlich werde ich Ihnen diesen Brief nicht

geben, denn genau wie Sie, Jenny, bin ich nicht besonders geschickt darin, Liebeserklärungen zu machen.

Ich habe früh aus den Fotos meiner Mutter herausgelesen, daß das Glück eine Sammlung über der Zeit schwebender Augenblicke ist, die sich erst offenbaren, nachdem sie uns fehlen und vergilbt sind. Aus diesen Fotos habe ich gelernt, die Liebe und die Sehnsucht nach ihr nicht zu fürchten, und wurde, unbemerkt von meiner Mutter, zu einer anderen Art Lichtjägerin. In der präzisen Bewegung ihrer langen Finger über den Apparaten zum Lebenentfliehen habe ich die Erotik als Ahnung einer Wunde entdeckt, als unaufhörliche Arbeit des Erinnerns. Ich trage in meinem Blut, das ihr gehört, die schweigende Leidenschaft für die toten Lieben, diese Entschiedenheit, erst später das Wesentliche zu begreifen, die Entfernung als einzige Nähe des Himmels zu lieben.

Ich habe mich ganz und gar, wahnsinnig verliebt, habe begonnen, mein ehemaliges Mädchenzimmer mit Rauch und Tränen zu füllen, deshalb fühle ich mich Ihnen so nah, dieser unwandelbaren Jugend, die Ihnen eigen ist, eine heftige und sanfte Krankheit, unheilbare Wunde des Blutes, die sich von einer sepiafarbenen Musik ernährt, der wir, um sie zu beschreiben, den Namen Schmerz geben.

Ich weiß, daß Sie die Liebe wie eine große Verzauberung durch die Welt und durch die anderen gelebt haben, Großmutter Jenny. Ich erinnere mich ganz genau an Ihre Worte, als ich mich mit dreizehn Jahren in einen Gleichgültigen verliebt habe, über den ich Tränen der Wut vergoß: »Mein Kind, die Liebe ist niemals eine Abhängigkeit, sie ist ein Überfluß, aber es sieht so aus, als würden wir die Liebe aus Mangel weiterleben. Wir legen alles, von dem wir nicht wissen, wohin, in die Liebe.« Ja, ich weiß: Wir legen Liebe in die Einsamkeit, in die Selbstbestätigung. Meine Mutter wettert tagtäglich gegen die Frauen, die einen Mann brauchen, um sich bestätigt zu sehen. Und nun stellen Sie sich die Ironie vor, Jenny, ich habe ihr den Mann geraubt, den sie so sehr brauchte, um sich bestätigt zu sehen. Ich habe es nicht aus Bosheit getan. Ich habe es nicht absichtlich getan. Aber das mindert mein Verbrechen nicht.

Anfangs, das gebe ich zu, hat mich eine gewisse Bosheit getrieben, die ich heute lieber Durchtriebenheit nennen möchte. Als Álvaro zum Abendessen zu uns kam, hatte ich Lust, die *femme fatale* zu spielen, damit meine Mutter sah, daß ich kein Kind mehr war. Und auch, um sie dafür zu bestrafen, daß sie versuchte, einen für sie skandalös jungen Mann zu verführen. Sie können mir vorwerfen, Vorurteile zu haben, Jenny, aber die Erfahrung zeigt, daß in solchen Fällen das Alter immer gegen die Frauen spielt. Álvaro hätte sie nur leiden lassen. Lachen Sie ruhig, mein Verbrechen hat sich gegen mich gewandt, Álvaro läßt nun mich nur leiden. Um so besser. Sie braucht es nicht einmal zu wissen.

Allerdings tröstet mich der Gedanke, daß ich es tatsächlich geschafft habe, einen Mann zu verführen, der meine Mutter interessant fand. Ich kritisiere vieles an ihr, ja, es stimmt, daß mich fast alles an ihr ärgert, aber ich habe vor allem panische Angst davor, ihr nicht das Wasser reichen zu können. Camila hat dem Gefängnis und der Folter widerstanden, und ich zittere allein schon bei dem Gedanken, Blut zu spenden. Camila kann alles essen, ohne dicker zu werden, und ich ertrage diese zärtliche Herablassung nicht, mit der sie mir erklärt, daß ich großes Glück habe, Mulattin zu sein, weil ich deshalb dem Fluch der Cellulitis entgehe. Zudem ist das auch noch gelogen. Camila hat eine künstlerische Begabung, und ich fürchte, nicht einmal genug Besessenheit zu besitzen, um einen möglichen Funken Talent zu entdecken. Die Verzweiflung hat meine Mutter zur Fotografie geführt. Einmal habe ich ihr herausfordernd gesagt, daß die Fotografie eine Inventur von Toten ist. Eine finstere Kunst. Sie hat gelacht: »Deshalb mag ich sie ja gerade.« Heute scheint mir sogar die Verzweiflung schwierig zu sein. Zumindest ist es schwierig, eine ganze Verzweiflung bis zum Ende durchzuhalten.

Ich habe nie geglaubt, einen Mann mit Pferdeschwanz und Hirtenstiefeln aus dem Alentejo wirklich mögen zu können. Als ich eine Woche nach dem Abendessen bei ihm in der Galerie erschien, hatte ich nur ein Ziel: ihn zu erobern, um ihn anschließend zu verachten. Ich wollte der jugendlichen Aufgeregtheit ein Ende bereiten, mit der meine Mutter plötzlich morgens Gymnastik trieb und vor dem Spiegel Kleider anprobierte. Sie ging sogar soweit zu erklären, noch ein Kind haben zu wollen, und vor Sehnsucht nach einem Babykörper zu seufzen. Ich ging am Ende mit Álvaro Abendessen.

Wir haben im Frágil ein Glas getrunken, wo ich meine Freundin Leonor mit einer Gruppe aus der Uni traf. Sie feierten Nunos nächste Ausstellung, die, zehn Minuten bevor wir ankamen, beschlossen worden war und in vierzehn Tagen stattfinden sollte. Nuno vertritt die Meinung, daß man, um eine Karriere aufzubauen, zur rechten Zeit am rechten Ort sein muß. Und die rechte Zeit liegt irgendwo zwischen ein und sechs Uhr morgens und der Ort im Frágil oder im Noites Longas. Wir hatten schon häufiger in irgendeiner Wohnung die Nacht durchgemacht, um eine Gruppenarbeit zu Ende zu bringen, und Nuno war dann mitten in der Nacht, nachdem er sein Haar gegelt und den Krawattenknoten zurechtgerückt hatte, mit der Erklärung gegangen: »Macht für mich weiter, ich muß zur Arbeit.« Und die Arbeit war, wie sich heute herausstellte, das Frágil. Seit Monaten schwebte Nuno mit zwei oder drei Skizzen in einer kleinen diskreten Aktenmappe unter dem Arm und einer wortreichen Theorie zwischen Gläsern und Lichtern. In jenen frühen Morgenstunden hatte der Besitzer einer ausgezeichneten Galerie neuer Talente darüber geklagt, daß irgendein Nichtzusammentreffen von Daten ihm die nächste Vorstellung eines neuen Genies der spanischen Malerei unmöglich machte. Nuno griff sofort mit seinem Projekt *Männliches Alter* an. Dem Galeristen gefiel das Konzept. Es ging um eine Installation, in der *ready-made* sich mit Malerei, Collagen und Tonbandaufnahmen verband und so in ironischer Form, durch eine Überlagerung von Sparten, männliche Mythen und männliches Verhalten dekonstruierte. Die Vernissage wurde gleich für zwei Wochen darauf festgelegt.

Der Künstler ließ sich keine Schwäche anmerken, war aber total fertig. Man merkte das an der Nervosität, mit der er seine Krawatte auf- und zuband. Denn sein ganzes Werk bestand aus diesen zwei Skizzen. Er rauchte wie verrückt und philosophierte. »Meine Form manipuliert keinen Stil, sondern Stile. Der Postmoderne ist kein Rebell; sein Vater war es, aber er kann sich diesen Luxus nicht leisten: Seine Karriere steht auf dem Spiel.« Clara zeigte sich sichtlich hingerissen, was dazu führte, daß Graça sofort zum Gegenangriff überging und herausstrich, daß es gerade bei den größten Künstlern unserer Generation um Widerspruch und Rebellion gehe und daß sie es wagten, das Obsolete in ihren Werken zur Denunziation der entfremdenden Geschwindigkeit der heutigen Zeit zu machen. Leonor, die diesen erotischen Krieg amüsiert betrachtete, erwähnte ein phantastisches Buch von Paul Virilio, in dem es genau darum ging. Aber Nuno hörte schon nichts mehr. Er ließ seinen Blick über die tanzenden Mädchen schweifen und verkündete mit erstickter Stimme, er müsse Luft schnappen, Inspiration finden. Wir folgten ihm darauf ins Noites Longas.

Álvaro sprach fast überhaupt nicht. Ich glaube übrigens, daß gerade darin sein Erfolg bei Frauen liegt. Er besitzt die unglaubliche Fähigkeit scheinbarer Aufmerksamkeit; er heftet seinen Blick auf das Opfer und interpunktiert dessen Sätze mit einem rhythmisierten »hmmm–hmmm«. Ohne es zu bemerken, hatte ich ihm mein ganzes Leben erzählt und wußte überhaupt nichts über ihn. Wir waren kaum ins Noites Longas getreten, da hängte sich eine riesige Blonde an seinen Hals und küßte ihn auf den Mund. Álvaro lachte, strich ihr übers Haar und ging weiter. Ich zog ihn auf die Tanzfläche, über die klagende Tangomusik schwebte, und tanzte bis zum Sonnenaufgang mit ihm. Als wir rauskamen und dem Duft nach warmem Brot folgten, wollte ich ihn nicht mehr loslassen. Und seitdem war es die Hölle, Jenny.

Vielleicht gehört Álvaro noch der Generation meiner Mutter an, die eines nach dem anderen die »großen Gefühle« zerstört hatte. Sie hatten Angst, den Kopf zu verlieren und sich von der Gefühlsduselei des Dämons der Dummheit vereinnahmen zu lassen. Oder davor, daß der unbeugsame Gott der Ratio und der Gerechtigkeit sie bestrafte, weil sie nicht zum Klassenkampf erschienen. Sie liefen vor den Wegen des Glücks davon, das den fürchterlichen Widerhall von Respektabilität mit sich brachte.

Er macht Liebe mit mir, als würde er in meinem Körper die letzte Rettung finden. Er gibt sich mir hin, um mir gleich darauf durch die Finger zu rinnen wie Sand. An einem Tag schickt er mir Blumen, am nächsten erklärt er, daß er keine feste Bindung will. Er macht sich über meine Träume lustig, sagt, architektonisch sei nichts mehr zu tun, ich solle mich doch lieber mit Inneneinrichtung oder Mode beschäftigen, was wenigstens Arbeitsplätze in der Textilindustrie schaffen würde. Er hat sich daran gewöhnt zu glauben, daß alles relativ ist und wir über nichts urteilen können.

Manchmal denke ich: Vielleicht ist ja auch er ein Produkt dieser Haltung von Gleichgültigkeit und Erbrechen, die wir Postmoderne nennen und die dem in Portugal seit langem kultivierten Habitus der Mattigkeit wie ein Handschuh paßt. Manchmal denke ich: Er praktiziert die Leidenschaft als Methode der Entfremdung, weil er findet, die menschliche Natur sei, durch das Mikroskop betrachtet, abstoßend. Entschuldigungen, würden Sie sagen, Jenny. Gedanken, die bis zur Grimasse verzerrt sind, ich weiß. Das mindeste, was man über meine Liebe sagen kann, ist, daß sie den großen Preis für menschliche Dichte wahrscheinlich nicht erhalten würde. Ich hätte etwas Besseres verdient, wenn die Liebe etwas wäre, was sich verdienen läßt.

Sie können sich gar nicht vorstellen, wie sehr es mich erleichtert, Ihnen diesen Brief zu schreiben, Jenny. Er hat mir den Geist entnebelt. Letztlich hätte diese Geschichte sehr viel tragischer sein können: Wir sollten nicht vergessen, daß Álvaro der Vater dieses Geschwisters hätte werden sollen, dessen Geburt ich verhindert habe.

Ein Kuß von Ihrer
Natália

NATÁLIAS BRIEFE

2

QUINTA DE SÃO GABRIEL, DEN 5. JANUAR 1990

Liebe Jenny,
Wie stellt man es an, ein ganzes Leben lang eine Sammlung von Freunden poliert und glänzend zu erhalten? Ich dachte, unsere innere Zeit würde immer der realen Zeit gegenüber gewinnen – da es ja die reale Zeit sozusagen schon nicht mehr gibt. Nur eine überstürzte Abwesenheit. Manchmal befürchte ich, dreißig Jahre alt zu werden, ohne, wenn ich es einmal geworden bin, mein Bild im kurzen Fluß meiner zwanzig Jahre reflektiert gesehen zu haben.

Es scheint mir keine Alternative zu geben: Wenn ich aufhöre zu laufen, werde ich nie frei sein. Ich muß viel arbeiten, alles zeigen, was ich heute wert bin, oder niemand wird mich bemerken. Sobald man zur Universität geht, begreift man, daß das Leben dem nicht vergibt, der sich nicht höllisch anstrengt. Ich weiß wohl, daß das zu Ihrer Zeit nicht so war. Auch nicht zur Zeit meiner Mutter. Aber versuchen Sie, es zu verstehen: Die Studienjahre sind hart, aber nichts verglichen mit dem, was uns am Ende erwartet. Am Anfang der achtziger Jahre, die vor fünf Tagen vergangen sind, hatten wir Zeit für endlose Nächte mit Gesprächen. Jetzt arbeiten wir bis zum Umfallen und denken daran, daß wir mit fünfunddreißig Jahren wieder Zeit haben werden.

Es ist nicht das Geld und auch nicht der Erfolg, die uns so zum Rennen bringen, glauben Sie mir. Gut. Zumindest ist es das nicht allein. Ich habe Architektur gewählt, weil sie mir die einzige Kunst zu sein schien, in der der Gedanke der sozialen Verantwortung noch überleben kann, ohne verspottet zu werden. Eine Kunst, in der der große Imperativ der Freiheit noch mit altruistischer Absicht ausgeübt werden und die der leichtfertigen kombinatorischen Phantasie dieser Jahre ständiger individueller Neuerfindung entgehen kann. Aber auch die Architektur kniet vor dem Gott der Zurschaustellung nieder. Seiner Epoche treu, trägt dieser Gott das Kleid der Schmucklosigkeit. Aber es ist eine äußerst teure, allmächtige Schmucklosigkeit ohne Äußeres. Die Avantgarde hat sich im System eingenistet und absorbiert jetzt schnell alle Vorboten alternativen Handelns. Die Wahrheit ist, daß das Geld allmählich alles beherrscht: Ohne Geld bekommt man keinen Raum, um zu leben, auch keine Bücher, Filme und Reisen, die wir brauchen, um die Welt zu verändern. Das ist heute die Revolution. Das ist traurig, aber eine andere gibt es nicht.

Sie werden mir sagen, daß uns die Großzügigkeit fehlt, die zu Ihrer Zeit die Häuser vergrößerte und aus einer Brotrinde ein Bankett machte. Ja, mir scheint, die Zeit der Wunder ist vorüber. Kein Manna fällt vom Himmel, oder zumindest ist es nicht mehr gratis. Ich habe von Ihnen gelernt, daß Widrigkeiten immer ein Symptom der Freude bergen, und ich denke darüber nach, ob vielleicht dieser Mangel an Mitteln dem sympathischen Phänomen der Verlängerung des Lebens zu verdanken ist. Wir bleiben länger auf der Erde, und das erlaubt ein Teilen von Erfahrungen, das unser Herz reicher macht, aber das Erbe aufzehrt. Vielleicht altern jetzt ja auch die Häuser anders; verschrumpeln, werden ebenso winzig wie unerreichbar. Es gibt schon keine Ruinen mehr, nur renovierte Gebäude.

Daher war ich so begeistert, als Leonor mich anrief und mich zu einer Geburtstagsfeier »auf die alte Art« ins Landgut ihrer Familie im Douro-Gebiet einlud. Leonor hat am vierten Januar Geburtstag und pflegt ein grandioses Fest zu veranstalten, meist mit einem Thema, und alle sind verkleidet. Diesmal hat sie beschlossen, die Gruppe aus der Uni zu versammeln. Nur die engsten Freunde und ohne Masken. Hier sind wir nun. Leonor, Graça, Quicas, Clara, Nuno und seine Frau, Ângela und ihr Mann und ich. Ich habe sofort wegen dieser unbekannten Anhängsel die Nase gerümpft: So wurde aus einem Wiedersehen von alten Freunden die Vorstellung neuer Ehepartner. Ich flüsterte gleich Leonor ins Ohr, daß ich, wenn ich gewußt hätte, daß das so sei, Rui mitgebracht hätte. »Sei doch nicht blöd«, sagte sie zu mir, »Rita und Fred haben schon zur Gruppe gehört. Sie sind in Ordnung. Du kennst sie nur nicht.«

Das Wetter schien unserem Wiedersehen seinen Segen zu geben. Wolkenloser Himmel mit dem beinahe weißen Blau meiner Kindheit, das dem Braun der Erde ein goldenes Licht entriß. Wir haben in Régua zu Mittag gegessen, Knoblauch- und Blutwürste und Maisbrot, alles mit einem Rotwein begossen, der unser Gedächtnis belebte. Wir erinnerten uns an lustige, längst verschüttete Begebenheiten. Machten Fotos in albernen Posen, die wir als Studenten immer eingenommen hatten. Wir gingen im Morgengrauen zu Bett. Ich drängte, wir sollten noch eine Stunde aushalten, um den Sonnenaufgang in den Bergen zu erleben, aber niemand schien soviel Durchhaltevermögen zu besitzen. Ich lachte: »Wir sind alt geworden, das ist es.« Aber das ist es nicht. Wir hatten die ganze Nacht

Karten gespielt. Und irgendwann, ganz spät, haben wir angefangen, um Geld zu spielen. Keine Angst, Jenny, meine Liebe, ich habe nicht das Laster meiner verblichenen Großväter geerbt: Das Gewinnen war nur ein Vorwand, um Leben ins Spiel zu bringen, denn es sah so aus, als könnten wir nicht mehr Sieger und Besiegte spielen, uns gegenseitig beschimpfen und schallend lachen wie früher. Nach einem Truthahn, einem Teller Käse und ein paar Löffeln Pudding hatten wir die inzwischen vergangenen Jahre durchgesprochen, ein paar allgemeine Informationen über die augenblicklichen Tätigkeiten eines jeden gegeben, und das Gespräch schien zu ersterben. Ein paar Witze wurden erzählt, etwas geklatscht, aber nur ganz vorsichtig.

Heute weiß niemand mehr so genau, wer mit wem kann oder möglicherweise mal mit wem können wird. Ich schlug im Namen der alten Tage eine Runde Skrupel-Spiel vor. Sie schüttelten den Kopf. »Skrupel, um diese Zeit. Zu anstrengend.« Und die durchscheinende Graça, die so viele Male in mir einen wie ein Grab schweigenden Beichtstuhl für geheime Liebesdreiecke hatte, fügte dem hinzu: »Diese Spiele mit dir sind sehr gefährlich. Du könntest unsere Geheimnisse herausfinden. Und weh mir, wenn du meine Geheimnisse zu fassen bekommst!« Während sie noch so witzelte, teilte sie wie früher mein Haar in zwei Zöpfe. So ehrte sie ihren Kindertraum, Friseurin zu werden. Dann umarmte sie mich kurz und gab mir einen kleinen schmatzenden Kuß. Alles an Graça ist so wie diese Küsse: das Hin- und Herschwingen ihrer molligen Arme, das eichhörnchenfarbige Haar, das sie mit sechzehn Jahren mit lila Spitzen versah, die kleinen Zähne, farblos wie Reiskörner.

Je weiter die Nacht voranschritt, desto größer wurden die immer dichteren Knäuel aus Schweigen. Ich erinnerte mich an die Samstagnachmittage im Haus von Quicas. Die Tür stand immer halb offen, die Musik – nie etwas anderes als Blues – hörte man schon unten an der Treppe, jeder brachte ein Getränk oder Kekse mit. Wir kamen, suchten uns ein Kissen oder eine Sofaecke, versahen uns mit Büchern und Zeitschriften – Quicas trug wochenlang dieselben schwarzen Jeans und dasselbe graue Hemd, aber er hatte eine erstaunliche Bibliothek über Kunst und Comics –, und wir saßen da, stundenlang schweigend, lasen und hörten Musik. Und das Schweigen damals war eine warme Flüssigkeit, die uns einhüllte.

Jetzt streute Quicas Talkumpuder auf den Fettfleck in seinem Ralph-Lauren-Hemd, und wir brauchten sogar die Gesellschaft der Worte. Wir begannen uns unwohl zu fühlen. »Habt ihr dieses Weihnachten schöne Geschenke bekommen?« fragte Leonor, ganz Gastgeberin. Nuno, Graça und jener Fred, der eigentlich Alfredo hieß, fingen an, sie aufzuzählen: »Ich habe eine wirklich schöne Anthologie portugiesischer Lyrik bekommen, ein Album mit Ledereinband mit einer Karte des Staatssekretariats im Kulturministerium«, sagte Nuno. »Ach, wenn ihr die Vista-Alegre-Tassen gesehen hättet, die ich bekommen habe! Mit einer supernetten Karte vom Vorsitzenden des Verwaltungsrates der Arquitecturo persönlich. Eigenhändig unterschrieben«, sagte Graça. »Du bist gemacht, Mädchen. Voller Erfolg«, meinte Fred, während er eine Zigarre anzündete. »Kubanische. Puros. Wahnsinnig teuer. Nehmt euch welche, Leonors reifes Alter verdient es.« Leonor strengte ihr Gedächtnis an und erwähnte einen wahnsinnig hübschen Briefbeschwerer, italienisches Design, von einer spanischen Bank geschickt, deren Filiale sie umgestaltet hatte. Clara zuckte mit den Schultern und gähnte. Ein diplomatischer Zwischenfall zwischen Nuno und seiner Rita entwickelte sich, die ihm so, daß wir alle es hören konnten, zuflüsterte: »Die Karte vom Staatssekretariat für Kultur war auf meinen Namen. Deine war vom Pressereferenten unterzeichnet.«

Ich kenne diese Leute nicht, Großmutter. Vor vier Jahren liebte ich all ihre Stärken und Schwächen. Ich habe häufig für sie gelogen. Habe Hunderte von Malen aufgeregt bei dem Freund von Leonor angerufen: »Ruf sofort deine Mutter an. Ich habe ihr gesagt, daß du eben ins Café gegangen bist, aber ich glaube, sie findet es merkwürdig, daß du hier bei mir das Wochenende verbringst, um dich letztlich stundenlang ins Café zu setzen.« Ich habe fast alle Mathematikexamen von Graça gemacht.

Ich habe ein sehr gut bezahltes Projekt aufgegeben, weil sie Nuno verraten haben. Darin lag kein Heroismus. Jeder von ihnen hat dasselbe für mich getan. Sogar Clara, die, die kreisrunde Brille auf der messerscharfen Nasenspitze, den Egoismus als grundlegendes Organisationsprinzip predigte, hat zwei Nächte mit mir durchgemacht, um die Studie für die Umwandlung einer Kaserne in eine Schule mit mir zusammen fertigzustellen, die mir Zugang zu einem Platz in dem Architektenbüro gab, bei dem ich noch heute arbeite. So ist die Welt.

Ich sehne mich nach Ihnen, Jenny. Sie fehlen mir. Ich weiß nicht, ob ich den Mut aufbringen werde, diesen Brief einzustecken. Ich schreibe ihn nur, um diese plötzliche Sehnsucht zum Schweigen zu bringen. Ich habe mein halbes Leben damit verbracht, mit Ihnen zu schelten, weil Sie die Leute auf Ihre Art und Weise konstruiert haben, und nun möchte ich, daß Sie mir die magische Formel erklären, ich muß wissen, wie man es anstellt zu glauben, daß die Menschen sind, was sie nicht sind, obwohl wir es (weil wir, zu unserem Unglück, nicht nur ein gutes Herz haben, sondern sehr intelligente Wesen sind) im Grunde besser wissen. So sehr ich mich bemühe, komme ich aus dem reinen mythologischen Zustand nicht heraus: Glaube oder Verzweiflung. Ich kann nicht so tun, als ob ich das sähe, was ich nicht sehe. Ich wäre gern wie Großvater Pedro, der mit größter Natürlichkeit die tausendundeine Unvollkommenheit der Leute akzeptierte: Für ihn war Enttäuschung etwas Erworbenes und konnte daher nicht weh tun. Aber wie konnte er so leben? Nein, ich wäre doch lieber wie Sie, Jenny: Ich würde die Menschen mit der Farbe meiner Träume ausmalen und freiwillig all das ignorieren, was nicht zum Film gehört. Aber wie macht man das?

Wo werde ich von nun an dieses reine Glück des Vorabends eines Festes oder des Weihnachtstages herholen? Daß es im realen Leben viele böse Menschen gibt, das hatte ich bereits herausgefunden – ich bin trotz alledem ja nicht geistig zurückgeblieben, und Sie, Jenny, und meine Mutter haben mir ein Hochschulstudium ermöglicht. Dennoch, in meiner Naivität hatte ich geglaubt, es sei möglich, eine kleine Welt mit speziellen und fast speziellen Freunden zu erhalten und das ganze Leben von diesem Ort aus zu erfinden. Warum versagen alle Menschen bei so einfachen Dingen? Meine Leonor, zum Beispiel. Gestern sind wir in den Weinbergen spazierengegangen, singend den Hang zum Flußufer hinuntergestiegen, und alles, was ihr dazu einfiel, waren bittere Bemerkungen über die Fröhlichkeit der anderen. Ich begriff, daß sie ihr Leben damit verbringt, Dinge zu tun, die ihr keinen Spaß machen, nur um gut angesehen zu sein. Das Mädchen, das immer sagte, was es dachte, will jetzt, koste es, was es wolle, Gott und den Teufel zufriedenstellen. Sie glaubt an keinen von beiden. Und dann ist sie erstaunt, daß die Welt ihrer gezwungenen Geselligkeit nicht in entsprechendem Maße Beifall spendet. Sie stürzt sich nicht mehr auf die knusprigste Truthahnkeule. Sie lehnt sich nicht mehr nach den Mahlzeiten mit einem Buch zurück und erklärt: »Die Männer räumen den Tisch ab. Ich jedenfalls bin sehr müde, gehöre dem schwachen Geschlecht an.« Sie zwickt mich nicht mehr ins Ohr und flüstert dabei mit Katastrophenstimme: »Du wirst dick, meine Liebe. Paß auf, denn schlimmer als eine Negerin ist nur noch eine dicke Negerin.« Und ich antwortete ihr, während ich ihr den Arm umdrehte, in Sklavinnensprache: »Wenn weißes Mädchen möchte, daß schwarzes Mädchen Liebsten leiht, leiht schwarzes Mädchen ein oder zwei von den hellsten. Kein Problemo.« Leonor, die mich jetzt mit einer großen Umarmung empfängt und sagt: »Meine Liebe! Du siehst immer hübscher aus. Die Jahre scheinen spurlos an dir vorüberzugehen.«

Die Sonne des fünften Tages der neunziger Jahre strahlt seit etwa einer Stunde über dem Douro. Ein Blatt aus dunklem Silber, das sich sehr langsam bewegt. Als gäbe es unter dem undurchsichtigen Silber anstelle von Leben eine mechanische Apparatur. Ich habe den Tagesanbruch allein vom Fenster aus gesehen, in diesem kalten, unbewohnten Zimmer mit verblichenen Porträts von Geistern aus dem Beginn des Jahrhunderts an den von der Feuchtigkeit zerfressenen Wänden. Ich weiß nicht, was ich hier mache.

Einen sehr traurigen Kuß von Ihrer
Natália

NATÁLIAS BRIEFE
3

LISSABON, DEN 6. MAI 1990

Liebe Jenny,
Manchmal ist es nicht einfach, mit Ihnen zu reden. Seit Onkel Tó Zé gestorben und Großvater Pedro gegangen ist, kommen Sie mir abwesend vor. Ich habe nicht gedacht, daß beide Ihnen so sehr fehlen würden, Sie kamen mir immer wie eine unabhängige Frau vor, Großmutter, mehr auf die minimalen Drehungen Ihrer kleinen Welt als auf die Gegenwart anderer konzentriert. Möglicherweise habe ich Sie erfunden und schreibe Ihnen jetzt, wo ich Sie nicht mehr erkenne, um diese Fiktion aufrechtzuerhalten. Ich gestehe, daß ich heute erschrocken bin, als ich Sie sah. Ich hatte nie auf Ihr Alter geachtet, hatte Ihren zerknitterten Körper übersehen, die wie Knochen herausstehenden Adern, das durchsichtige Haar. Es war so, als wäre die

Zeit in Ihren kristallenen Kleidern sorgfältig verwahrt worden, als hätte sie aus der silbrigen Haarrolle nicht herauswachsen können, die über Ihrem Nacken wie das Licht eines Leuchtturms strahlte.

An der Stelle von Jenny ist mir heute eine Art weiße Hexe im Nachthemd und mit zerzaustem Haar und hervorstehenden Augen erschienen, die stoßweise lachte. Ich bin mein ganzes Leben lang vor meiner Mutter weggelaufen, um zu Ihnen zu kommen. Heute wäre ich sofort vor Ihnen weggelaufen, hätte meine Mutter mich nicht festgehalten. »Warte«, sagte sie. »Denk einfach, es sei eine Halluzination, das ist nicht Jenny. Wir müssen ihr helfen, daß sie wieder zu uns zurückkommt.« Und dann hat meine Mutter wütend auf Sie eingeredet, den Fotoapparat auf Sie gerichtet und Ihnen befohlen zu lächeln, hat Sie in Geschichten eingewickelt, Ihnen gesagt, daß António gleich kommen würde und Sie hübsch und glücklich aussehen müßten, Jenny. »Glücklich, ja, ich bin die glücklichste aller Frauen«, sagten Sie immer wieder, Jenny, und beruhigten sich allmählich. Ich wurde das Gefühl nicht los, daß Sie in geistiger Klarheit diese Rolle einer Hypnotisierten spielten. Vielleicht haben Sie nur so getan, als ob Sie sich beruhigten, damit wir Sie in Frieden ließen. Jedenfalls gelang es uns nicht, Sie anzukleiden; meine Mutter schaffte es gerade, Ihnen eine Wolljacke um die Schultern zu legen. Sie bestanden darauf, daß Sie Besuch erwarteten, und legten uns nahe zu gehen.

Besuch, arme Jenny. Die Besucher dieses Hauses verschwanden in dem Maße, wie Engagement und Ruhm sich an andere Orte begeben hatten. Wer sich heute, und zwar zu Recht, über zu viele Besucher beklagt, ist Manuel Almada, stellen Sie sich das nur vor. Am Ende eines ganzen Lebens aristokratischen Elends haben sie ihn nun zum Vorsitzenden einer Stiftung zur Förderung der Künste gemacht. Er ist jetzt einem ständigen Regen von Einladungen und Geschenken ausgesetzt und wird von allen Kunstrichtungen des Vaterlandes geliebt. Er überlebt stoisch, indem er sich einem Dutzend täglicher Mittag- und Abendessen entzieht und seinen alten Gewohnheiten treu bleibt. Deshalb habe ich ihn so gern. Manchmal vergehen Monate, ohne daß wir etwas voneinander hören. Ich habe mich ein wenig zurückgezogen, als er ernannt wurde, weil ich befürchtete, er könnte mich in das Gefolge der Speichellecker einreihen. Er rief mich verletzt an: »Die junge Dame hat wohl ihren alten Verehrer vergessen?« Er ist mein in jeder Hinsicht mächtigster Freund. Und er ist auch der einzige derer, die, wie es heute heißt, im Leben aufgestiegen sind, der es nicht fertigbringt, mit engen Freunden über die Sekretärinnen vermittelt zu sprechen, die heutzutage Assistentinnen heißen. Nichts ärgert ihn übrigens mehr als dieses aufkommende neureiche Gehabe. »Aber es ist etwas, das am Ende bei der Verleihung von Stipendien ungemein hilft, meine Liebe«, erklärt er mir mit diesem Cheshire-Katzen-Lächeln: »Wenn ich den Anruf einer Sekretärin erhalte, die mir sagt, der Herr Doktor möchte mit Ihnen sprechen, streiche ich seinen Namen sofort aus der Liste. Man braucht Kriterien, und da es jetzt nicht mehr möglich ist, eine objektive Bewertung eines Projekts vorzunehmen, weil alles von den Kontexten abhängt, wende ich dieses Kriterium der Entkontextualisierung an. Das erspart mir wahnsinnig viel Arbeit. Am Ende des Tages bleiben nur sehr wenige Kandidaten übrig.« Meine allerliebste Jenny, Manuel Almada ist heute Ihr einziger Besucher. Ich hoffe, Sie sehen wenigstens, daß Manuel mehr wert ist als alle Ihre alten Beziehungen zusammen, diese vom Wind der Jahre in andere Salons gewehten Pollen.

Aber ich wollte Ihnen eigentlich erzählen, daß ich Ihren alten Gefährten Delfim Veleno getroffen habe. Als erstes verrate ich Ihnen, daß Sie sich, was ihn betrifft, geirrt haben. Erinnern Sie sich an jenen fernen Tag, an dem Veleno in einem außergewöhnlichen Anfall von Bescheidenheit erklärt hatte: »Ich glaube nicht, daß ich ein Romancier bin«? Nun, ich erinnere mich auch nicht daran, aber meine Mutter erinnerte sich gern an diese Episode, wenn sie etwas brauchte, worüber sie lachen konnte. Meiner Mutter zufolge hatten Sie sich beeilt, ihm entschieden zuzustimmen, Jenny: »Nein, nein, Sie scheinen wirklich keiner zu sein. Sie sind außerstande, ihre eigene Seele zu schwängern, wie sollen Sie es da mit den Seelen anderer schaffen.« Ich glaube, meine Mutter hat diesen Satz wegen der Metapher der Schwangerschaft behalten, die, unter uns gesagt, gar nicht nach Ihnen aussieht. Wie auch immer. In diesem Augenblick war es aus mit Velenos Bescheidenheit, und er verließ fuchsteufelswild, türenschlagend den Raum. Nun, jetzt hat sich herausgestellt, daß Veleno die erlösende Feder ist, die der portugiesischen Literatur den endgültigen Ruck geben wird. Der Entdecker war mein Freund Sebastião Lucas.

Ich glaube, ich habe Ihnen schon von Sebastião Lucas erzählt, der einen Verlag namens Penélope hat. Es handelt sich um einen mehr oder weniger randständigen Verlag. Also, so randständig, wie es einem erfolgreichen Projekt möglich ist. Das Geheimnis für den Erfolg Sebastiãos – einen Erfolg, der sogar vom Präsidenten der Republik anerkannt wurde, der ihm am vergangenen 10. Juni einen Orden verliehen hat – liegt in einem klugen Wechsel von Prachtbänden und Avantgardewerken. Graphisch immer von großer Einfachheit und Raffinesse. Die Bände sind sündhaft teuer und verkaufen sich wie Barbie-Puppen, einmal abgesehen davon, daß sich ohne weiteres Institutionen finden, die sich als Sponsoren zur Verfügung stellen.

Sebastião hat mich jetzt dazu aufgefordert, einen Bildband über die Fliesenkunst in Lissabon zu machen, mit Geldern der Stadtverwaltung und einer Fliesenfabrik. Gestern war ich bei ihm, um über Einzelheiten zu sprechen, und am Ende lud er mich ein, ihn ins Krankenhaus Júlio de Matos zu begleiten, wo er eine Art Sondierung nach neuen Schriftstellern durchführen wollte. Lachen Sie nicht, Großmutter. Zu Ihrer Zeit hat die Verrücktheit sich wahrscheinlich Hand in Hand mit dem darstellen können, was wir Normalität nennen. Auf jeden Fall gab es zu Ihrer Zeit nicht so viele Verlage. Sebastião sagt, daß heute diejenigen, die sich nicht zur Zivilisation der Karriere bekehren, meist in Krankenhäuser eingewiesen werden und man dorthin gehen muß, um die wirklich kreativen Seelen zu finden.

Dieser Sebastião ist ein mutiger Mann, er läßt sich nicht von Äußerlichkeiten einschüchtern. Noch gestern habe ich ihn ein Buch mit Erzählungen ablehnen sehen, das ihm ein hochgewachsenes, schlankes, wohlerzogenes junges Mädchen mit Perlenkettchen über der gestickten Bluse antrug. Er schaute nicht einmal auf den Titel. Schüttelte nur den Kopf, unverblümt: »Jetzt habe ich keine Zeit, und außerdem nehmen wir gerade keine neuen Autoren auf.« Er hat mir erzählt, daß im Durchschnitt zwanzig junge Männer und Mädchen dieser Sorte bei ihm erscheinen, die er nirgendwoher kennt, die alle aussehen wie Mamas Liebling und sich für Genies halten. »Mich interessiert das Andersartige. Mich interessiert die Stimme der Ausgegrenzten, die Poesie der Rebellen, der Trinker, der Diskriminierten, von Typen, die niemanden finden, der ihnen zuhört, und die die echte Erfahrung des Abgrunds haben, verstehst du?«

Die langsam fließende Zeit im Júlio de Matos erinnert an ein Aquarium. Die Entfernung zwischen Verrückten und Gesunden verflüchtigt sich im Dikkicht des Baumbestandes, der unvermittelt den wirren Lärm des Lebens außerhalb auslöscht. Wir setzen uns in einen verschossenen Raum fast ohne Möbel, eine Krankenschwester stellt einen nach dem anderen die Kranken vor, die schreiben. Sie haben zittrige Hände, dreckige Nägel, Finger mit Tabakflecken, fünfhundert Blatt dicke Bündel zerfledderter, überall durchgestrichener, manchmal kaum lesbarer Seiten. Sebastião prüft geduldig jede Seite. Als wir uns entmutigt auf den Weg zum Ausgang machten, wurden wir von einem kleinen, dicken, fast glatzköpfigen Mann in einem dunkelroten fadenscheinigen Blazer und zu kurzen Hosen aufgehalten, die einmal weiß gewesen sein mußten. Er war beinahe atemlos, hüpfte aber ständig aufgeregt, während er Sebastião, den er in der dritten

Person anredete, anflehte, noch einen Augenblick zu warten, um sein Werk zu begutachten.

Sie hätten ihn niemals wiedererkannt, Jenny. In meiner Erinnerung ist er rotblond, hat einen gestutzten Schnurrbart, eine vollkommen künstliche Stimme ohne Innerlichkeit, die Stimme eines Mannes, der seine Rede aus der Verzierung der Kopie schuf. Für mich war er vor allem Glórias Vater, der in der zu sich stehenden Glória, die auch dazu steht, daß sie meine Mutter verraten hat, auf spektakuläre Weise wiedererstandene Feigling, der absolute Hofmeister, ein von der Anpassung entleertes, von den ästhetischen und ethischen Absichten der herrschenden Macht geformtes Wesen. Während Sebastião das Original las, begann Delfim mich aufmerksam anzusehen, und seine Augen füllten sich mit Tränen: »Camila«, sagte er. »Du bist so verändert, deine Haut ist so dunkel! Was ist mit dir passiert?« Dann fragte er nach Ihnen und fing noch heftiger an zu weinen. Ich versuchte, ihm zu erklären, daß ich nicht meine Mutter sei, aber er hörte mir überhaupt nicht zu. Er entschuldigte sich dafür, daß er es nicht geschafft hatte, mich aus dem Gefängnis zu holen, und fragte mich, ob ich mich mit Glória wieder vertragen habe. Er sagte mir, Glória habe mich so gern, sie habe ein gutes Herz. Flüsterte mir ins Ohr, daß sie immer um Mitternacht kam, um ihn zu sehen, wenn ihre Arbeit zu Ende war, auf Zehenspitzen, hinter dem Rücken der Krankenschwestern, um ihm die Bettücher festzustecken.

Später erfuhr ich, daß Delfim in dem Heim verrückt geworden war, in das ihn seine Tochter nach dem Tod der Mutter gesteckt hatte. Und daß sie nie erschienen war, um ihn zu besuchen. Die Intuition hat die große Glória verraten, liebe Jenny. Indem sie ihren Vater vernachlässigte, hat sie ihn auf den Weg zum Pantheon der Literatur gebracht. Sebastião sagt, Veleno sei der Genet Portugals, und sein Roman mit dem tiefgründigen Titel *Werft mich den Tieren vor* werde ein umwerfender Erfolg werden.

Ich hoffe, diese Neuigkeit hilft Ihnen, in unsere Welt zurückzukehren, liebe, liebe Jenny. Viele Küsse von Ihrer

Natália

NATÁLIAS BRIEFE
4

LISSABON, DEN 14. NOVEMBER 1990

Liebe Jenny,
»Merkwürdig«, sagte Leonor vor ein paar Tagen zu mir. »Du redest nie über Rui.« Ich antwortete ihr, daß die Leute gerade deswegen heiraten: um von etwas anderem zu reden. Aber mir fiel ein, daß auch Sie mir gegenüber immer wieder diese Bemerkung gemacht haben, Jenny. Und ich machte mich daran, die Vorzüge des Mannes aufzuzählen: seine solide Gegenwart, die Struktur seiner Seele, die Tiefe seines Blickes, die Kantigkeit seines Körpers. Meine Freundin hörte mir aufmerksam zu und meinte am Ende: »Meine Güte, was du mir da gerade beschrieben hast, war ein Gebäude!« Um so besser; mein Lebensziel ist genau das: Gebäude konstruieren. Vielleicht um das Fehlen einer wesentlichen Grundfeste zu kompensieren. Irgend-

wann werde ich auf der Suche nach der Erinnerung an meinen Vater nach Mosambik fahren.

Hierzu sagt Leonor immer, vielleicht um mich zu trösten, es sei manchmal besser, keinen Vater zu haben. Ihren zum Beispiel, der sie mit sieben Jahren zusammen mit ihrem fünfjährigen Bruder an der Hand mitten auf der Straße stehenließ, weil dem Jungen unvermittelt übel wurde und er sich auf die Ledersitze seines brandneuen Porsche-Cabrios erbrochen hatte. Sie sagt, sie könne sich an die Angst, mit der sie am Straßenrand entlanggewandert war, erinnern, als sei es heute, daran, wie sie den Kleinen zu beruhigen versuchte, der nicht aufhörte zu weinen, bis sie, es war schon dunkel, eine Kneipe mit einem Telefon fand, von dem aus sie ihre Mutter anrief. Der Vater verlor das Recht, sie allein zu sehen, wofür Leonor im übrigen dankbar war. Sie sagt, dies sei praktisch die einzige Kindheitserinnerung: »Ereignisse, Träume, Ängste, Grundschule, nichts. Ich erinnere mich nicht an mich. Merkwürdig, nicht?«

Leonor wirkt überhaupt nicht merkwürdig: Alles an ihr ist Methode, Ordnung, Harmonie und Vernunft. Was, bei rechtem Licht besehen, aus ihr eine wirklich merkwürdige Person macht. Zumal ihre Wohnung nicht zu diesem ruhigen Bild paßt. Sie hat alle Möbel in Unikate verwandelt: das Bett, der Tisch im Wohnzimmer, die Stühle, der Sekretär, alles wurde von ihr so angemalt, daß nichts zusammenpaßt. Die Stühle wurden zu einer Sammlung barocker Stücke mit goldenen Sternen, Ankern und blauen, stilisierten Engeln, während das Bett dick aufgetragene, abstrakte Flecken aus Rot und Ocker erhielt. Ich weiß nicht, wie sie in diesem blutrünstigen Durcheinander schlafen kann. Sie hat den halbautomatischen Ofen, der sich in der Wohnung befand, gegen einen aus fünfter Hand aus den fünfziger Jahren ausgetauscht, den sie umgehend neonpink angemalt hat. Dieser Hausrat schafft eine radikale Dissonanz zur Aufteilung der Wohnung.

Sie liegt in einem dieser portugiesischen Gebäude aus dem Beginn der sechziger Jahre mit einem Treppenhaus für Dienstboten, das bei einer Tür endet, die direkt in die Küche führt, neben der das Dienstmädchenzimmer mit dem entsprechenden winzigen Badezimmer auf dem verglasten Balkon liegt. Sie sind melancholisch wie Waisenkinder, diese Wohnhäuser, die für eine nur kurzlebige Zivilisation bürgerlichen Komforts entstanden waren – ihnen fehlt diese Dienstbotenwelt, was sie irgendwie erschreckt, wenn man aus Versehen auf eine dieser nutzlosen Klingeln drückt, die sich an den Wänden eines jeden Zimmers befinden. Als ich Leonor auf diese gespenstischen Details ansprach, die ihr als Bewohnerin niemals aufgefallen waren, lachte sie fein: »Das erklärt das ungebührliche Verhalten meines Dienstmädchens. Im Hause meiner Mutter war sie pünktlich und immer bereit, etwas zu tun. Seit sie mit mir hierhergekommen ist, erscheint sie zu spät, setzt sich hin und trinkt Tee, und wenn ich sie um eine halbe Stunde mehr bitte, droht sie mir mit dem Gesetz. Diese Geister der Dienstbotenwelt scheinen sie aufzustacheln.«

Zum Jahreswechsel 1985 gab es ein Zusammentreffen von Liebesenttäuschungen, das dazu führte, daß wir beide an einen Strand im Alentejo flüchteten. Manchmal sehne ich mich danach, so unglücklich wie in den herrlichen Tagen zu sein, die wir zusammen verbrachten. Es hätte nicht besser sein können: Leonor mit ihrer nicht zu unterdrückenden Organisationswut hatte sich von Arbeiten und gesellschaftlichen Pflichten befreit und war am Vortag in dem kleinen Haus oberhalb des Meeres eingezogen, das wir gemietet hatten.

Ich hatte versprochen, am späten Nachmittag zu kommen, konnte aber erst bei Anbruch der Nacht in Lissabon mit dem beinahe jungfräulichen Fiat Panda meiner Mutter losfahren, der unter meinen Anfängerhänden nur ruckelnd vorankam. Soviel Jungfräulichkeit mußte schiefgehen: Ich verirrte mich auf irgendwelchen dunklen Wegen, fuhr am Ende in einer mondlosen Nacht das Auto auf den Felsen kaputt und tauchte Schlag Mitternacht bei ihr auf einer Lambretta auf, die von einem archaischen Rambo jenes Landstrichs gefahren wurde – und sie fand das lustig. Ich glaube, sie war über meine Sorglosigkeit sogar überrascht – mir gefiel das, denn ich war erschrocken über meine eigene Courage. Jeder andere Mensch hätte mich anklagend und mitleidig angeschaut: »Wie konntest du nur so einen Blödsinn machen? Kannst du denn nicht fahren?« Sie schien mich im Gegenteil zu bewundern. Sie und der Stallone mit der Lambretta. »Sind Sie so ganz allein nachts unterwegs, junge Dame? Haben Sie denn keinen Mann oder, sagen wir, einen Verlobten?« fragte der Mann in langen Unterhosen, indem er sein Jagdgewehr senkte. Nein, die junge Dame hatte keinen.

Ich war einige Kilometer blind im Stockfinsteren unterwegs gewesen, bis ich das kleine Licht der Hütte entdeckte. Ich versuchte mich ihr zu nähern, doch vielstimmiges Hundegebell stellte sich dazwischen, was mich zwang, laut um Hilfe zu rufen. Da war der Mann in einer Art Strampelanzug mit Druckknöpfen am Hintern wie in den Zeichentrickfilmen und einem Jagdgewehr in der Hand erschienen: »Was ist da los? Warum schreit da eine Frau?« Er war erleichtert, daß er sich, eben aus dem Schlaf gerissen, nicht mit einem Vergewaltiger auseinandersetzen mußte. Ich wartete in der Küche, während er den Vorhang vor dem Bett zuzog, in dem seine Frau sich die Augen rieb. Dann nahm er mich auf seiner Lambretta bis zum Wagen mit, teilte mir mit, daß ich zumindest die Lenkung kaputtgemacht hätte, riet mir, besser keine Koffer im Wagen zu lassen, weil die Küste voller Diebe und Schmuggler sei. »Sie können von Glück sagen, wenn morgen noch die Reifen an Ihrem Wagen sind, junge Dame.« Dabei brummelte er in sich hinein: »Was bringt die Frauen bloß dazu, sich in solche Abenteuer zu begeben, ganz allein, mitten in der Nacht?«

In jenen Stunden fand ich heraus, daß es nichts absolut Ernstes auf der Welt gibt. Als der Wagen mit einem unvermittelten Ruck stehenblieb und ich mich verloren in einer Wüste ohne Sterne wiederfand und das Meer finster brüllte und ich nicht wußte, wo, da geriet ich an die Grenze, an der die Angst zerfällt. Und Leonor hat das gleich begriffen. Sie hat mich immer jenseits der Worte verstanden, was sich vielleicht banal anhört, aber äußerst selten vorkommt. Am Ende des Studiums hat das Leben unsere Wege getrennt. Wir haben uns vor etwa sechs Monaten bei einem Arbeitsprojekt wiedergetroffen und festgestellt, daß unsere Freundschaft sich keine Handbreit bewegt hat.

Im Gegensatz zu meiner Mutter haben mich immer die unterschwelligen Verbindungen mehr interessiert als das Schauspiel der Brüche. Es ist eine Art, den Glauben an ein Glück zu bewahren, liebe Jenny, die einzig mögliche Art, kohärent zu bleiben, ohne lächerlich oder schwach zu erscheinen, denn meine Zeit ist die der Dynamik und der allerletzten Lust. Mir verursacht diese Philosophie der zum Galgen Verdammten Gänsehaut. Sie geht mir dermaßen gegen den Strich, daß ich im übrigen auch aus diesem Grunde geheiratet habe. Ich habe die Abwesenheit Ruis liebgewonnen – ich glaube, ich habe Ihnen schon erzählt, daß er in Coimbra ist, es gab nur dort freie Stellen in seiner Fachrichtung. Er kommt am Wochenende nach Hause – wenn er nicht da ist, ist es so, als würden seine Bewegungen mit einem Glitzern durch die Wohnung schweben, das seine angeborene, möglicherweise exzessive Extrovertiertheit normalerweise auslöscht. Rui ist die Heftigkeit in Aktion. Anfangs wußte ich nicht, ob ich darüber verzweifeln oder besser verschwinden sollte. Am Ende habe ich ihn eines Tages, als wir aus dem Kino kamen, gefragt, ob er mich heiraten wolle, weil mich plötzlich der Gedanke quälte, in die sterile Stille meines Zimmers zurückzukehren. Ich war es leid, im Leben nicht die kompakte Menschlichkeit der Romane des neunzehnten Jahrhunderts zu finden, die ich beinahe so las, als handele es sich um eine Droge, und diese strahlende Ganzheit blinkte wie ein Krankenwagen im dunklen Glanz seiner Augen. Álvaro war – wie übrigens alle Menschen – aus losen Teilen zusammengesetzt, ein ewig unvollständiges Lego, das unendliche Möglichkeiten in ständiger Veränderung barg. Rui hingegen ist das, was man früher einen Charakter nannte. Man weiß immer, was er denkt, selbst in den seltenen Fällen, in denen er vergißt, es zu sagen. Und er denkt ständig über alle Dinge nach. Die Golfkrise interessiert ihn genauso wie die letzte Platte von Madonna, die In-vitro-Befruchtung, die Kontroverse um Heidegger oder der nächste Film von Manoel de Oliveira.

Ich versuche bei dem wahnwitzigen Rhythmus von Beisammensein und Informationen mitzumachen, um keine Sehnsucht nach ihm zu haben. Und auch weil er es so verlangt: In Coimbra fehlen ihm die Freunde, die Vernissagen, die Filme. Er ruft mich täglich an. Er schreibt mir nie: Er sagt, er habe keine Zeit, und Tatsache ist, daß es mir auch nicht paßt, ihm zu schreiben. Ich bin schon lange nicht mehr, ohne auf die Uhr zu schauen, mit Leonor allein gewesen und habe mit ihr, über intime wie bedeutungslose Dinge redend, bei einem alten Portwein und einem hausgemachten Biskuitbrot gesessen. Rui ist ständig mit einer im übrigen hinreißenden Herde junger Ärzte unterwegs, die ebenso wie er vom Multimediaschauspiel des Menschlichen berührt sind.

Zwischen Leonor und mir reicht die Andeutung einer Geste. Ich erinnere mich daran, wie wir an diesem vertrauten Silvester beide am Meer saßen, Mandarinen auslutschten und Geschichten über die Leute erfanden, die vorbeikamen, laut lachten, weil eine die Sätze der anderen mit sicherem Instinkt zu Ende führte. Ich erinnere mich an die über ihren grünen Augen in unendlichem Geglitzer aufgelöste Sonne. Ich erinnere mich daran, wie ich zu ihr gesagt habe, daß ich gern ein Kind von Álvaro hätte, und daran, wie sie mit einem sommersprossigen, leicht maliziösen Lächeln geantwortet hat: »Wozu? Um deiner Mutter das Brüderchen zu schenken, das sie dir schenken wollte?«

Ach, liebe Jenny, Sie wissen gar nicht, wie dankbar ich Ihnen bin, daß Sie mich nie gefragt haben: »Und wann kommt denn nun das Kind?« Weil sogar meine Mutter ... Nun, in ihrem Fall, in Anbetracht der Vorgeschichte, ist es vielleicht nicht seltsam. Aber Ruis Familie. Am letzten Wochenende haben wir seine Eltern besucht, und ich bin von dort mit dem Wunsch weggegangen, für den Rest meines Lebens kinderlos zu bleiben, da dies mir sowieso wie die moderne Version der BH-Verbrennungen vorkommt, zumindest in jener heiligen Familie! Mein Gott! Sie haben mich den ganzen Abend lang gefragt, wann es denn nun soweit sei und ob ich mich denn nicht schämte, hinter meiner Schwägerin zurückzubleiben, die jünger sei und schwanger. Ich habe anfangs höflich geantwortet, daß ich es weder eilig hätte noch neidisch sei; dann, in einem etwas schrofferen Tonfall, daß ich mich nicht bei einem Pferderennen befände; und am Ende, perfide, daß mir das Leben, das ich führte, sehr gefalle und ich am Morgen gern mit meinem Mann im Bett liegen bliebe. Da griff mein hervorragender Ehemann diplomatisch ein, indem er den Anwesenden erklärte, daß unser Leben sehr schwierig sei und wir bis vor kurzem noch in einem Kabuff gewohnt hätten.

Seine Großmutter, eine Art Miss Marple ohne Geheimnis, schüttelte sehr entschieden den Kopf und meinte, das besage gar nichts, weil es viele Menschen gebe, die in Hütten wohnten und zehn oder zwölf Kinder hätten und sie sogar besser aufzögen als jene, die bessere Voraussetzungen hätten. Ich entgegnete ihr darauf, daß sich genau aus diesem Grund das Elend in der dritten Welt immer weiter ausbreite, doch die gerissene Alte stellte sich taub. Und blieb es auch, weil Rui sah, daß mehr als das in meinem Gesicht lag, was er für gewöhnlich »unterbrochene Trauer« nannte, und sich daran machte, über die Wahl zu philosophieren, die man im Leben treffe, und darüber, daß es keinen Zwang zur Mutterschaft gebe. Schlimmer noch: Er ging vom Mutter-Kind-Thema zu anrührenden Geschichten über Transsexuelle im Zusammenhang mit einer Diskussion über, die es Tage zuvor im Fernsehen gegeben hatte, und das ließ meinen betont männlichen Schwiegervater fast die Wände hochgehen und immer wieder seinen verzweifelten Refrain aufsagen: »In den Zeiten meiner Enkel wird Schwulsein zur Pflicht werden.« Und meine Schwiegermutter nutzte die Gelegenheit, ihre Maxime zu wiederholen: »Man muß immer ein Kind haben, mindestens eins, damit man im Alter versorgt ist.«

Was mich betrifft, so würde ich es hassen, als Rentensparplan gezeugt worden zu sein. Und in diesen Augenblicken spüre ich die Hitze meines nicht existierenden Vaters körperlich, wie ein Aufwallen von Glauben in meinen Adern. In diesen Augenblicken liebe ich die bedingungslose Liebe meiner Mutter. Tatsächlich schokkiert es mich, wenn ich höre, wie Leute paragraphenweise und pseudosachlich die Vorzüge der Aufzucht einer Nachkommenschaft verteidigen, so wie es die Miss-Marple-Großmutter Ruis schockiert, wenn sie eine Frau sagen hört: »Ich liebe meine Karriere, ich habe weder Zeit noch Geld, um sie in Kinder zu investieren.« Denn es handelt sich nicht um einen rationalen Entschluß, niemals, das geht gar nicht, weil, wie mein kontrollierter Freund Nuno immer sagt, ein Kind kein kontrollierbares Produkt ist. Der Hauptirrtum der glühenden Papas ist der, zu glauben, daß ein Kind die Verwirklichung ihrer eigenen gescheiterten Träume darstellen wird. Ich glaube sogar, daß, wenn man darauf verzichtet, aus pragmatischen Gründen verbissen auf eine platonische Arbeit zu setzen, das, was man investiert, sich immer lohnt.

Die Menschen erben sehr viel mehr, als man auf den ersten Blick meint. Werte, die Art zu fühlen und Gefühle auszudrücken. Es ist nicht so unwichtig, wie es erscheint. Der Ursprung meiner Neugier für die Formen des Universums und meine Liebe für alle Formen der Kunst liegt weniger im Beruf meiner Mutter als in einer Erziehung zur Freude, einer Sicht der Welt als ein veränderbarer Ort voller Möglichkeiten. Dies war die Atmosphäre meiner Kindheit – und dazu hat nicht nur das Blut meiner Mutter (und meines Vaters?) beigetragen, sondern auch Ihr Beispiel, Jenny, und auch unsere alte Rosário, die kaum lesen und schreiben konnte, aber von den kleinen Details, die das Leben wärmen, wahrhaftig verzaubert wurde. Und mir scheint, die Illusionslosigkeit der Kinder von heute hat ihren Ursprung im Fehlen dieser Werte. Sie haben immer Armandas Tochter angeführt, Jenny, die nichts lernt, nicht arbeitet und sich für nichts zu interessieren scheint, wie im übrigen fast alle Kinder der Freunde meiner Mutter, ich weiß. Aber, liebe Jenny, diese echten Kinder des Mai 68 wuchsen inmitten von Leuten auf, die ebenso großmäulig wie unerfahren waren, die ihr Leben damit verbrachten zu erklären, daß die Welt verloren und nichts mehr zu machen sei.

Rui und ich haben uns bei dem Gedanken halb totgelacht, wir könnten eines Tages einen Fußballer oder einen Verkäufer schlankmachender Einlegesohlen in die Welt setzen. Mir ist das egal: Ich werde nur versuchen zu gewährleisten, daß mein Kind sich selber glücklich machen kann und alle – vom Aufsichtsratsvorsitzenden bis zum Müllmann – als vergängliche Menschen in vergänglichen Situationen sieht wie sich selbst.

Wie Sie sehen, bin ich durchaus in der Lage, über Rui zu sprechen. So sehr, daß ich fast den Hauptgrund meines Briefes darüber vergessen habe, und der war, Ihnen von der Präsentation des Buches von Delfim Veleno zu erzählen. Es waren unglaublich viele Leute da, und Delfim zeigte, daß er den angeborenen Charme besitzt, aus dem Persönlichkeiten gemacht sind, die zu Kultfiguren werden. Er präsentierte sich in einem schönen nachtblauen Anzug in italienischem Schnitt, über dem weißen Hemd leuchtete an seinem Hals ein bedruckter Seidenschal. Da ich weiß, daß Sie nicht fernsehen, sage ich Ihnen nur, daß die Kameras festhielten, wie er ausgiebig von Glória geküßt wurde, die mit ihrem neuen Verlobten erschienen war – dem Unternehmer Ilídio Carrasco, von dem Sie sicher schon gehört haben. Das Buch wurde von Sebastião und von Manuel Almada vorgestellt, der sagte, es sei eine schallende Ohrfeige für die stillen und folkloristischen Unterhaltungsgeschichten, mit denen immer noch viele die Literatur verwechselten.

Ich habe es in einem Zug durchgelesen. Inzwischen

werden Sie auch schon Ihr Exemplar von Delfim selber erhalten haben, der wie neu ist und Ihnen unbedingt einen Besuch abstatten wollte. Ich hoffe, Sie öffnen ihm die Tür und legen nicht Ihr übliches Mißtrauen an den Tag. *Werft mich den Tieren vor* ist der Monolog eines Mannes, der sein Schicksal deklamiert, als könnte man durch Deklamieren Dämonen exorzieren. Aber der verzweifelte Imperativ der Einsamkeit macht aus diesem Monolog einen Dialog, eine Inszenierung, ein Erbrechen von Erinnerungen. Ângelo, der Erzähler, hat sein Studium mit einer Diplomarbeit über Plato abgeschlossen, vom Vater aber den Beruf geerbt, seinen Körper zu verkaufen und die Seele vor jeder Art männlichem Mitgefühl zu bewahren. Er ist neidisch auf Lúcio, den Sadisten, der selbstverständlich derjenige ist, der die meisten Kunden anlockt. Lúcio vergilt die neidische Bewunderung Ângelos mit einer seltsamen Liebe. Kurzum, es handelt sich um eine gewalttätige Darstellung der Hierarchien der Macht einer Minderheit, eine leise Stimme, die über dem Haß, der Resignation und dem Wahnsinn weiterlebt, zu der die Geschichte sie verdammt hat. Veleno ist seinen alten bürgerlichen Talenten entkommen und hat die Unterwelt entdeckt. Oder, anders gesagt, das Licht. Mögen daher Sie mit ihm wiedergeboren werden, Jenny. Und, wo wir schon dabei sind, auch ich. Ich weiß nicht, warum Velenos Buch in mir das Gefühl einer drohenden Katastrophe wachgerufen hat. Vielleicht ist es ja nichts, und meine Traurigkeit wird schon bald wieder, wie Rui sagt, unterbrochen.

Einen dicken Kuß von Ihrer
Natália

NATÁLIAS BRIEFE

5

LISSABON, DEN 15. FEBRUAR 1991

Liebe Jenny,

Ich habe einen weiteren beeindruckenden »Innenumbau« beendet und fühle mich total ausgelaugt. Diesmal sollten wir eine Kapelle in eine Bar-Diskothek mit regenbogenartigen Lichtern und Wänden umbauen, auf denen sich die ganze Disney-Familie, Donald Duck, die Hexe aus Schneewittchen tummeln. Und griechische Säulen, »solche wie bei der Akropolis«, in einem Eßzimmer verteilen, das die Besitzer für zu leer hielten. Und alle Wände mit Trompe-l'œil-Fresken bedecken: im Zimmer des Jungen Szenen aus dem *Krieg der Sterne*, das Bett in Form eines Raumschiffes; im Zimmer des Mädchens zeitgenössische Tänzerinnen wie die aus dem Film *Fame*; im Zimmer der Eltern einen englischen Garten voller Fontänen, der, wie sie meinten, zu den Queen-Anne-Möbeln passen würde. Nun ja, diese Unmengen von Wandmalereien hatten zumindest den Vorteil, die Brieftaschen verschiedener arbeitsloser Künstler zu füllen.

Sílvia hat ein besonderes Lob für ihren Krieg der Sterne bekommen, den sie unter dem Einfluß so vieler Halluzinogene gemalt hatte, daß daraus, wie die Kunden meinten, »ein Weltraumtaumel« entstanden war. Sílvia stimmte dem mit einem langsamen Lächeln zu: »O ja, das war ein Mordstrip.« Ich weiß nicht, ob es gut war, diesen Auftrag an sie zu vergeben. Wenn sie keine Arbeit hat, leidet Sílvia und nimmt Drogen. Aber wenn sie eine hat, dann scheint sie noch mehr zu leiden und erhöht die Dosis. Wenn ich versuche, sie davon zu überzeugen, eine Entziehungskur zu machen, ist sie beleidigt, beschimpft mich und nimmt sie heimlich. Sie glaubt, daß sie sich vollkommen unter Kontrolle hat, und verkündet am Ende immer lauthals, heutzutage würde jeder irgendwelche Pülverchen oder Tabletten nehmen, um sich zu entspannen. »Die Welt ist einfach zu gewalttätig«, schließt sie und richtet ihre wunderschönen schwarzen Augenringe auf meine Nase. »Ist dir das noch nicht aufgefallen?« Es tut mir weh zuzusehen, wie sie mit ihren knapp zwanzig Jahren ihr Talent vergeudet. Anfangs haben sich alle, auch Leonor, gegen mich gewandt, weil ich ihr dieses Praktikum hier bei Telhados de Vidro angeboten habe.

Ich kannte sie flüchtig aus dem Nachtleben, hatte zwei Bilder von ihr in einer Sammelausstellung gesehen und war endgültig hingerissen, als sie mir ihre neuesten Arbeiten zeigte. Heute ist niemand mehr böse über ihre absolute Unfähigkeit, Zeiten einzuhalten und morgens aufzustehen. Alle – außer natürlich unserer schlangengleichen Sekretärin Béli, die Frauen verachtet, die keine Kostüme tragen und nicht von neun bis sechs arbeiten – unterstützen sie und machen ihr Mut.

Aber unsere Erwartungen frieren Sílvias Fähigkeiten ein. Wahrscheinlich wäre sie für ein paar Scheibchen Gleichgültigkeit dankbar. Dort draußen, in den Nächten der Stadt, wogt die Gewalt in zutiefst irrelevanten Wellen. Selbst wenn es Tote gibt, das Fest geht weiter, niemand hat schuld, denn die Schuld ist in allen, und die Irrealität ist ewig. Sogar ich fühle mich immer mehr von dieser alltäglichen Flucht angezogen. Am Ende des Tages erfüllt mich die unabweisbare Notwendigkeit, die falschen griechischen Säulen zu vergessen, die ich als Auftragsarbeit in einer Welt aufstelle, die ich einmal wahrer machen wollte.

Ich hatte die Architektur immer als Suche nach dem Staunen definiert, das seinerseits der Prüfstein für die Schönheit war. Jetzt staune ich über die Naivität dieser Definitionen. Ich werde allmählich zu einer Zynikerin, Jenny. Ich ersetze meine guten Ideen durch ironische Kommentare, um nicht eingestehen zu müssen, daß ich aufgegeben habe. Aber es bringt nichts, gute Ideen zu haben, wenn die Köpfe meiner Kunden tote Seebrassen sind. Mit dem Unterschied, daß die Seebrassen wenigstens den Mund aufhaben und man immer meinen könnte, es sei vor Staunen oder wegen des Risikos. Die Seebrasse hat an den Angelhaken geglaubt, was für ihre Würde spricht.

Die Hintergrundmusik zu diesem Brief, den ich Ihnen schreibe, beschränkt sich auf Bélis zornige Stimme, die, bevor sie reich wurde, Lobélia hieß und jetzt ihren Ehemann anschreit, weil er sich anschickte, ihren Lancia Dedra in einen Kleinwagen für die Stadt umzutauschen. »Das ist eine Erniedrigung, die ich nicht zulasse, hörst du? Einen Kleinwagen, ich? Was werden die Leute denken? Mir ist egal, ob er japanisch ist. Das ist ein winziger Wagen, peinlich!« Ich habe Kopfschmerzen, und Bélis Stimme hat die Gabe, meine Nerven blankzulegen, aber es ist schon eine Erholung, sie nur am Telefon zu hören. Sie wird anschließend den Friseur anrufen und ihm anvertrauen, daß sie heute mit einem Schatten auf der Seele aufgewacht sei und deshalb dringend einen Termin brauche.

Und dann das Dienstmädchen, um ihr zu befehlen, die Hemden des Herrn Doktor, die voller Falten sind, noch einmal zu bügeln. Und dann den Arzt, um ihm zu sagen, daß sie die Diät umstellen und die Übungen ändern müsse, weil sie an den verkehrten Stellen zunehme und immer noch Streichholzbeinchen habe.

Nachdem sie aufgelegt hat, wird sie ihrer üblichen Tätigkeit nachgehen, die darin besteht, daß sie Intrigen aussät oder begießt. Zum Glück hat sie es aufgegeben, Kriege zwischen den Leuten des Ateliers zu organisieren; sie wird begriffen haben, daß es keine ruhmreiche Arbeit war und ihren Aufstiegsambitionen nichts nützte. Jedenfalls schluckt niemand mehr ihr Gift. Jetzt hat sie ihre Geschütze auf die Buchhaltung gerichtet. Der neue Leiter der Finanzabteilung ist ein noch junger Mann mit blondem Haarschopf, breiten Schultern, quadratischer Kinnlade, auf der ein Werbelächeln festgeschraubt ist. Er spielt Tennis, joggt und liebt die Frauen. Immer wenn ich ihn aufsuche, um die Gründe für das Verschwinden meiner Überstunden vom Gehaltsscheck festzustellen, fängt er an zu seufzen, kratzt sich mit seinen übermäßig parfümierten Fingern die Stirn, bewegt den Kopf von einer Seite zur andern und murmelt mir zu, er sei so zerstreut, weil er unheilbar romantisch sei. Solange er die fehlenden Zahlen nachträgt, ist das für mich kein Problem. Dennoch ziehe ich ihn seinem Vorgänger vor, eine alte Maus mit schwarzem Toupet, der mich in einen kryptischen Diskurs über *inputs*, Zwischenbilanzen und Steuern zu verwickeln versuchte.

Der neue ist der Liebhaber unserer Verwaltungschefin. Als ihm in dem Bauunternehmen, in dem er arbeitete, gekündigt wurde, hat er sich über einen gemeinsamen Freund unserer Chefin vorstellen lassen, um ihr zu enthüllen, daß die andere ihn auf die Straße gesetzt habe, weil sie vermutete, er würde Spionage zu unseren Gunsten betreiben. Unglaublich, nicht wahr, Jenny? Und genau aus diesem Grund wirksam. Jener gemeinsame Freund, ein netter Junge mit einem dieser Gesichter, an die sich niemand erinnert, arbeitete auch bei Telhados de Vidro. Er hat mir erzählt, daß ihn folgende dramatische Tirade des Blonden umgehauen hat: »Sie hat sogar durchblicken lassen, daß ich Ihr Liebhaber sei, stellen Sie sich das einmal vor. Es ist mir wahnsinnig peinlich, Ihnen das zu sagen. Aber ich habe nichts mehr zu verlieren, daher wollte ich zumindest die Frau kennenlernen, die meine Spionage verdient haben soll.« Liebe Jenny, mir scheint, die Emanzipation der Frauen wird zur Zeit zu einem großartigen Sprungbrett zum Aufstieg von Männern. Wenigstens für einige, weil, wie Sie sich vorstellen werden (oder sich vielleicht nicht werden vorstellen können ...), dieser sympathische Angestellte, der zur Annäherung des fitneßgestählten Blonden und meiner Chefin beigetragen hatte, inzwischen erleben mußte, daß auf seine Dienste verzichtet werden konnte ... aus Gründen der Kostensenkung.

Die poetische Seite dieser hyperrealistischen Geschichte ist, daß die Chefin ganz konkret in unseren Blonden verliebt ist. Es handelt sich bei ihr um eine Frau von vierzig und etlichen Jahren, resolut, kokett und klapperdürr, mit einem unerklärlichen Horror vor Katzen, die ihr Ehemann vor einem halben Dutzend Jahren gegen eine Fotokopie von ihr mit weniger Falten ausgetauscht hatte. Dieses Ereignis hat sie liebebedürftig und etwas enthemmt werden lassen, wie ein junges Mädchen. Sie kommt häufig ins Atelier herunter, um über die Macken der Männer zu reden, vor allem über die, daß sie nicht mehr mit einer Frau schlafen, nachdem sie einmal mit ihren Bemühungen Erfolg hatten, sie ins Bett zu bekommen. Anfangs erröteten die Männer im Atelier. Sie kam, hängte die knochigen Ellenbogen über irgendein Reißbrett und fragte: »Hören Sie mal: Finden Sie es normal, daß ein Mann eine Frau verführt und morgens um drei aus dem Bett steigt, um ein Taxi für sie zu rufen?« Tatsache ist, daß sie mit diesen Ausbrüchen eine milde Mischung aus Lästerei und Zärtlichkeit auf sich zog. Im Augenblick sind alle lieb zu ihr – aus vorweggenommenem Mitgefühl wegen der Enttäuschung, die dieser blonde Finanzheini ihr bescheren wird, wenn er ein für seine Aufstiegsgelüste geeigneteres Bett gefunden hat.

Ansonsten ist Rui immer noch in Coimbra, und ich habe mir abgewöhnt, zu Hause zu Abend zu essen. Ich arbeite bis spät, gehe mit Freunden essen und anschließend ins Frágil, bis ich ganz schwindlig bin vor Müdigkeit. Ich versuche, die Fröhlichkeit der nächtlichen Barbesuche meiner Jugendjahre wiederzuerlangen, aber es sieht so aus, als gäbe es nirgendwo mehr etwas Überraschendes.

Gestern nacht waren wir alle furchtbar aufgeregt, weil in der Provinz ein Mann in ein Café getreten war und um sich geschossen hatte. Er hat sechs Leute erschossen und sich dann umgebracht. »Endlich. Ein Zeichen dafür, daß auch wir allmählich zur Zivilisation gehören«, sagte Vítor, der Kritiker für Rockmusik ist und gern fortschrittliche und originelle Ideen hat. »Schade, daß es nur so was ist«, meinte seine Frau, die Isménia heißt und Stylistin ist. »Im übrigen ist Amerika bereits vollkommen dekadent. Was die Mode betrifft, ist sowieso Schluß. Sie denken nur ans Verkaufen. Vielleicht sind ja die *serial killers* die einzig mögliche Wahrheit. Die einzigen Reinen.« Isménia ist eine große Anhängerin der Reinheit. Sie hat mit dem Rauchen aufgehört, das Koksen gelassen, macht Bodybuilding und Stretching. Sie haßt Gewebe, das zerknittert wie Leinen oder das man wie Seide nicht in die Waschmaschine stecken kann. Sie arbeitet mit Mikrofasern, Elastan und Lycra, die eng am Körper anliegen. Bereitet ihre erste Männerkollektion vor, um die Banalität des Unisex durch Kleidung zu bekämpfen, die die maskulinen Attribute der Männer unterstreicht und vorwegnimmt, was sie die Männlichkeit des Jahres zweitausend nennt und was sich an Marlon Brando aus *Endstation Sehnsucht* inspiriert. Allerdings mit mehr Glamour.

Nuno, der Malerei und Architektur aufgegeben und ein Unternehmen für Kommunikation und Image gegründet hat, meinte, die *serial killers* ersparten einem wenigstens das Theater mit der Moral. »Es gibt nichts Langweiligeres als einen Verbrecher mit Motiv, Gefühlen und Ehre. Die Dinge beginnen einfacher und direkter zu werden«, sagte Nuno.

Es gibt schon deshalb keine edlen Verbrechen mehr, weil der Adel vor allem eine Form der Orchestrierung der Zeit ist. Oder war. Inzwischen hat die Welt ihr Geschlecht und ihren Rhythmus geändert und ist reine Geschwindigkeit geworden. Offensichtlich hat auch die Welt des Verbrechens keinen Platz mehr für die kontemplative Ekstase oder das Spiel der Ästhetik. Man tötet, wie man lebt: mit Sinn fürs Praktische und schnell. Wo finden wir heute noch die Künstler des Mordens, diese gebildeten, gelassenen und desinteressierten Seelen, die den Ruhm von Philo Vance begründeten, dem gelehrten Detektiv von S. S. Van Dine? Heute tötet niemand mehr, weil er es will und damit seine Seele aufs Spiel setzt – oder, anders gesagt, Schuld und Gewissensbisse riskiert. Man tötet, weil es sein muß wie ein Besuch beim Zahnarzt.

Und es werden immer wirksamere und weniger romanhafte Kunstgriffe angewandt: ein Schuß im Dunkeln, ein paar Dollarnoten, ein hinterlistiger Messerhieb, in dem plötzlich die böse Seite der Menschen heftig zu glitzern beginnt. These: Niemand hat die ganze Schuld, und niemand sollte seine Seele wofür auch immer hingeben, weil die Enttäuschung unausweichlich ist. Befreit euch von der Leidenschaft, tretet die Arglosigkeit mit Füßen, oder ihr werdet mit Füßen getreten. Das war mehr oder weniger, was ich gesagt habe, und am Ende nickte Nuno, als sei er meiner Meinung: »Genau. Alles ist viel klarer. Zumindest versteckt sich niemand mehr hinter diesem sentimentalen Quatsch.«

Etwas schrumpft in mir jedesmal, wenn ich in meine leere Wohnung zurückkomme und der Beat der Musik und das Klirren des Eises in den Gläsern noch in meinen Ohren summen. Es ist so, als gelänge es mir nicht, Sehnsucht nach Rui zu haben. Mir gefällt der Gedanke, daß es ihn mit seinem heftigen Optimismus gibt, an irgendeinem Ort. Aber das ist ein Ort, den man besucht, und keiner, an dem mein Leben wohnen könnte.

Ein etwas verlorener Kuß von Ihrer
Natália

NATÁLIAS BRIEFE
6

LISSABON, DEN 15. AUGUST 1991

Liebe Jenny,
Ich bin gerade nach Hause gekommen und hatte, ich weiß nicht, warum, Lust, Ihnen zu schreiben. Ich glaube, ich wäre gern länger bei Ihnen geblieben, aber als Manuel Almada hereinkam, spürte ich, daß ich Sie beide allein lassen sollte. Nicht, daß wir Geheimnisse hätten. In Wahrheit aber funktioniert diese geteilte Freundschaft Manuels wie eine Art Geheimnis zwischen uns. Wir ähneln uns sehr in dieser Art, die Freundschaft in der Absolutheit eines privaten Dialogs zu leben. Wir kultivieren Gruppen wie impressionistische Bilder. Von weitem sind es bläuliche Bilder voll unverrückbarer Harmonie, von nahem Flecken gesättigter Farbe, vereinzeltes Glitzern, das jenseits jeder Zeichnung existiert. Ich bin sicher, daß Manuel

Ihnen niemals etwas von meinem Leben erzählt, weil er mir niemals auch nur das Geringste Ihres Lebens enthüllt hat.

Ich muß gestehen, daß ich ihn einmal gefragt habe, ob Sie die extreme Hingabe zwischen Tó Zé und Großvater Pedro für normal hielten, Jenny. Denn manchmal kam es mir so vor, als habe ihre Beziehung etwas Tragisches, das der Liebe eigen ist. Manuel hat gelächelt und mir mit einer Gegenfrage geantwortet: »Liebe, Freundschaft, was heißt das? Das sind Konventionen, meine Liebe. Die Menschen lieben einander, oder sie lieben einander nicht. Dann gibt es verschiedene Formen, diese Zuneigung auszudrücken, die sich im Laufe der Zeit verändern. Ihre Familie besteht aus intensiven Menschen. Menschen, die imstande sind, bei aller inneren Unausgeglichenheit das Bleibende eines Gefühls ein Leben lang zu ertragen. Es gibt nicht viele Menschen, die so sind. Hat es nie gegeben. Und deshalb habe ich Sie so gern. Weil Sie, mein Kind, dieses Erbe in Ihrem Herzen ehren.«

Liebe Jenny, Sie können sich nicht vorstellen, wie sehr mich diese Worte beschämt haben. Ich fühlte alle Dachbalken des Theaters der Laster, das mein eschatologischer Geist gebaut hatte, einen nach dem andern auf meinen Kopf fallen. Ich habe noch einmal tausendfach während der langen Agonie Großvater Tó Zés vor nunmehr drei Jahren Abbitte geleistet, als

Sie, Jenny, und Großvater Pedro sich an seinem Bett darin abwechselten, ihm mit einem Schwamm die Lippen zu nässen. Er konnte weder essen noch trinken, man konnte nicht einmal mehr sagen, ob er geistig noch klar war. Ich erinnere mich daran, wie Sie Großvater Pedro gierig umarmten und küßten, ihm dabei schworen, daß Großvater Tó Zé schon auf die andere Seite übergegangen war, an einen Ort ohne Leiden. Und ich erinnere mich daran, wie Großvater Pedro ein Jahr später an Einsamkeit und Sehnsucht starb. Meine Mutter und ich besuchten ihn jeden zweiten Tag. Wir haben mehrfach versucht, ihn mit zu uns nach Hause zu nehmen, aber er antwortete, daß er von dort aus wenigstens den Tejo sah. Die Krankenschwestern im Heim sagten, sie hätten noch nie so etwas erlebt, einen Menschen, der ohne biologischen Grund starb.

Ich schreibe Ihnen am Fenster, Jenny, und das mit weißen Cacilhas-Fähren gesprenkelte Wasser des Tejo entschädigt mich jetzt für die Leere, die sich auf den Wänden meines Hauses ausbreitet. Ich habe vor zwei Jahren geheiratet, und die Bilder liegen noch immer gestapelt auf dem Fußboden des Wohnzimmers. Das Spitzentischtuch, das Sie für mich gemacht haben, ist noch immer nicht eingeweiht worden. Wir haben weder einen Tisch noch Stühle für das Wohnzimmer gekauft, und das Einweihungsabendessen, das wir unseren Freunden versprochen haben, bleibt aufgeschoben. Wir hatten nie Zeit. Und mir scheint, wir werden so schnell nicht die Geduld aufbringen, welche zu haben.

Gut, daß ich auf dem Fluß bestanden habe. Rui sagte, es sei dummer Romantizismus, der Fluß würde uns ein Wahnsinnsgeld kosten. Ich war fest entschlossen, einen Blick auf den Fluß zu einem guten Preis zu finden, und habe ihn auch gefunden. Anfangs sagte mein Mann, er würde sich weigern, fünf Stockwerke ohne Fahrstuhl hochzusteigen, um anschließend den Blick entspannen zu können. Aber ich war felsenfest entschlossen, und meine schweigende Entschlossenheit besiegte am Ende immer seine wortreiche Argumentation. Wir sind wie die Sonne und der Wind in der Fabel von La Fontaine. Ich war sicher, diese Wohnung zu mieten, noch bevor ich sie gesehen hatte. Die Vermieterin öffnete die Tür, blickte mich von oben bis unten an und sagte, sie habe sie gerade vor einer halben Stunde vermietet. Ich bestand darauf hineinzugehen, und sie meinte noch einmal, es lohne sich nicht. Ich rannte wütend die Treppen hinunter, rief Rui an und sagte, er müsse unbedingt sofort kommen. Ich ließ ihn allein hinaufgehen. Die Vermieterin zeigte ihm die Wohnung und sagte, es sei ihr ein Vergnügen, handelseinig mit ihm zu werden.

Ich werde das Gesicht der Frau im Leben nicht mehr vergessen, als Rui mit mir wiederkam. Sie begann Entschuldigungsfetzen zu stammeln, rieb die schmierigen Hände an der geblümten Kittelschürze ab. Der erste Mieter habe, fünf Minuten nachdem die Frau Architektin gegangen sei, angerufen, um zu sagen, er wolle die Wohnung doch nicht haben. Sie sei sogar ans Fenster gelaufen, in der Hoffnung, die Frau Architektin würde sie noch hören. Die Arme. Das weiche Gesicht rutschte ihr wie verzweifelt zitternde Gelatine zu den Schultern herunter, während sie sich entschuldigte. Die kleinen Augen rollten schnell hin und her, noch aufgescheucht von der unvermittelten Entdeckung, daß eine Mulattin in Jeans eine Frau Architektin sein konnte.

Das Gerede über den Rassismus langweilt mich. Auf Cocktails und Vernissagen, wenn die Leute ein Glas in der Hand und nichts mehr zu sagen haben, kommen sie zu mir, fragen mich, ob ich aus Kap Verde sei, und fangen dann mit empörtem Gesichtsausdruck an, Geschichten über Diskriminierungen zu erzählen. Eine Zeitlang dachte ich, daß mir dies das Leben erleichtern könnte, insbesondere weil es mir, wie Manuel Almada sagen würde, dabei helfen könnte, eventuelle Verehrer auszuwählen: Wer über meine Hautfarbe sprach, würde automatisch ausscheiden. Aber jetzt unterbreche ich gleich. Sobald jemand mit dem ewig gleichen Lied anfängt, setze ich ein schnelles Lächeln auf und verkünde diese tödliche Vulgarität: »Nun ja. Das Problem ist, daß die Leute, die Rassismus predigen, dies täglich tun. Aber die Leute, die ihn verdammen, suchen nur nach einer Erklärung. Sie tun nichts, und das jeden Tag. Reden ist einfach, Kämpfen ist schwieriger.« Dann werden sie endgültig bleich, Jenny. Wie Fische auf dem Trockenen.

Der Streifen Fluß, den man von hier aus sieht, ist allerdings ganz anders als der, den man von den Balkons des Schach-Hauses sah. Ich sehe den Cais das Colunas statt der Brücke und der Christus-Statue. Aber das kalte Blau des Wassers, mag Heraklit noch so häufig sagen, dem sei nicht so, ist dasselbe. Das Licht tanzt in Wellen über der Bewegung der Schiffe. Mitten in der Nacht rufen die beleuchteten Schiffe, füllen all die Orte der Abwesenheit zwischen den Träumen. Dieses Tuten beruhigt mich, als würde es bestätigen, daß die Welt rund ist und Angst unnötig.

Gestern habe ich Álvaro getroffen. Das wollte ich Ihnen erzählen, als Manuel Almada kam. Ich arbeitete gerade, es war zur Abendbrotzeit, mit Leonor im Atelier, als ich plötzlich fühlte, wie mein Nacken pochte, als würde eine Feuerkugel langsam meine Wirbelsäule hinaufsteigen. Und in diesem Augenblick war mir ganz real bewußt, daß Álvaro im Quarteto-Kino war. Fragen Sie mich nicht, wieso. Es war, als hätte ein geheimnisvoller Bote ein Telegramm in meine Nerven geschrieben. Álvaro. Quarteto. Ich war seit Ewigkeiten nicht mehr im Kino gewesen und hatte Álvaro nicht mehr gesehen, seit ich ihn, der total betrunken war, bei meiner Hochzeit auf die Straße gesetzt hatte. Ich packte Leonors Arm und sagte: »Laß uns ins Quarteto gehen. Sofort.« Sie fragte mich noch, welche Filme im Quarteto liefen und warum ich es so eilig hätte. Ich antwortete ihr, das sei gleichgültig, ich sei sehr müde und plötzlich sei der nicht zu unterdrückende Wunsch in mir aufgekommen, im Quarteto ein Stück Biskuitkuchen zu essen. Sie wissen, daß ich nie an Vorausahnungen geglaubt habe. Álvaro stand am Tresen im Café und aß ein Stück Biskuitkuchen. Er sprach mich ruhig an, als hätten wir uns erst gestern voneinander verabschiedet. Wir gingen zusammen in den Saal, ich setzte mich neben ihn. Es war mir unmöglich, etwas vom Film zu begreifen, es sei denn, daß es um die Mafia ging und schrecklich viele Leute starben. Irgendwann erschrak Leonor und drückte heftig meine Hand. Ich hatte schweißnasse Hände und fühlte mich nackt, ganz und gar schutzlos. Álvaros regloser Körper hörte nicht auf, schwallweise einen glänzenden Duft über mich zu schütten, der meine Eingeweide wie ein Fieberwind erzittern ließ. Am Ende des Films ist er fast hinausgerannt, hat gesagt, er müsse früh aufstehen, weil er am nächsten Tag nach Brüssel fahre. Er hat mich nicht nach Rui gefragt. Ich habe dann noch im Pavilhão Chinês mit Leonor ein Glas getrunken, die eine Stunde lang darüber redete, wie notwendig es für die Menschen sei, ohne Tabus in sich hineinzuschauen und bereit zu sein, ihre Zwillingsseelen zu erkennen. Mir scheint, sie ist verliebt, aber ich war nicht in Stimmung, das zu vertiefen.

Inzwischen hat Rui unseren Urlaub das drittemal aufgeschoben, und ich war erleichtert. Mein Wunsch, nach Afrika zu reisen, wird immer größer. In irgendein Afrika, wenn es nicht Mosambik sein kann. Aber ich möchte allein fahren. Zumindest möchte ich ohne Rui fahren, fragen Sie mich nicht, warum. Meine Mutter hat darauf bestanden, daß ich mit ihr und Armanda und deren Tochter nach Südgriechenland fahre, aber dazu hatte ich auch keine Lust. Ich mag Lissabon im Sommer, alles bewegt sich langsamer, mit mehr Raum. Außerdem, sagen Sie es bloß nicht meiner Mutter, finde ich nichts niederschmetternder, um nicht deprimierender zu sagen, als eine Gruppe alleinstehender Frauen an den Stränden der *latin lovers*.

Manchmal überlege ich, ob er vielleicht dort in Coimbra eine Affäre hat. Das, was Sie, Jenny, eine Geliebte nennen würden. Ich kenne ihn gut genug, um zu wissen, daß, soviel die Karriere auch für ihn bedeuten und so überwältigend das Gefühl auch sein mag, Leben zu retten, sein Hunger nach Erfahrung nicht von der Art ist, der sich allein mit Arbeit stillen ließe. Außerdem stellt ein Arzt für die Frauen immer einen lasziven Gott dar, und das weiß er wohl. Vor allem ein Chirurg – auch wenn er einstweilen nur ein Chirurgenassistent ist. Auch ich habe mich schon von dem Gedanken faszinieren lassen, Liebe mit einem Mann zu machen, der imstande ist, meinen Körper mit einem Skalpell, Schicht für Schicht bis hin zu den Knochen zu zeichnen. Ich gab der Erotik der Zerstückelung nach, die als heimtückischer Kontrapunkt zur Unabhängigkeit der Frauen blüht. Die Männer zeigen die Tendenz zu verweiblichen, um unsere mühevolle Emanzipation solidarisch zu begleiten: Sie weinen mit uns, verbrennen sich mit uns an den Bratpfannen, schwitzen in den Fitneßcentern neben uns vor den Spiegeln. Und wir wachen auf und träumen von einem Mann mit eisigen Augen, der uns mit allen verbotenen Raffinessen wie seelenlose Körper behandelt. Lange habe ich gedacht, daß meine Unterwerfungsträume mit dem Nichtvorhandensein meines Vaters zu tun hätten. Lange Zeit habe ich viel gedacht. Álvaro war der einzige Mensch, der es schaffte, daß ich mit dem Denken aufhörte. Erst nach Álvaro habe ich übrigens gelernt, mit den Ärzten zu spielen. Und ich glaube, ich habe es satt zu spielen. Oder zu denken, was auf dasselbe hinausläuft.

Einen verwirrten Kuß von Ihrer
Natália

NATÁLIAS BRIEFE
7

LISSABON, DEN 9. DEZEMBER 1991

Liebe Jenny,
Vor sechs Jahren habe ich Ihretwegen mit dem Rauchen aufgehört. Nun, um genau zu sein, muß ich sagen, daß ich meinetwegen aufgehört habe zu rauchen, aber ich hätte es ohne Ihre Unterstützung nie geschafft. Sie haben mir für jede Woche ohne Zigaretten ein Geschenk gegeben. Und immer wenn mich die Versuchung bestürmte, habe ich mich auf eine Fiktion konzentriert, in der ein Bösewicht anfangen würde, Sie zu foltern, sobald ich das Feuerzeug anmachte. Oder es war eine Bombe, die in Ihrem Haus explodierte. Ich habe diese kindische Geschichte bis zum Ende durchgehalten, weil Leonor die Heldin war. Ich liebe all ihre Versionen – so sehr mich auch eine gewisse Nazi-Neigung irritiert hat, die sie hin und wie-

der befällt. Aber meine eigenen Ausfälle und Zügellosigkeiten irritieren mich genauso – ich versuche nur, sie nicht ernst zu nehmen, und das die ganze Zeit. Und übrigens habe ich auch mit Leonor gelernt, über mich selbst zu lachen.

Liebe Jenny, Freunde sind die einzige dauerhafte Möglichkeit, die Kindheit überleben zu lassen. Und ich glaube jetzt, meine beste Freundin verloren zu haben. Sie wurde von jenem Drachen des Erwachsenenalters geraubt, der sich Sex nennt. Vielleicht vereinfache ich zu sehr. Ich möchte alles erklären. Ich bin noch einer dieser »zivilisierten« Köpfe, die den blinden Mut zu leben durch die Phantasie zu denken ersetzen. »Bist du noch nie darauf gekommen, daß zu viel denken vielleicht auch eine Form der Verblödung ist?« fragte mich Leonor verzweifelt. Ich hatte ihr gerade gesagt, daß eine Liebesbeziehung zu einer Frau für mich vollkommen undenkbar sei.

Es ist am vergangenen Sonntag passiert. Wir saßen um das Holzkohlebecken mit Tee und *scones* und unseren nächsten Projekten auf dem Tisch, waren entzückt vom Lärm des Windes und der Kraft des Regens an den Fenstern. Im Fernsehen lief gerade ein Dokumentarfilm über Schönheitschirurgie für mißhandelte Frauen, in dem eine Soziologin erklärte, daß die Kleinfamilie im Sterben liege, da sie den Menschen nur sehr schlechte Dienste geleistet habe.

Plötzlich packte Leonor, meine konventionelle, diplomatische Leonor, mein Gesicht mit wie zu einer Zange geschlossenen Fingern und sagte zu mir: »Ich liebe dich. Ich kann nicht ohne dich leben.« Noch bevor ich Zeit hatte zu antworten, küßte sie mich so heftig, daß sie meine Lippe verletzte. Ich versuchte zu scherzen, griff unsere alte Geschichte vom kleinen schwarzen Mädchen wieder auf, nannte sie verhexte weiße Herrin oder so, und da nannte sie mich mit einer gutturalen Stimme dumm und böse. Dann weinte sie. Dann erklärte ich. Dann sagte sie zu mir: »Es tut mir leid, daß du dich in Gründen und Erklärungen verschließt, weil ich dein Wesen kenne und weiß, daß es größer und weiter ist als das.« Ich bereute, daß ich ihr so häufig gesagt hatte, ich wäre gern so schön wie sie. Ich bereute das intensive Vergnügen daran, ihr seidiges Haar zu bürsten. Aber ich bereute vor allem, diesen Blick verzweifelter Verachtung in ihren Augen mit diesem wirklich primitiven Satz hervorgerufen zu haben: »Ich wußte nicht, daß du Frauen magst.« Sie antwortete mir darauf, daß ich es jetzt ja wisse. Daß ich jetzt ja wisse, daß sie ebenso imstande war, Frauen zu lieben wie Männer oder Hunde und Vögelchen. »Denn lieben, meine Gute, kennt keine Grenzen. Aber klar, ihr Yuppies, die ihr besessen seid von der Wirksamkeit des Körpers, seid außerstande, so zu lieben.«

Für die Liebe gibt es keine Erklärung, nicht wahr, Jenny? Ihre Liebe zu António, seine Liebe zu Pedro. Die Liebe will nichts von den Vorstellungen wissen, die wir von unserer Identität oder unseren sexuellen Präferenzen haben. Das Geschlecht ist ein unwichtiger Zufall angesichts der eigensinnigen Ratschlüsse der Leidenschaft. Meine Liebe zu Leonor, Leonors Liebe zu mir, ich sehe sie jetzt wie Sterne, die einander vor der tiefen Leere eines Firmaments aus blauer Pappe begegnen. Zwei vereinzelte Vibrationen ein und desselben nichtigen Lichtes, die auf einen unbrennbaren Himmel kurze Feuerspuren zeichnen.

Am Montag hat sich Leonor krank schreiben lassen, und seit einer Woche habe ich nichts von ihr gehört. Ich kann nicht schlafen. Ich gehe durch das Morgengrauen Lissabons, bleibe vor ihrer Haustür stehen und sehe zu ihrem erleuchteten Fenster hinauf, sitze rauchend im Auto. Ich möchte klingeln, um mich zu trösten, aber der Gedanke, daß sie das noch mehr betrüben könnte, hält mich zurück. Ich denke, daß jeden Moment eine Anwandlung von Telepathie sie zu mir herunterkommen läßt. Lissabon um vier Uhr morgens ist genauso wie meine Leonor von früher – die neuen Boulevards mit diesen gelben Lichtern, die die Nacht erhellen, ohne ihre Melancholie auszulöschen, genug, damit wir uns sicher und häuslich fühlen, ohne indes die Filme in den Kinos zu vergessen, die es dort gibt, oder die anderen Kinos, die es dort einmal gab.

Viele, viele Male habe ich Leonor mitten in der Nacht geweckt, damit sie die Wunden schloß, die Álvaro beharrlich immer wieder aufriß. Welche Schönheitschirurgie wird es für die erfolgreichen Frauen von heute geben, die sich nicht schlagen lassen, aber erlauben, daß man ihr Herz zerstückelt?

Ich ziehe ständig Menschen an, die ich nicht mag. Ich habe alle Hände voll damit zu tun, mich freundlicher Anträge zu entledigen, die ich provoziere, ohne es zu wollen, und da ich dabei übertrieben höflich vorgehe, erklingt früher oder später das klebrige Lied der verletzten Gefühle. Ich bin aus Prinzip freundlich, einem im übrigen unmoralischen Prinzip. Ich treffe keine Vorauswahl. In allen Stimmen finde ich einen Stein für meine Bauten. Ich bin in einer Zeit großgeworden, in der Beton die Noblesse von Marmor erhalten hat und alle Hierarchien in einer zyklischen Harmonie der Ungerechtigkeit verschmelzen. Mein Freund Nuno hatte an der Uni ein außergewöhnliches privates Telefonbuch, welches nach einem System geordnet war, das er »Gebiete gefühlsmäßiger Ausbeutung« nannte. Unter B standen die Namen derer, die für Bars und ausschweifendes Nachtleben gut waren, unter E die, die zum Erfolg beitrugen, unter K diejenigen, die ihn bei künstlerischen Explorationen begleiteten, unter T solche, die an einem Theaterstück Gefallen finden konnten, unter X die vielfach Verwendbaren, von denen es im übrigen nur wenige gab. Die Methode faszinierte mich und trug dazu bei, meine Sympathie für ihn zu verstärken. Er versuchte eine Welt ohne Rückstände zu schaffen. Nichts geht verloren, alles wird verwandelt.

Die Methode hatte Erfolg. Ich bekam gute Noten, bekam eine Stelle in einem guten Atelier. Ich bekam auch die Aura der Retterin unmöglicher Projekte, die mir anfangs sehr gut gefiel. Eines Tages bemerkte ich, daß kein besonderes, begeisterndes Projekt direkt in meine Hände gelangte. Mir blieb vorbehalten, verlorengegangene Genauigkeit wiederherzustellen, gezeichneten, noch einmal gezeichneten und jedesmal mehr verballhornten Gebäuden einen Anstrich von Schönheit zu verleihen. Dekoration, wie Álvaro sagte, der keine Ambitionen hatte, etwas zu verstehen. Ich habe mich auf das andauernde Mißverständnis spezialisiert. Die Leute lieben mich schlecht. Sie geben mir genau die Art Liebe zurück, die ich den Dingen angedeihen lasse, die ich architektonisch bearbeite: eine getürkte, seichte Liebe, die die Netzhaut beim ersten Auftreffen beeindruckt, um gleich darauf unerträglich zu werden. Die Menschen lieben mich an mir vorbei. Mir zum Trotz. Ich glaube, nur Álvaro und Leonor haben mich im Übermaß lieben können, in der Schönheit, die es jenseits von mir gibt. Ich weiß nicht, wie ich ohne ein Augenpaar leben kann, in dem sich dieses tiefvertraute Kristall reflektiert, das nicht in den Spiegeln glitzert.

Leonor kam in jenem Oktober, in dem ich sie kennenlernte, zu spät zum Unterricht, die Augen vom Schlaf verquollen, ein Umhang aus braunem Stoff, der sie fast bis zu den Füßen bedeckte und über ihren hüpfenden Schritten flatterte, ließ sie wie ein Eichhörnchen wirken. Sie setzte sich, reckte den Finger in die Luft, fast automatisch: »Ich habe nicht mitgekriegt, wovon Sie gerade reden, Herr Lehrer. Würde es Ihnen etwas ausmachen, es noch einmal zu erklären?« Mit wachsendem Alter fand sie sich damit ab, pünktlich zu sein, lernte Diät zu halten und gab den Eichhörnchenumhang auf. Die anderen begannen, sie wegen dieser Veränderungen zu mögen, die ihr Inneres abrundeten und ihre Fassade glätteten. Ich mochte sie weiterhin so, als hätte sich nichts verändert. Im Gegensatz zu dem, was man immer sagt, verändern sich die Gefühle nur wenig. Sie werden alt geboren und heften sich an die Eingeweide wie eine Krankheit und stinken noch nach ihrem Tod. Deshalb will sie niemand. Sie passen nicht gut zu den Wänden dieser Zeit. Sie führen nirgendwohin. Entwickeln sich nicht.

Leonor wollte nie Künstlerin sein. Sie sagte immer im Brustton der Überzeugung, sie habe kein Talent und ihre große Motivation sei das Wissen. Einmal sagte sie zu Sebastião Lucas: »Im Grunde bin ich wie du. Du weißt alles darüber, wie ein Roman geschrieben werden muß, kannst aber nicht schreiben. Mit dem Unterschied, daß ich nicht vorgebe, alles über nichts zu wissen.« Diese Sätze fegten wie ein Windstoß der Unverschämtheit durch die Luft. Vom progressiven Sebastião bis hin zur Stylistin Isménia fragten mich alle, was ich an ihr fand.

Was ich an ihr finde, Jenny, ist, wie ich es auch bei Ihnen empfinde, eine bis ins Unendliche reichende Summe von Einzelheiten. Eine Summe, in der die Stupsnase denselben Wert hat wie Loyalität. Ihre gerade Art dieselbe Schönheit besitzt wie ihre groben Hände mit den quadratischen Nägeln. Weil die Schönheit nicht außerhalb der Intimität der Betrachtung existiert und auch nicht gewaltsam in einem erkennbar schönen Gesicht zum Leuchten gebracht werden kann. Daher stößt mich diese jugendliche dumme Angewohnheit ab, ähnliche Menschen anzuziehen oder gegensätzliche, die ihnen gleichwertig sind.

Pathos, Worte, Hilfskonstruktionen; all dies ist so weit von der kalten Leidenschaft der Liebe entfernt wie die Säulen, die ich, Griechenland nachahmend, zeichne, vom wahren Griechenland. Auf ebendiese Weise ist Leonor für mich der Schatten der absoluten

Realität Álvaros, unabhängig vom geschlechtlichen Äußeren eines jeden von ihnen. Die unbezähmbare Kälte der Leidenschaft breitet ihren eisigen Schatten ungeachtet der Gründe für die Zuneigung, des Geschlechts oder der Gerechtigkeit auf der Welt aus.

Einen möglicherweise verliebten Kuß von Ihrer
Natália

NATÁLIAS BRIEFE
8

LISSABON, DEN 28. DEZEMBER 1993

Liebe Jenny,
Sie haben meine Ehe mit in den Tod genommen. Am Tag Ihrer Beerdigung habe ich Rui gesagt, daß alles zwischen uns aus sei. Er hat mir nicht zugehört. Hat mir weiter mit jenem therapeutischen Talent das Haar gestreichelt, was mich einst hypnotisierte. Ich wiederholte: »Es ist alles aus, Rui.« Er sagte zu mir: »Ja, ja, nun beruhige dich doch« und begann mir den Nacken zu massieren. Für Rui werden alle meine Probleme auf diese Weise gelöst: »Ja, ja.« Eine einfache Pirouette, ein wirksames Fingerspiel, und das war's. Es sieht so aus, als hätten Sie erst sterben müssen, Jenny, damit ich es bemerkte. Als die Tür der Grabkapelle geschlossen wurde, fühlte ich, wie sich die Pforten der Angst in meiner Seele schlossen.

Alle Irrtümer der Erde lassen sich in einem einfachen, schlichten Ausdruck zusammenfassen: Lebensvermeidung. Wir wissen, daß das Leben selbst sich unerbittlich darum bemühen wird, uns zu meiden, und dennoch ersparen wir es uns, der eigenen Musik unseres Blutes bis zum Ende zu folgen. Ihr Tod, Jenny, lehrt mich, daß meiner nah ist. Der Gedanke hat mich niedergeschlagen, daß ich demnächst aufhören werde zu sein und nur ein »Ja, ja« als Erinnerung an mich zurücklasse. Noch mehr aber hat mich der Gedanke niedergeschlagen, daß es einen Himmel geben könnte, in dem die Wahrheit eines Lebens in Cinemascope projiziert wird, einen Himmel, in dem die Leben, die niemals gewagt haben, sich zu entfalten, wie ein Nieselregen über der Unwissenheit der Lebenden ausgeschüttet werden.

Rui und ich sind dem häufigsten aller romantischen Fehler anheimgefallen, der darin besteht, die Gefühle der Zuneigung wie Architekturprojekte oder kleine Kinder in Kittelchen zu behandeln. In der Liebe, sei es die zutiefst geschlechtliche (die der Leidenschaft) oder die alltägliche (die der Ehe) oder die der Wahlverwandtschaften (die der Freundschaft), bedeutet das, was wir mit Kennen bezeichnen, Unempfindlichmachen und Vergessen – es sind Strategien, das Absolute zu überleben, das uns zur finalen Verschmelzung drängt.

Ich war gezwungen, Rui zu erklären, daß ich in einen anderen Mann verliebt sei. Nur so verdiente ich Aufmerksamkeit und Glaubwürdigkeit. Er würde niemals akzeptieren, wegen seiner selbst verlassen zu werden. Noch viel weniger von mir. Ich war seine natürliche Ergänzung, die erfolgreiche Kumpanin seines Erfolges. Ich habe ihm nicht gesagt, daß ich nicht einmal weiß, ob mich Álvaro überhaupt will. Ich habe ihm nicht gesagt, daß es mich nicht erschreckt, allein zu sein. Dies würde seine Hoffnung anstacheln, ihn in einer schmerzhaften, nutzlosen Wiedereroberung aufreiben, die Rui nicht verdient hat. Er sagte, er verstehe mich, streichelte mich langsam, diesmal mit zittrigen Fingern ohne therapeutische Note. Er vergoß keine Träne und äußerte keinen Tadel. Er sagte nur, er werde die Wohnung verlassen. Ich bestand darauf auszuziehen, aber er sagte, er sei nicht fähig, dort ohne mich zu leben. Dann packte er schweigend die Koffer und ging, streichelte mir im Hinausgehen das Gesicht. Liebe Jenny, ich dachte, daß der leuchtende Schatten Ihres Lebens meine neue Haut erstrahlen lassen würde. Sie haben immer gesagt, der Schmerz sei ein Bonus an Weisheit, den das Glück zurückläßt, Jenny. Aber warum ist es so schwer, das zu merken?

Diese Monate waren Monate der Schmerzen, Jenny, langsamer, erstickter Schmerzen ohne erkennbare

Größe. Jene Leidenschaften, die die Erde und all ihre Bewohner nicht brauchen – das geliebte Wesen zählt nicht, weil es immer von einem anderen Planeten herunterfällt –, ernten stets unendliche Listen von Unterstützern, euphorische Seiten voller Unterschriften. Trennungen finden niemals Anhänger. Eine Scheidung ist ein dreifacher Salto mortale in Zeitlupe: Der andere stirbt langsam in uns, es stirbt dieser Teil in uns, der dem anderen gehörte, es stirbt das feste Bild, das die Leute, die uns umgeben, von uns haben. Und das alles stirbt langsam, stockend, ohne Beerdigungsrituale oder Zeremonien der Beschwichtigung. Es gibt weder Blumen noch Tränen, noch Grabreden; die Beerdigung derer, die einmal ewige Liebende waren, spielt sich in einem Gericht ab, dem Territorium der Verbrechen und der Schuld, dem Ort der Strafen, die das kollektive Bewußtsein erleichtern.

Der Richter wühlt in Papieren, schaut auf die Uhr, fragt, ob wir es uns nicht »anders überlegen« wollen, und setzt den Termin für die nächste Verhandlung fest. Auf dem Flur drängt sich eine riesige Schlange von jungen Exeheleuten, von Anwälten behütet, die immer genauso jung sind wie sie, eine Art posthume Mädchen für alles, die ihre spektakulärsten Fälle zum besten geben, um die Stimmung aufzulockern. Man zählt einen Anwalt pro Paar: Das wird die letzte gemeinsam beglichene Ausgabe sein. Die einvernehmlichen Scheidungen zieht man so durch, in freundlichem Ton und preiswert.

Schon ist es nicht mehr etwas, das nur den anderen passiert, und allein die Banalisierung des Prozesses trägt dazu bei, seine Würde noch mehr anzukratzen: Ein Paar, das sich scheiden läßt, erhöht die Statistik der menschlichen Unbeständigkeit, gibt den Thesen eines Verfalls der großen Werte Nahrung und dem paternalistischen Skeptizismus neue Kraft.

Die Freunde, die dem Entstehen der Leidenschaft Beifall gezollt und sie demütig bewundert haben, werden plötzlich weise, allwissend, professoral: Entweder haben sie alles so kommen sehen und versuchen uns haarklein Beweise aufzuzeigen, für die offenbar nur wir blind gewesen sind, oder sie haben überhaupt nichts vorausgesehen und raufen sich ob unserer kindlichen Sorglosigkeit die Haare. Sie widerstehen fast nie der Versuchung, ein Opfer und einen Henker auszumachen, einen zu trösten oder den anderen mit gutgemeinten Tadeln zu entschuldigen, die nur Wunden aufreißen. Niemand hat schuld, das Herz bleibt, geht vom Schwarzen ins Schwarze, am Rande des Gesetzes von Sünde und Erlösung. Über uns herrschen genügend Alltagsgesetze aus der Geschichte der Ehe, die auf eine unterschwellige, intime Art definiert und akzeptiert werden, welche im Augenblick des Abschieds wie ein unverbrüchliches Geheimnis strahlt.

Diese Tage aus Asche und Schatten breiten sich auch über meine Arbeit aus. Die Chefin hat sich in eine feurige Furie verwandelt, seit der schöne Leiter der Finanzabteilung sich auf gewohntem Wege zum stellvertretenden Direktor einer Werbeagentur aufgeschwungen hat. Die erste Folge seines Weggangs war die Einführung eines Buches, in das man sich beim Kommen und Gehen eintragen mußte. Wir sind nunmehr dazu übergangen zu produzieren, um die Stunden zu rechtfertigen, anstatt, die Stunden vergessend, für den guten Namen von Telhados de Vidro zu arbeiten. Die zweite Folge war, daß wir ohne Leiter der Finanzabteilung blieben: Die Chefin häufte Funktionen und begann über die Notwendigkeit zu reden, Personal einzusparen. Sie quält alle mit Reden über Inkompetenz und Wettbewerbsfähigkeit, die voller verschleierter Drohungen sind.

Liebe Jenny, warum vernachlässigen wir die Sicherungen unseres Herzens und erlauben, daß Ressentiments uns das klare Blut schwärzen? Wir bestehen darauf, das Räderwerk der Macht – das, da es aus Eisen ist, vergänglich ist wie alles, das dem Bereich der Luft zustrebt – auf die Gefühle anzuwenden, die die Spur des Lichts vielbefahrener Meere mit sich bringen. Im schlimmsten Fall Sklaverei, im besten Falle Auflösung; diese post-militärischen Diktaturen nennen wir ewige Liebe, und derart mit Qualen überladen, finden wir Trost in dem Gedanken, wahre Engel der Güte zu sein, vom Leid ins Riesenhafte angewachsene Seelen.

Ohne den Trost dieser göttlichen Trompeten besteht die Gefahr, daß die Sache entartet; wir lieben die Menschheit ganz allgemein, die normalerweise verwässert und undankbar ist; ohne es zu wollen, spezialisieren wir uns dann auf die kleinen Niedertrachten. Finden wir Geschmack daran, so beginnen wir, in den speziellen Techniken der großen Rache unseren Doktor zu machen, und unser Leben verwandelt sich in eines dieser schrecklich gefährlichen Kinderspiele mit anonymen Briefen und versteckten Falltüren. Und damit vergnügt sich jetzt meine liebe Leonor, stellen Sie sich das einmal vor: Sie ist Buddhistin geworden, trägt immer Weiß, steckt Blumen an alle Reißbretter, ist Vegetarierin geworden, um sich von der Aggressivität des Fleisches zu befreien, und zugleich verstellt sie ihre Handschrift, um mir Briefe zu schreiben, die mit »eine Freundin« unterzeichnet sind und in denen sie über Ruis Ehebrüche berichtet oder kürzlich erst über vermeintliche Angebereien von Álvaro über Sex mit mir. Aber die falsche Schrift zittert an der Feder ihres unverwechselbaren Füllfederhalters, zeigt die mit einem Maulkorb bewehrte Revolte in dieser Hand, die so schlecht etwas vortäuschen kann. Und wenn ihre Blicke meine kreuzen, lese ich in ihnen jene trübe

Schuld, die man Gewissensbisse nennt. Es hilft nichts, Jenny, ich kann keine enge Beziehung mit Frauen haben. Hier ist der Beweis: Die einzige, mit der ich es konnte, hat sich in mich verliebt.

Manuel Almada sagt, wir befänden uns in der Prähistorie der Liebe, und er hat immer mehr recht. Es gibt nur sehr wenige Menschen, die imstande sind, Christus' erstes Gebot einzuhalten: »Liebe deinen Nächsten wie dich selbst.« Es sieht beinahe so aus, als würde sich die Eigenliebe unter den zunehmenden Accessoires des Körpers und diesem galoppierenden sozialen Wettstreit auflösen, den wir beharrlich Leben nennen. Wir bringen das Gewicht eines ganzen Jahrtausends mit und die Geschwindigkeit eines Blitz-Jahrhunderts. Sie haben immer gesagt, daß die Liebe an der nahenden Zeitenwende die Macht und ihre ebenso lächerlichen wie sterblichen Strategien letztlich mit einem Fußtritt ans Ende der Galaxien schikken würde, Jenny. Manuel lächelte melancholisch und schwieg. Ich würde gern mit Ihnen an diese Regenerationsfähigkeit der Zeit glauben, aber nun, wo Sie gestorben sind, bin ich mir nicht mehr sicher. Die Zeit hatte nicht einmal die Kraft, Sie ins einundzwanzigste Jahrhundert zu tragen, liebe Jenny.

Dennoch weiß ich, daß ich auf den heftigen und langanhaltenden Geschmack der Leidenschaft nicht verzichten werde. Ich kann es nicht. Es hieße das Angedenken meines Blutes zu beleidigen, das aus der Masse des Ihren gemacht ist. Ich hatte Angst vor der Leidenschaft, Jenny, aber im Augenblick Ihres Todes spürte ich, daß ich Ihren Mut geerbt habe. Ich fühlte, daß Sie sich Ihrer Haut entledigten, Jenny, damit ich sie anziehe und in ihr das Amalgam meiner mit Füßen getretenen Träume wiederfinde. Ihr Tod hat mir meine Leidenschaft wieder zurückgegeben, getrennt vom Rüstzeug der Mobilität, bewahrt im statischen Feuer, das die unsterblichen Dinge definiert, die den Eitelkeiten der Zeit und den menschlichen Anstrengungen der Evolution gegenüber immun sind.

Aber in diesem Augenblick wird in meiner Erinnerung alles dunkel; erinnern ist die schwindelerregende Deklination des Verbs vergessen. Allein zwischen Richtern und Abrechnungen, sehen wir, Rui und ich, uns wie ehemalige Liebhaber an, versuchen herauszufinden, was in den jeweiligen Seelen (wie merkwürdig, plötzlich eine dunkle, schweigende Seele nur für mich selber zu haben) beweglich und unbeweglich ist, was wir im eigenen Körper vergessen, gelernt, zu vergessen gelernt, zu lernen vergessen haben. Rui spricht sehr schnell: Er will nicht, daß seine Traurigkeit Zeit hat, sich zwischen den Worten einzunisten. Die Justiz drängt sich wie ein absurdes Gesetz auf, eine äußere Wahrheit, ein Rauchvorhang, den wir zwischen die Grausamkeit der Gefühle hängen, die sich nicht mit der demokratischen Wirksamkeit der Aufteilung der Güter lösen lassen.

In einer Ehe wird nicht aufgeteilt, es wird verschmolzen, vermischt, wir lösen das Sein im runden Gold eines Eheringes auf, lassen zu, daß der Name, der in ihm glänzt, uns bei jedem Schwindelgefühl stützt, uns vor all unseren geheimen Alpträumen schützt. Ich erinnere mich an die frühen Morgenstunden, in denen ich ihn aufgeregt und unsicher aufweckte, damit er mein neuestes Projekt guthieß. Ich erinnere mich an den Stockfisch mit Sahne, den er wie kein anderer zubereitete. Ich erinnere mich an die blauen, kalten Tage, an denen wir Hand in Hand Paris entdeckten. Wahrscheinlich trennen sich nur diejenigen, die die Infektion durch den anderen bis an die Grenzen der Authentizität treiben, die den Mut haben, sich in die Augen zu schauen und zu entdecken, daß ihre Liebe von gestern mehr verdient als die Bequemlichkeit der Gewohnheiten und der Anpassung an das Sichergänzen. Nur diejenigen trennen sich, die das Wissen nicht ertragen, daß sie sich im Laufe der Jahre einander angleichen, sepiafarben werden nach dem vielen, was sie in der äußersten Hellsichtigkeit der Liebe zusammen entwickelt haben.

Die Trennung kann ein Akt der absoluten, radikalen Vereinigung sein, die Verbindung zur Ewigkeit zweier Menschen, die sich einst zu sehr geliebt haben, um sich auf eine andere, geringere, sanftere, beinahe pflanzliche Art zu lieben. Eine über der Zeit schwebende Umarmung, die in dem Augenblick stattfindet, in dem sie für die Augen der Welt verschwindet, weil sie über die festgelegten Vorbilder von Krieg und Frieden hinausgeht. Ein letzter Wunsch nach Unsterblichkeit, der die Nacht entzündet, in der alle Wünsche den Schlaf der Gerechten und Verwirklichten zu schlafen schienen.

Liebende während einiger Jahre, entdecken wir einander erstaunt wieder im Flug über die Melancholie der gemeinsamen Vergangenheit und den Abgrund der einsamen Zukunft. Nur wir beide wissen, daß es sich nicht um Erfolg oder Scheitern handelt. Nur wir beide wissen, daß man über das, was wir fühlen, nicht spricht – und im Namen dieses Unaussprechlichen, das uns eines Tages erzittern ließ, trennen wir uns jetzt. Jenseits der Zerrissenheit der Tage, der Bücher, Schallplatten und Filme, die unserem Leben Farbe gaben, treffen wir jetzt in der Heftigkeit des Leidens zusammen, in der Abwesenheit voneinander, als erinnerten wir uns schon nicht mehr daran, füreinander anwesend gewesen zu sein. Es ist eine nicht lebbare Liebe, die gerade deswegen kein Ende hat.

Einen unendlichen Kuß von Ihrer
Natália

NATÁLIAS BRIEFE
9

MAPUTO, 21. JUNI 1994

Liebe Jenny,
Der erste Brief, den ich von der Erde schreibe, die die Leiche meines Vaters verbirgt, ist an eine Tote gerichtet. Ich sollte meiner Mutter schreiben, aber Worte waren zwischen uns immer etwas Kompliziertes. Und ich muß ihre Hände in meinen halten, um ihr zu erzählen, was ich über meinen Vater herausbekommen habe. Ich hatte gedacht, es würde reichen, in Mosambik zu landen, um den Schatten dieses unbekannten Soldaten zu finden, der mir, ohne es zu wissen, sein Blut gab. So dachte ich, aber diese Dinge geschehen nicht, weil man sie sich ausdenkt. Ich beuge mich nachts über die Unendlichkeit des Meeres, blicke auf den Vollmond, der hier viel größer ist als in Portugal, und rufe ihn. Nicht die leiseste Ahnung eines Echos

antwortet mir. Jenny, meine Liebe, suche ihn überall dort in deinem Himmel, bitte ihn, er möge in der warmen Brise der Nacht heruntersteigen in die Stille meines Herzens. Bitte ihn, mir ein Wort zuzuflüstern, nur ein einziges.

Seinetwegen habe ich die Mitarbeit an diesem Entwicklungshilfeprojekt sofort zugesagt, das von Bomben zerstörte Schulen wiederaufbaut. Nun, es war auch meinetwegen. Was letztlich aufs gleiche rauskommt.

Ich hätte mir nie träumen lassen, daß es so viel Leid geben könnte. Der Alltag in Mosambik ist einfach unvorstellbar. Bei meiner Ankunft, hinter den Scheiben eines Autos, zeigt sich Maputo als Hauptstadt einer möglichen, einstweilen zu den Akten gelegten Zukunft, eine aufgeschobene Erfahrung, eingehüllt in die zerfledderten Farben einer irrealen Vergangenheit. Wenn man anhält, um es sich von nahem anzusehen, bekommt das romantisch surreale Szenarium die dantesken Umrisse einer Hyperrealität.

Auf den ersten Blick hielt ich das, was dort unter dem Neonlicht des Ladens gegenüber dem Ministerium lag, für einen Haufen Lumpen, doch das wäre merkwürdig in einer Stadt, in der Müll niemals dazu kommt, sich anzuhäufen, weil alles, was die einen für immer wegwerfen, für andere irgendeinen Wert hat. Ein zerrissenes Stück Wolltuch mit einem Loch für den Hals kann wieder als Hemd dienen, ein Stuhl ohne Beine wird zu einem Paravent oder zu Feuerholz, die Schuhe, die übrigblieben, als der dazugehörige Körper von einer Mine ausgelöscht wurde, werden dem nächsten dienen, der das Terrain erneut unwissend durchquert. Nachts in Maputo befinden sich Menschen in den Lumpenhaufen, häufig zehn- oder zwölfjährige ehemalige Soldaten, die mit fünf Jahren als Rekruten entweder bei der Frelimo oder der Renamo anfingen, bei wem ist gleichgültig, um mit acht Jahren zu schießen und zu töten.

Als ich näher kam, bewegte sich der Lumpenhaufen. Die unten liegenden Körper waren vier, sechs Jahre alt und schliefen ruhig, die oberen schienen Heranwachsende zu sein; durchsuchten eifrig alles, was auf diesen armen menschlichen Matratzen Taschen sein konnten, nach Geldscheinen oder Münzen. Ich erwischte mich dabei, wie ich schimpfte: »Schämt ihr euch nicht, die kleineren Kinder zu beklauen?« Einer lächelte und erklärte, daß auch er schon kleiner gewesen und beklaut worden sei, wir müssen füreinander dasein, unter dem Teer wächst nichts Eßbares oder sonst was Lohnenswertes – er scheint wiederholt in einem Aufnahmezentrum für Straßenkinder gewesen zu sein, hat begriffen, daß Rechtfertigungen immer etwas bringen. Dann lassen sie sich in Dollar, Metikal oder Zigaretten bezahlen.

Alles hat seinen Preis, aber das Leben scheint nur wenig wert zu sein. Die Fernsehsender leben von schnellem Blut, die Leute sind von auffälligem Elend gerührt, dem Hunger mit aufgetriebenem Bauch, Schießereien als Feuerwerk. In Mosambik jedenfalls ist zur Zeit das Schauspiel zu Ende, Ruanda hat es mit Glanz und Gloria ersetzt, dorthin gehen jetzt die Einschaltquoten.

Vor einer Woche bin ich in die Stadt Beira geflogen. Die Invasion bösartiger Marsmenschen hätte nicht mehr Verwüstung anrichten können; die Fäulnis hat sogar die Luft der Stadt ergriffen. Nicht einmal am Meer kann man tief durchatmen: Der Gestank der Müllberge, die die eleganten Villen an der Uferstraße umgeben, verschluckt jeden Hauch einer Seebrise. Jeder Gegenstand, jedes Lebewesen, das aufhört sich zu bewegen, wird umgehend von Horden von Fliegen belagert. Anschließend bin ich mit dem Wagen durch den berühmten Korridor von Beira gefahren, der Tausenden von Heimatlosen als Zufluchtshafen gedient hat.

Wir hielten in einem Dorf, das 1987 von etwas über vierhundert vor dem Krieg geflohenen Familien gebaut wurde, in dem täglich zahllose Menschen langsam sterben: Dysenterie, Malaria, Durchfall, Bindehautentzündung, Masern. Aus dem einfachen Grunde, daß der Fluß nicht fließt, ist sein Wasser vergiftet.

Auf dem Terrain wurde ein Wasserloch gefunden, aber seit sechs Monaten wartet man auf eine Pumpe. Einstweilen wird gestorben. An Infektionen, an Hunger, an allem. Aber die auf der Schwelle der Strohhütten sitzenden Männer lächelten, sagten »Danke« und »Willkommen«. Das ist alles, was sie auf portugiesisch können, aber sie unterhalten sich gern. Die Frauen sah man nicht: Sie arbeiteten in den *machambas*, den Gemüsegärten. Es ist Aufgabe der Frauen, das Land zu bestellen, zu kochen, sich um die Kinder zu kümmern. Der Rest ist Männersache – zur Zeit hauptsächlich meditieren und die Arbeiten dirigieren.

Einer von ihnen half beispielsweise seinen zwei Frauen dabei, die feuchte Erde zu treten, um daraus Lehmziegel für die Wand seiner Strohhütte zu machen. Zwei oder drei Ehefrauen ist die Regel; wenn die *machamba*, die die erste als Mitgift mitbringt, nicht mehr ausreicht, um alle Kinder zu ernähren (jede Frau hat durchschnittlich sieben Kinder), holt man sich eine zweite Frau, die von der ersten genehmigt werden muß. Der Held des Ortes hat sechs Frauen, jede hat ihre eigene Strohhütte, alle sind um die des Ehemannes herumgebaut.

Die Menschen, die am Straßenrand mit Baumstämmen auf dem Kopf entlanggehen, sind immer Frauen, und sie tragen fast alle einen Säugling auf dem Rükken. In den Dörfern, die es besser getroffen haben, bleiben ihnen nicht einmal die Arme: Auch das Wasser holen die Frauen. In Mavalane, einem Vorort von Maputo, haben sie sich zusammengetan, um das Verbrechen auszumerzen, das ihnen das Geld und die vollen Töpfe nahm. Sie haben mit ihren eigenen Händen eine Schule, eine Tischlerei, eine Seifenfabrik, eine Schuhfabrik geschaffen. Sogar die Nachbarschaft hat angesichts dieser Tatkraft die Nase gerümpft, aber Tatsache ist, daß die Verbrechensrate zurückgegangen ist. Ich habe das glückliche Gesicht jener ganz jungen Frau nicht vergessen, die, während sie dem jüngsten ihrer fünf Kinder die Brust gab, meinte: »Man muß an das Beste im Menschen glauben. Wenn man das nicht tut, wenn sich jeder nur noch um sich selber kümmert, lebt man doch nicht einmal mehr das Leben, nicht wahr?« Solche Augenblicke, Sätze wie diese, die aus einer menschlichen Bibel zu entstammen scheinen, die die Zeit nicht verschlissen hat, sind es, die die Fremden unvermittelt und für immer an Afrika binden.

Vielleicht ist dies der Sinn. Etwas, das aus Licht gemacht ist und über den kleinlichen Motivationen des Herzens steht. Es liegt ebenso im Tun dieser analphabetischen Mutter wie in dem von Enrique Querol, einem argentinischen Exrevolutionär, den ich in Chimoio als Leiter des Roten Kreuzes getroffen habe, oder in dem von José Maria, einem katholischen Missionar. »Wir sind die Erben von Ruinen«, sagte er und schaute Nelson an, der als Soldat Menschen getötet hatte und in diesem Augenblick nur wie ein waschechter Fußballer wirkte, der vor einem Publikum von Überlebenden brillierte. Ja, auch ich bin die Erbin von Ruinen. Eine reiche Erbin allerdings, die den Anfang und das Ende ihres Erbes nicht kennt. Ich beschloß spontan, nach Feitor Praça zu fahren oder zu dem, was davon noch übrig war, hatte Mut gefaßt, mich dem Gespenst meines gefolterten Vaters zu stellen.

Die Hälfte der Schulen des Landes wurde schlicht und einfach zerstört. Als ich durch die Distrikte Macia und Xai-Xai fuhr, traf ich auf eine endlose Folge ausgeweideter Gebäude, Häuser, an deren Steinen noch die verblaßte Erinnerung an das Blau, Rosa und Gelb haftete, aus dem sie gemacht worden waren, und die jetzt nur noch Geister ohne Dach waren, drinnen schweigende Kinder. Ich suchte den Atem meines Vaters. War er in den mythischen Zeiten der intakten Wände und Dächer eines dieser Kinder?

Der Unterricht begann, aber man hörte kein Lachen, nichts regte sich in der sanften Melancholie, der Regen klopfte sacht, sehr sacht, und nachdem sie vom Lehrer aufgefordert worden waren, antworteten sie in langsamem Chor: »Wir wünschen den Besuchern einen schönen guten Tag.« Der Krieg hat neue Entfernungen geschaffen, hat die Geographie der Orte verändert, in Dörfern, die mitten im Busch erfunden worden sind, haben sich die Familien zusammengetan, um zu gewährleisten, daß ihre Kinder lesen und schreiben lernen, sie haben Lehrer engagiert und ein System kommunaler Schulen aufgebaut. Das ist die Bezeichnung, aber in der Praxis sieht es folgendermaßen aus: Man muß stundenlang durch hohes Gras und Wald laufen, um dorthin zu gelangen. Und dann findet man im besten Fall ein oder zwei Strohhütten, die etwas größer sind als die Wohnhütten. Sie sind voller barfüßiger Kinder, die ordentlich auf am Boden liegenden Baumstämmen sitzen, im besten Fall tragen sie nicht auseinanderfallende Lumpen, haben Reste von Heften und Bleistiftstummel in der Hand. Die Lehrer unterscheiden sich von ihnen dadurch, daß sie vor der Klasse stehen, etwas älter als ihre Schüler sind und manchmal so etwas Ähnliches wie Schuhe anhaben. Bei einigen gibt es ein Stück Schiefertafel und ein ganz klein wenig Kreide.

Man rechnet mit Stöckchen und Steinchen: Wieviel ist drei und vier? Alle strecken sofort den Finger in die Luft, wollen an die Tafel kommen, sich zeigen, erst wenn sie auf der Bühne angekommen sind, beginnen sie die Stöckchen zu trennen und an den Fingern abzuzählen, selbst wenn sie es nicht wissen, lohnt es sich für sie, weil es Spaß macht und wegen des Fotos. Wir haben an einem Dutzend solcher Schulen haltgemacht, und bei allen kam aufgeregt der Direktor, um das Erscheinen des Schulinspektors, der uns begleitete, mit Segensworten zu begrüßen und um Hefte, Schulbücher, Bleistifte, pädagogische Anleitung, häufigere Besuche zu erflehen. Auf den ersten Blick leben sie. Erst später bemerkt man ihre Reglosigkeit, begreift man, daß sie nicht wissen, was sie tun sollen, wenn sie keine Befehle erhalten. Sie wissen nicht, wie man spielt.

Ich bin eine Nacht am Strand von Xai-Xai geblieben, in dem kleinen Hotel, in dem mein Vater mich, ohne sich dessen bewußt zu sein, meiner Mutter geschenkt hat. Ich verbrachte eine schlaflose Nacht, hörte der Brandung zu und wartete auf ein Zeichen, das nicht kam. Ich stand früh auf, stellte dem Geschäftsführer, den Angestellten, den Männern, die im Schatten der Palmen dösten, Fragen. Ich zeigte ihnen Fotos, aber niemand erinnerte sich an Xavier. Beim Abschied in einer der ungezählten kommunalen Schulen im Distrikt Xai-Xai hatte mir der barfüßige Direktor einen Apfelsinenbaumsetzling geschenkt: »Er soll Ihnen Freude bringen. Eine so große Freude wie unsere.« Ich habe den Apfelsinenbaumsetzling neben das kleine Hotel in Xai-Xai gepflanzt. Für den Fall, daß mein Vater auftaucht.

Erzähl sie ihm in meinem Namen, Jenny, erzähl ihm in meinem Namen diese Geschichten aus seinem

Land, denn ich weiß nicht, wie ich es ihm sagen soll. Mein Vater ist für einen Traum von der Freiheit gestorben. Der marxistische Staat hat die allmächtigen Medizinmänner durch eifrige Beamte ersetzt und die Reinigungszeremonien durch Beschlußfassungsversammlungen. Heute finden die Psychologen heraus, daß diese Kinder erst dann aufgehört haben, ins Bett zu machen, Alpträume zu haben und brennende Dörfer zu malen, nachdem sie von den Medizinmännern »gereinigt« wurden, das heißt, die Gemeinschaft wurde zusammengerufen, um den bösen Geist zu verjagen, der sie gezwungen hatte, ihre Verwandten zu töten. Die Kinder wurden gezwungen, ihre eigenen Familien zu töten, die Mädchen dazu, sich zu prostituieren. Sie haben sie ab dem Alter von fünf Jahren unzählige Male verstümmelt, um sie zu unterwerfen. So wurde der Krieg in Mosambik nach der Unabhängigkeit gemacht.

Ich bin am Vorabend der ersten freien Wahlen durch das verwüstete Land gereist, bin dem schmalen Pfad derer gefolgt, die die Bequemlichkeit des Westens gegen den Luxus eingetauscht haben, das Leben in den reglosen Augen dieser Kinder Afrikas zu entzünden. Es ist eine süße Folter, hier zu arbeiten. Unglück gibt es mehr als genug, die Mittel oder aber die Möglichkeit, sie einzusetzen, werden immer rarer. Die marxistische Bürokratie hat die koloniale Servilität nur noch verdichtet. Aber zugleich spürt man eine reglose Kraft, die merkwürdige Begabung zu einer Art Jungfräulichkeit hinter den verletzten Blicken der Mosambikaner. Und es gibt in diesem zerstörten Volk, das etwa dreißig verschiedene Sprachen spricht, eine unglaubliche Fähigkeit zur Narbenbildung. Das Portugiesisch der Unterdrückung haben sie beispielsweise in die flüssige Sprache der nationalen Einheit übersetzt.

Ich muß immer wieder an den Satz Mia Coutos denken, den ich in seinen *Estórias Abensonhadas*, den traumgesegneten Geschichten, rot unterstrichen habe. »Der Schmerz ist eine Straße: Du gehst lange auf ihr dahin, um an einen anderen Ort zu gelangen. Und dieser Ort ist der Teil von uns, den wir nicht kennen.«

Cholera, blutiger Durchfall, Dysenterie. Von den Grenzen Maputos an werden diese Worte gleichförmig immer wieder gesagt, die Leute sind schon daran gewöhnt. Die Hitze wuchs wie das Geräusch eines Bohrers in meinem Kopf. In der Nähe des zerstörten Feitor Praça, in einem kleinen Dorf mit einem halben Dutzend Strohhütten, umringten Frauen schreiend und singend ein fünfzehnjähriges Mädchen, das in der Hütte, das Baby im Arm, tot aufgefunden worden war, von Spulwürmern erstickt.

»Vater unser, der du bist im Himmel …« Ich warte bis zum Ende der Messe mitten im Busch, in der

Hand das zerknitterte Foto meines Vaters. Niemand erinnerte sich an Xavier Sandramo. Im übrigen will sich niemand an etwas erinnern. Sie mochten meine fragenden Finger auf einem Foto nicht. Der Führer und Dolmetscher, der mich begleitete, sagte immer, ich solle Geduld haben, ich solle langsam, vorsichtig fragen. Die Kinder reagierten trotzdem auf ein paar Scherze, ein paar Bonbons. Dann kamen auch die Frauen näher und machten sich bereit, sich zu erinnern. Der Führer übersetzte die tragischen Geschichten, die sie ihm erzählten. Das Mädchen, das die zwei Bonbons in den Mund gesteckt hatte, ohne sie auszuwickeln, hatte zugesehen, wie seine Mutter getötet wurde. Sie war zuerst gezwungen worden, den jüngsten Bruder, ein Baby, mit einem Stößel zu zermalmen, und anschließend haben sie sie getötet. Dem Jungen mit den großen Augen, der immer mißtrauisch vor uns weglief, hatten sie, nachdem sie seinen Vater vor seinen Augen getötet hatten, vier Finger und ein Ohr abgeschnitten, weil er sich geweigert hatte zu sagen, wo die Freunde seines Vaters waren. Jenny, meine Liebe, schwöre mir, daß mein Vater solche Verbrechen niemals hätte begehen können. Schwöre mir, daß die Frelimo, an die er glaubte, nicht so war. Suche ihn und tröste mich.

Die Erde ist fast rot, es wirkt so, als würde die Farbe Afrikas in dem Maße anwachsen, wie die Bäume verschwinden, die der Krieg in Feuerholz, Hütten, Essen verwandelt hat, aber fünfhundert Meter oberhalb des Dorfes gedeiht ein Gemüsegarten innerhalb einer Umrandung aus Dosen mit Mausefallen. Die Kinder zeigten siegesbewußt ganze Sammlungen winziger Tiere, die, geduldig abgezogen, fertig zum Grillen waren.

Am Ende bin ich doch auf welke Reste von Erinnerung an meinen Vater gestoßen. Jemand holte einen runzligen Alten, dessen Körper steif und mager war wie der einer Vogelscheuche. Er schaute lange gerührt das Foto an. »Xavier. Xavier Sandramo, das ist er.« Er war Nachbar und später Waffenbruder meines Vaters gewesen. Anders, als ich es erwartet hatte, habe ich nicht geweint. Er näherte sein Gesicht dem meinen und begann meine kleinen, sehr dunklen, runden Augen, meine Stupsnase, meine hervorstehenden Jochbeine zu begutachten – als würde er noch einmal Xavier Sandramo anschauen. Es war bereits Nacht, als wir uns verabschiedeten. Ernesto breitete langsam beide Arme aus, damit ich ihn umarmte, und sagte zu mir: »Du kannst beruhigt gehen, Mädchen. Dein Vater ist groß gestorben. Groß. Wie Mosambik.«

Jetzt, nach dieser erschütternden Rundreise, konzentriert sich meine Arbeit auf Maputo: Ich entwerfe Gebäude neu, die zugleich billig, funktional und fröhlich sein sollen, oder gestalte sie um. Kurz, ich versuche Wunder zu tun. Was im übrigen nicht unmöglich sein wird; allein die Tatsache, daß dieses Land existiert, ist ein Wunder. Sie haben mich im berühmten Polana untergebracht, einem weißen Kolonialbau der zwanziger Jahre mit Gärten, einem Schwimmbad und Meeresblick und allen Leckereien der Welt. Einer Insel der Privilegierten inmitten des Elends. Anfangs fühlte ich mich fremd in dieser abgeschotteten Atmosphäre reicher Südafrikaner und diplomatischer Missionen. Bis ich vor vierzehn Tagen eine Frau traf, die die Zwillingsschwester von Marguerite Yourcenar sein könnte. Der gleiche breite, eigenwillige Mund, der kräftige aufrechte Körper, sogar die gleiche Angewohnheit, die dicken Finger in Familienringe zu hüllen. Und vor allem die gleichen Luchsaugen. Sie heißt Helena Somerset, ist eine sechzigjährige Ärztin, die hierhergekommen ist, um Kurse in Familienplanung zu geben. Sie hatte mich allein auf der Hotelterrasse gesehen, wo ich rauchte und die Touristen betrachtete, und möglicherweise gefunden, daß ich niedergeschlagen wirkte. Sie setzte sich in meine Nähe, lächelte und meinte: »Unglaublich. Ich bat den Kellner, mir einen Kräutertee zu bringen, weil ich Probleme mit dem Magen habe, und wissen Sie, was er mir geantwortet hat? ›Was Sie brauchen, ist ein großer Strauß Rosen.‹ Das nenne ich natürlichen Adel, nicht wahr?«

Wir haben den ganzen restlichen Nachmittag miteinander geredet. Helena hat in jungen Jahren einen englischen Gentleman geheiratet, der in Porto lebte. Sie hatten eine Tochter, die mit siebzehn Jahren an einem namenlosen, tödlichen Virus sterben mußte. »Ich habe keine Familie. Um mich herum ist nur Leere. Ein großes Vakuum hat sich allmählich aufgetan.« Und sie sagt das ganz ruhig wie jemand, der sich darauf beschränkt, ein Naturphänomen zu konstatieren. An ihr ist nichts von diesem so typisch portugiesischen »Ach, ich Arme«; die intensiv blauen Augen leuchten unter den schweren Augenlidern, die in einem beständig herausfordernden Lächeln weit aufgerissen sind. Als könnte sie sich selber von außen betrachten und sich gelassen über die wachsende Einsamkeit um sie herum wundern. Erst starben sehr früh, sie mochte damals sechs oder sieben Jahre alt gewesen sein, während des Krieges ihre Eltern. Dann starb die Tante, die sie aufgezogen hatte. Die einzige Tochter starb. Und schließlich ging der beharrlich untreue Mann aus dem Haus und ließ ihr nur diesen so literarischen, englischen Nachnamen zurück.

Sie hat sich nie scheiden lassen. »Er hat mich gefragt, ob ich vorhabe, wieder zu heiraten, und ich habe ihm gesagt, daß dem nicht so sei, wir sollten es so belassen.« Sie begriff erst später, daß sie ihm durch ihren Verzicht auf die Scheidung einen Gefallen getan hatte. Sie begriff dies, als sie ihn Ende der achtziger Jahre im Krankenhaus besuchte, wo sie ihn sterbend vorfand.

Neben dem Bett saß eine Frau mit Umschlagtuch und Haarknoten, die sie anflehte: »Bitte, willigen Sie in die Scheidung ein, damit ich ihn heiraten kann. Ich habe ihm mein ganzes Leben geweiht und werde nichts bekommen.« Helenas Antwort war kurz und bündig: »Gnädige Frau, die Ehe ist keine Anstellung, Sie hätten früher daran denken sollen.« Dann wandte sie sich dem Kranken zu und fügte auf englisch hinzu: »James, du könntest dich wirklich bei mir bedanken, weil ich dich all die Jahre beschützt habe.«

Und da kommt sie gerade lächelnd mit einem Sack voller Kunsthandwerk in die Hotelbar, in der ich diesen Brief schreibe. Mit der sanften Stimme derer, die die Tugend pflegen, sich durch kleine Dinge in Staunen versetzen zu lassen, erzählt sie mir, wie das Gesicht des alten Mannes, der ihr ein Paar Sandalen verkauft hat, angesichts ihrer beinahe skandalös weißen Füße geleuchtet hat: »Er legte seine tiefschwarzen Hände auf meinen Spann und stand fast unter Schock. Es sind diese kleinen Dinge, die dem Leben Sinnlichkeit verleihen.«

Manuel Almada würde diese Helena sehr gefallen, die mir in diesen Tagen wohltut. Wenn Sie es mir nicht übelnehmen, Großmutter Jenny, dann schicke ich vielleicht unserem Freund Manuel diesen Brief. Ich habe sehr viel an ihn gedacht, aber irgendwie sieht es so aus, als könnte ich nur an Sie schreiben. Sie sind zu meinem

Schutzengel geworden, Jenny, das wird es sein. Ein diskreter, stets anwesender Engel, der auf sensible Seelen mit Tendenz zur Skepsis wie meine und die Manuels spezialisiert ist. Seelen, gezeichnet von der Melancholie, die über die Welt eine Nebelstraße legt, aus der ständig das Silber der Träume herabregnet. Aber Helena und Manuel sind bereits durch die Melancholie hindurch auf die unendliche Ebene aufgestiegen, auf der die Sehnsucht und die Verehrung der Ruinen ein größeres Wissen offenbaren, das Wissen, daß in allem Zerstreuung zu finden ist – sogar im Schmerz, der uns das Lachen über uns selber beibringt. Ich versuche auf diese Ebene zu gleiten, stolpere aber noch zu sehr über den hartnäckigen Kannibalismus der Erinnerung: Ich lebe vom süßen Geschmack, den die Toten in meinem Körper zurücklassen. Einem großen Geschmack. Wie Mosambik.

Voller Sehnsucht, voll unendlicher Sehnsucht
Ihre Natália

NATÁLIAS BRIEFE

10

LISSABON, DEN 15. OKTOBER 1994

Liebe Jenny,
Ich habe das Schach-Haus sterbend vorgefunden. In unserer Familie wurden Zeichen, Sätze, der minimale Luftzug einer Geste ein ganzes Leben lang bewahrt, aber sie gibt alles auf, was aus Material gebaut wurde. Seit Sie gestorben sind, Jenny, redet meine Mutter immer wieder davon, daß sie »eines Tages« darüber nachdenken wird, was aus dem Haus werden soll. Jetzt hat sie sich in den Kopf gesetzt, es zu verkaufen. Stellen Sie sich vor, Ihre Camila hatte die Vorstellung, daß Ihr Leben mit Großvater Pedro und Tó Zé ein köstliches Liebesdreieck war, dessen Spitze Sie waren, Jenny. Da Großvater Pedro offiziell ein Zimmer hatte, das nur ihm gehörte, nahm sie an, daß Sie Ihre beiden Ehemänner abwechselnd zu sich riefen. Ihr ist nie in

den Sinn gekommen, daß die Romanze, die dieses Haus beschützte, sich zwischen den beiden abspielte, und sosehr Sie auch in Ihrem Tagebuch darauf bestehen, wie erfüllend die Leidenschaft war, die Sie hier lebten, weint meine Mutter bitterlich darüber, daß sie nie hat erraten können, was für sie »Jennys unglückliches Geheimnis« ist.

Ich gestehe, daß mich die neue Erfahrung tröstet, Tränen auf dem Gesicht meiner Mutter zu sehen. Ich habe sie nie weinen sehen, und dieses Fehlen von Tränen lastete auf mir wie eine ins Mark treffende Beleidigung. Ich denke, daß die Tränen meiner Mutter weniger einem posthumen innigen Einssein mit Ihrem angeblichen Unglücklichsein entspringen als der Zerstörung einer kindlichen Hoffnung: Ihre Romanze mit Großvater Pedro. Sich vorzustellen, daß Sie einander in den Armen hielten, half ihr, in Ihnen eine wirkliche Mutter zu sehen, Jenny. Sie sagt immer wieder: »Wie konnte mein Vater so grausam sein?« und glaubt, das Haus sei verflucht. Ich erinnere mich an Ihr unerschütterliches Lächeln, Jenny, und weiß, daß alles, was Sie im Tagebuch sagen, wahr ist. Mir gelingt es nicht, dieses Parfüm der Unsittlichkeit zu spüren, das meine Mutter merkwürdigerweise aufregt. Ich sage zu ihr: »Die Liebe kann man nicht richten. Die Liebe hat kein Äußeres.« Ich diktiere ihr jede Menge solcher Sentenzen, die mich selber ob ihrer unvermittelten Transparenz überraschen. Es ist so, als hätten Sie sich endgültig in meinem Herzen verankert, als hätten Sie es zum Resonanzkörper Ihrer Seele erwählt, Jenny.

Meine Mutter hält sich für agnostisch, aber tatsächlich trägt sie in sich einen Gott ohne menschliches Maß. Einen manchmal lächelnden, jüdischen Gott, der die Fruchtbarkeit der Sünden, die sich selber erlösen, gegen die Ironie eingetauscht hat, die alles verbrennt. Einen hermetischen Gott, der zu schamhaft ist, um uns ein Kreuz für den Aufstieg in den Himmel zuzuwerfen. Daher ändert nichts von dem, was ich sage, ihren Blickwinkel. Einstweilen hat sie wenigstens zugesagt, das Haus nicht zu verkaufen. Tatsache ist, daß ich drohen mußte, mich dort zu verbarrikadieren, wenn sie ihren Kopf durchsetzen würde. Aber es hat gewirkt.

Meine Freunde sind gekommen, um mir dabei zu helfen, die Zimmer sauberzumachen und aufzuräumen. Die Spinnweben waren schon zu Wandbehängen geworden, und alle Gegenstände hatten unter dem Staub ihre Farbe verloren. Einige Zimmer wirkten so, als seien sie schon jahrelang verschlossen gewesen und vergessen worden, Jenny, angefangen mit Ihrem Zimmer. Nach dem Tod von Tó Zé und nachdem Großvater Pedro gegangen war, sind Sie in deren Zimmer gezogen. Aber ich glaube, Sie haben sich nicht damit aufgehalten, irgend etwas zu bewahren. Der Holzwurm ist in Ihr imposantes – und so einsames – Himmelbett gekrochen. Ich habe all die Wäsche in der Theatertruhe gewaschen. Ich möchte diese Tradition der Abendgesellschaften in Ihrem Haus wiederaufleben lassen, Jenny. Bevor ich hierhergezogen bin, hatte ich daran gedacht, das ganze Haus umzubauen – ja, lachen Sie nicht, um es funktionaler zu machen, wie ich immer zu Ihnen gesagt habe. Aber sobald ich hier angekommen war, begriff ich, daß ich es nicht tun kann. Ich würde Sie, Großvater Pedro, Tó Zé und Manuel Almada vom Haus fernhalten.

Manuel Almada hat mir beim Umzug geholfen, mit ihm zusammen habe ich diese so lange verschlossenen Türen geöffnet. Er hat die staubbedeckten Möbel traurig angeschaut, den Flügel aufgeklappt, die ersten Akkorde von Schuberts *Ave Maria* angeschlagen und mich gebeten: »Verändern Sie nichts, Natália. Keine Wand, keinen Tisch. Bitte, verändern Sie nichts.« Ich kann mich nicht daran erinnern, daß mich Manuel je um etwas gebeten hätte, Jenny. Ich habe mich fast geschämt und entgegnete ganz schnell, daß dieses Haus das Ungemach einer Schönheitsoperation nicht verdiene. Manuel hat gelacht, mich umarmt, geküßt und erleichtert gesagt: »Wie man sieht, sind Sie wirklich eine Architektin. Wissen Sie, ich habe irgendwann Angst gehabt, Sie würden sich aus Gründen des Zeitgeists zu einer weiteren überflüssigen Agitatorin von Überflüssigkeiten entwickeln.«

Nun gut, einiges muß doch verändert werden. Die Wasserrohre beispielsweise sind verrottet. Und eine Reihe Wände müssen zumindest neu verputzt werden. In Ihrem Badezimmer hängen Elektrokabel frei herum, da bekommt man ja Gänsehaut. Ich weiß nicht, wie Sie es geschafft haben, nicht von einem Stromschlag getötet zu werden. Während der letzten Jahre haben Sie niemanden ins Haus gelassen, der irgend etwas reparieren wollte. Sie sagten, daß António, wenn die Wände gestrichen würden, das Haus nicht mehr wiedererkennen und nie wieder mit Ihnen reden würde. Wahrscheinlich hat er Sie beschützt.

Was ich Ihnen aber eigentlich sagen wollte, liebe Jenny, ist, daß in Ihrem Haus seit gestern wieder die Liebe herrscht. Nach meiner Trennung habe ich nächtelang nach Álvaro gesucht oder, besser gesagt, habe versucht, mich von ihm an Orten, von denen ich weiß, daß er dorthin geht, zufällig treffen zu lassen. Ich habe ihn nie getroffen. Ich konzentrierte mich, wollte unbedingt, daß diese Vorahnung, die mich einmal überfallen hatte, wiederkehrte. Da sie nicht kam, beschloß ich am Ende ganz vernünftig, daß es nicht sein sollte. Ich ließ mich dann vom Bild meines Vaters gefangennehmen und nutzte die erste Gelegenheit, nach Mosambik zu gehen. Ich traf Álvaro bei meiner Rückkehr, als ich den Flughafen verließ. Ich war dermaßen durcheinander, daß ich auf ihn zulief und rief: »Du bist hier, um mich abzuholen.« War er nicht: Er wartete auf »eine Freundin«, sagte er, die aus Kanada ankam. »Aus Kanada«, sagte ich entgeistert. »Aber in Kanada passiert doch nie etwas.« Und setzte mich mechanisch, ohne mich zu verabschieden, in Bewegung. Das Timing war im übrigen perfekt, denn zwei Minuten später kam meine Mutter an – sie tatsächlich, um mich abzuholen.

Ich versteckte mich während dieses ausgehenden Sommers am Strand, bei der Arbeit, im Alkohol der Lissabonner Nächte vor mir selber. Anfang Oktober beschloß ich, ins Schach-Haus zu ziehen. Ich begann die Melancholie der Wohnung, in der ich mit Rui gelebt hatte, nicht mehr zu ertragen. Ich weiß wohl, daß ich im Grunde dort viel länger allein als mit ihm zusammen gelebt habe, auch in der Zeit, in der wir verheiratet waren, aber seine Gegenwart schwebte stets im Raum wie ein Ballast des Wohlbefindens. Ich habe mich in Ihre Papiere, Kleider und Erinnerungen vergraben, Jenny, habe den Garten gereinigt, ein paar Gärtner gefunden, um das großartige Schachspiel Ihrer Liebe zu stutzen. Aber als die Arbeiten abgeschlossen waren, wußte ich, daß ich nicht weiter vor mir weglaufen konnte. Da habe ich eine Rose gekauft und sie mit dem Cupido und dem silbernen Schuh, die meinen Hochzeitskuchen geschmückt hatten, in eine durchsichtige Schachtel gesteckt. Und ich habe Álvaro die Schachtel mit einem Kärtchen geschickt. Auf das Kärtchen habe ich einen Satz geschrieben, den ich aus Ihrem Tagebuch gestohlen habe, Jenny.

Ich weiß, daß Sie mich verstehen werden. Mir scheint sogar, daß Ihre Hände mich bei diesem Arrangement geführt haben, das meiner Mutter pervers vorkommen würde. Das Schicksal dieses Cupidos aus rosa Porzellan konnte nicht nur der Hochzeitskuchen einer aufgelösten Ehe sein. Wie auch immer. Tatsache ist, ich stieß auf den Cupido, als ich die Schubladen mit den Erinnerungsstücken aufräumte, und konnte dem Impuls, ihn Álvaro zu schicken, nicht widerstehen.

Ich will ihn nicht heiraten, Jenny. Ich habe mit Ihnen herausgefunden, daß Alleinbleiben das Privileg einer Liebenden ist. Mögen die Ereignisse noch so sehr dagegensprechen, die Natur läßt die Frauen in unserer Familie nicht zur Schicksalsergebenheit neigen. Mit etwas mehr als zwanzig Jahren wußten Sie bereits, daß die Liebe ein Parasit der Gleichgültigkeit ist, Jenny, ein Virus, der sich ungeachtet der sozialen Gesetze und sexuellen Praktiken verbreitet. Ihre Sonnenstimme sagt mir jetzt, daß Geliebtwerden ein Ärgernis ist, das dem willfährigen Genuß entgegensteht, der durch das Verb lieben bezeichnet wird. Jede Erfahrung von Liebe hat den melancholischen Geschmack der Simulation. Vielleicht ist ja die Liebe ein drittes Wesen, das sich zwischen zwei Menschen drängt, in ihnen Wünsche nach einer Vervollkommnung weckt, die mit der Endlichkeit, die den Menschen definiert, unvereinbar ist. Ich habe schließlich erkannt, daß ich weder mit mir selber noch mit Álvaro Mitleid habe, nur mit dem übernatürlichen Exil dieses dritten Wesens, das in der Leere eines zu hohen Firmaments umherirrt.

Die Schachtel mit der Blume habe ich morgens geschickt. Als es dunkel wurde, habe ich den Kamin im Salon angezündet. Ich hatte große Sehnsucht nach diesem Feuer. In den letzten Jahren hatten Sie einen Heizlüfter vor Ihre Füße gestellt, Jenny, und das war so traurig. Sie weigerten sich entschieden, den Kamin anzuzünden, sagten, Sie befürchteten, ein Funke könnte herausspringen, während Sie schliefen, und daß das Feuerholz nur Dreck mache. Ich habe brennende Fackeln im Garten aufgestellt, bis hin zum Tor. Die Fackeln, die früher bei Ihren *garden parties* benutzt wurden, Jenny, und die ich in einer Ecke im Schuppen gefunden habe. Ich habe die Eingangstür offengelassen und den Weg zu Ihrem Zimmer voller brennender Kerzen gestellt, Jenny. Ich habe Ihr weißes Lochstickereinachthemd angezogen und mich zwischen die Bettücher mit Schiffchenarbeit gelegt, die Ihre Großmutter bestickt hatte, um Ihren Eintritt in die Welt der realen Liebe zu feiern. Auf die Karte hatte ich nur diese Ihre Worte geschrieben:

»Komm in mich hinein, hab keine Angst.« Und er ist gekommen, Jenny.